MARGOT LA BALAFRÉE

PARIS. — TYPOGRAPHIE E. PLON, NOURRIT ET Cie, RUE GARANCIÈRE, 8.

MARGOT LA BALAFRÉE

PAR

FORTUNÉ DU BOISGOBEY

TOME PREMIER

PARIS

LIBRAIRIE PLON

E. PLON, NOURRIT et Cie, IMPRIMEURS-ÉDITEURS

RUE GARANCIÈRE, 10

1884

Tous droits réservés

MARGOT LA BALAFRÉE

I

— Mon père, tu as mis ta cravate de travers.

— Ma fille, c'est ta faute. Tu sais bien que je n'ai jamais pu m'habiller tout seul.

— Ce soir, tu n'as pas voulu de moi, sous prétexte que tu étais pressé et que je te ferais perdre du temps.

— Pas du tout. C'est toi qui m'as boudé parce que tu es vexée que j'aille à ce dîner.

— Et quand je serais vexée! j'en ai bien le droit peut-être. Tu vas me laisser seule toute la soirée, et pourquoi?... pour banqueter avec les anciens élèves de la pension Labadens... des camarades que tu n'as pas vus depuis trente-cinq ans... au bas mot, puisque tu en as cinquante-trois.

— Cinquante-deux, mademoiselle, et je vous dispense de me jeter mon âge à la tête. Quant aux Labadens, je les ai un peu perdus de vue, c'est vrai, mais j'en connais au moins un encore, et celui-là est l'ami d'un ministre... il sera au dîner, et il me fera avoir un marbre du gouvernement...

— Pour la statue du Volontaire de 92. En voilà une

que je maudis! Depuis que tu l'as commencée, je ne te
rencontre plus qu'aux heures des repas... et encore voilà
que tu m'abandonnes pour aller à un repas de corps.
Qu'as-tu besoin d'un marbre du gouvernement, maintenant que nous sommes riches?

— Hum! tu as soixante mille francs de rente qui te
sont tombés du ciel, c'est-à-dire de Rouen, où ta tante
Marlotte les avait gagnés dans l'épicerie... mais elle n'est
pas à moi, cette fortune. Je l'administre parce que tu es
encore mineure, et ça m'embéte assez de l'administrer...
mais dès que ta majorité aura sonné, c'est-à-dire dans deux
ans, je m'empresserai de te passer la main, à moins que tu
ne sois déjà mariée, auquel cas je la passerai à ton mari.

— Tu veux donc bien que je me marie?

— Parbleu! je n'ai pas envie que tu coiffes sainte
Catherine. Ça ne m'amuse pas de te perdre; mais tu ne
peux pas rester demoiselle jusqu'à la fin de mes jours,
car je compte vivre très-longtemps, je t'en préviens.

— Te perdre! mais j'espère bien ne jamais te quitter.
Je ferai mes conditions à celui qui m'épousera. Nous
habiterons avec toi. La maison est assez grande pour
trois et même pour quatre. Nous te laisserons le premier
pour que tu sois plus près de ton atelier, qui est au rez-
de-chaussée, et nous nous installerons au second étage.
La cousine Brigitte grimpera au troisième : elle aura
une vue admirable.

— Ta! ta! ta! Pendant que tu y es, tu devrais décider
de quel bois seront les meubles et de quelle couleur
seront les rideaux. Ces gamines sont étonnantes! On
dirait, ma parole d'honneur, que tu as un mari tout
prêt.

Le père, debout devant une armoire à glace, faisait de

vains efforts pour ajuster convenablement le nœud de sa cravate blanche. La fille, assise devant la cheminée, tisonnait avec ardeur.

Elle était ravissante, cette enfant blonde comme les blés, fraîche comme une rose, mince et droite comme un jonc.

Son père ne lui ressemblait pas du tout. Large d'épaules et carré par la base, il avait des bras à remuer des blocs de Carrare, des mains faites pour manier le ciseau et le marteau, de vraies mains de sculpteur, des yeux noirs ombragés par des sourcils en broussailles, des cheveux crépus et une barbe de fleuve.

Un Hercule, moins la massue, mais un Hercule gai et bon garçon.

— Et si j'en avais trouvé un? dit doucement la fillette.

— Hein? fit le père. Qu'est-ce que c'est? On veut se marier sans la permission de papa?

— Pas sans ta permission, puisque je t'en parle.

— C'est donc sérieux!... Et où l'as-tu pêché, ce mari? Au parc Monceaux ou au marché aux fleurs du boulevard de Clichy?

— Non. Dans un salon. Chez madame Stenay.

— Ah! ah! voilà donc pourquoi tu es toujours fourrée chez cette vieille folle qui ne pense qu'à donner des soirées! Tu as même essayé de m'y traîner, mais je n'ai jamais consenti à y mettre les pieds.

— Tu as eu tort. Tu aurais vu mon futur.

— Ton futur! Peste! comme tu y vas! Voyons, ma petite Camille, explique-toi clairement. Je ne suis pas un tyran, et je ne prétends pas t'empêcher de te marier à ton gré; mais j'ai voix au chapitre, que diable! et en principe, je me défie des messieurs qui font la cour aux demoiselles ornées de douze cent mille francs de dot.

Qu'est-ce que c'est que ce prétendant? Un artiste?

— Pas du tout. Il aime les arts et il admire ton talent, mais il n'a jamais tenu un ébauchoir ni un pinceau.

— Il admire mon talent?... Flatteuse, va! Je parierais bien qu'il n'a jamais vu seulement un buste de moi. Enfin, que fait-il?

— Il voulait entrer dans la diplomatie, mais il y a renoncé. Il a une vingtaine de mille francs de rente, et il vit de son revenu... tout en s'occupant de travaux historiques. Il passe ses journées aux Archives et ses soirées dans le monde. Il a trente ans, il est admirable, il est bon et il m'aime.

— Bref, c'est la perfection?

— Non. Il a un défaut, il est comte.

— Comte! tu veux épouser un comte, toi la fille de Tiburce Gerfaut, dont le père était tailleur de pierres! As-tu dit à ton amoureux que tu es la petite fille d'un tailleur de pierres, et que j'ai commencé par être ouvrier?

— Oui. Et il pense que vous lui ferez honneur en l'acceptant pour gendre.

— Voilà un gentilhomme qui est dans le mouvement. C'est d'autant plus beau que c'est plus rare. Comment s'appelle ce phénix?

— Philippe de Charny.

— Un vrai nom de comédie. Jamais je ne m'habituerais à t'appeler madame la comtesse de Charny.

— Tu m'appelleras Camille, comme avant la noce... et tu seras si content de me savoir heureuse que tu me pardonneras de ne pas t'avoir consulté avant de m'engager.

— Comment! tu es engagée?

— Mon Dieu, oui. C'est ta faute aussi! tu ne veux jamais m'accompagner dans le monde... tu aimes mieux aller dîner à quinze francs par tête, au Grand-Hôtel, avec des gens qui te sont indifférents... et par-dessus le marché, tu te cravates à l'envers, dit Camille en éclatant de rire.

— Que veux-tu! je ne suis pas M. de Charny... en voilà un qui doit posséder l'art de mettre sa cravate!... Mais au lieu de répéter ta variante de la chanson du Roi Dagobert, tu devrais bien refaire toi-même ce maudit nœud que je ne peux pas attraper.

Camille se leva, courut à son père, et, se haussant sur la pointe de ses petits pieds, elle saisit les deux bouts de la mousseline et les tira si fort que Gerfaut se trouva dans l'impossibilité de remuer la tête.

— Maintenant, embrasse-moi, dit-elle, lui tendant son front blanc.

— S'il ne faut que ça pour te contenter... c'est fait.

— Il faut encore autre chose. Tu vas me promettre que tu recevras Philippe, qui viendra après-demain te faire sa visite officielle.

— Elle l'appelle Philippe tout court, soupira Gerfaut, en levant les yeux au ciel. Mais, malheureuse, tu n'as donc aucun sentiment des convenances?

— Il ne s'agit pas des convenances; il s'agit de mon bonheur. Jure-moi que tu recevras M. de Charny... ou bien je te laisse aller au dîner des Labadens cravaté comme un portier.

— Eh bien! oui, je le recevrai, mais je ne m'engage à rien. Je l'examinerai, je l'étudierai, je le *tuilerai*, ton monsieur... et si je m'aperçois que ce n'est qu'un gommeux... un *boudiné,* comme ils disent à présent... je ne me gênerai pas pour le mettre à la porte.

— Mais si tu découvres que c'est un bon et brave garçon?

— Alors nous verrons. Il est comte, et je n'aime pas ça. Mais ce n'est pas sa faute, après tout. Et puis... *les bons comptes font les bons amis.*

— Tu lâches un calembour, ma cause est gagnée. Et ta cravate va être nouée à la dernière mode. Jamais les Labadens n'auront vu un nœud aussi artistement confectionné.

Regarde-toi dans la glace, maintenant.

— Je suis superbe. C'est dommage que ma barbe cache un peu ton chef-d'œuvre.

— Tu devrais bien la couper, ta barbe. Tu ressembles à la statue du Rhône, qui est aux Tuileries, près du grand bassin.

— Bon! je gage que ton Philippe ne porte que les moustaches.

— Des moustaches fines comme de la soie. Tu les admireras après-demain. Mais j'ai pitié de toi, et je ne te retiens plus. Il ne faut pas faire attendre les Labadens.

— Je pars. Rose est-elle allée me chercher un fiacre?

— Il est à la porte. A quelle heure rentreras-tu?

— Je n'en sais trop rien. On va porter des toasts et chanter des chansons. Ça pourrait nous mener jusqu'à minuit. Et j'espère que tu te coucheras sans m'attendre.

— Oui, si tu me promets d'être sage.

— Qu'entends-tu par ces paroles, petite?

— Tu sais bien qu'un verre de vin suffit pour te griser. Défie-toi des toasts. Et surtout prends une voiture pour rentrer. Les journaux sont pleins de récits d'attaques nocturnes, et je ne suis pas tranquille quand je te sais dehors à des heures indues.

— Oh! j'ai de bons poings, et je connais la manière de m'en servir. Allons, fillette, le baiser de l'étrier, et en route!

Camille l'embrassa sur les deux joues, l'aida à passer son pardessus et le conduisit jusqu'au bas de l'escalier. Son dernier mot fut : Tu me verras demain matin.

Elle aurait pu ajouter : s'il plaît à Dieu, — in châ Allah, — comme n'y manquent jamais les musulmans, qui n'oublient pas qu'en ce monde on n'est sûr de rien.

Le fiacre attendait à la porte, et Gerfaut y monta, après avoir promis un fort pourboire au cocher s'il marchait bon train.

Du boulevard des Batignolles, où logeait le sculpteur, au Grand-Hôtel, où se donnait le banquet, il n'y a pas très-loin, et Gerfaut ne trouva pas le temps long, car il l'employa à réfléchir à la déclaration aussi nette qu'imprévue de mademoiselle sa fille.

Il l'adorait, cette enfant gâtée, et il ne vivait plus que pour elle depuis la mort de sa femme, qu'il avait perdue après dix ans d'un bonheur sans nuages.

Fils d'un maître carrier qui s'était saigné aux quatre veines pour le mettre au collége, Tiburce Gerfaut avait eu une jeunesse orageuse et pénible. Il était doué d'une vocation prononcée pour la sculpture et d'un penchant non moins prononcé pour la vie de bohème. L'école et les brasseries, l'art et la bière avaient occupé ces belles années qu'on regrette surtout quand on les a gaspillées.

Gerfaut, après avoir raté le prix de Rome, avait traîné la misère, perché sous les toits, vécu de choucroutes garnies et de soupes à l'oignon prises à crédit dans les caboulots.

Ce n'était pas que le talent lui manquât, mais la sculpture est un art ingrat qui ne nourrit pas son homme, surtout au début.

Il en était à travailler comme praticien chez un marbrier, lorsque le hasard lui fit rencontrer une jeune fille aussi pauvre que lui, mais plus sage, une orpheline qui vivait en donnant des leçons de piano. Ils s'étaient aimés dès le premier jour, et ils s'étaient mariés bravement, sans savoir comment ils entretiendraient le pot-au-feu quotidien.

Mais la jeune pianiste apportait en dot un esprit pratique et un courage à toute épreuve. Elle eut tôt fait de convertir son Tiburce à des idées raisonnables, et elle le guérit radicalement de ce travers qui consiste à dédaigner les travaux productifs, sous prétexte de ne pas vouloir descendre des hautes régions de l'art.

Pour nourrir sa femme et la charmante petite fille qu'elle lui donna au bout d'un an, Gerfaut se mit à exécuter des statuettes qui se vendaient fort bien et à portraire en terre glaise les gros bourgeois du quartier, ces bourgeois contre lesquels il fulminait jadis.

Le ménage vécut. Pas dans l'opulence. Il y avait encore des moments durs, et à neuf ans la petite Camille connaissait le chemin du Mont-de-Piété, où elle avait plus d'une fois accompagné sa mère. Mais enfin, c'était l'aisance relative, et les jeunes époux se trouvaient déjà parfaitement heureux, lorsqu'un événement vint changer leur existence.

La femme avait une tante riche et sans enfants. Cette tante, qui ne lui aurait pas prêté cent sous au temps où elle courait le cachet, s'était un peu rapprochée d'elle depuis son mariage, et mourut subitement en oubliant de la déshériter.

Une grosse fortune échut à madame Gerfaut, mais la joie la tua. Trois semaines après l'héritage, une fièvre pernicieuse l'enleva à son mari et à sa fille.

Ils ne voulurent pas se séparer. Gerfaut acheta une maison et fit venir chez lui une parente éloignée qui avait tous ses brevets d'institutrice et qui se chargea de l'éducation de Camille.

En même temps, délivré du souci de gagner sa vie au jour le jour, Gerfaut put aborder la grande sculpture, montrer ce qu'il valait, se faire connaître des artistes et du public intelligent. Les commandes fructueuses suivirent de près la notoriété, et il gagna beaucoup d'argent, dès qu'il n'eut plus besoin d'en gagner.

Il s'était vite accoutumé à sa nouvelle fortune, mais il n'avait jamais pu se décider à aller dans le monde, et, comme il ne voulait pas priver Camille d'un plaisir qu'elle goûtait beaucoup, il l'y envoyait sous la garde de la cousine Brigitte, qui avait tout ce qu'il fallait pour servir de chaperon à une demoiselle bien élevée.

Les invitations ne manquaient pas, car l'ancien bohème avait maintenant un nom et des relations. Ainsi, il avait fait le buste de madame Stenay qui donnait de si jolies soirées et qui y invitait des messieurs titrés.

Et sur cette situation paisible tombait comme la foudre l'aveu de Camille, appuyé de l'annonce de la très-prochaine visite d'un prétendu qu'elle venait d'agréer, sans consulter personne. Gerfaut ne s'y attendait guère. Il s'était bien dit souvent que sa fille se marierait un jour ou l'autre, mais il n'avait jamais songé à lui trouver un mari, et au fond, il désirait que ce dénoûment inévitable arrivât le plus tard possible.

Il se serait donc bien passé d'apprendre que le choix de Camille était fait, et ce choix ne. lui plaisait guère. Le comte de Charny ne lui allait pas du tout, quoiqu'il ne l'eût jamais vu. Il se le figurait infatué de sa noblesse, poseur, prétentieux, paresseux, et il aurait voulu pour gendre un travailleur modeste, un artiste parvenu par son seul mérite. Cependant, il n'était pas homme à empêcher Camille de se marier à son gré, comme l'avait fait sa mère. Il savait par expérience que les mariages d'inclination réussissent quelquefois mieux que les mariages arrangés par les parents des conjoints.

Que faire en cette occurrence épineuse? Gerfaut se le demandait, pendant que son fiacre le voiturait à travers les rues, et il restait très-perplexe, car la question n'était pas de celles qu'on résout après un examen sommaire.

Lorsqu'il débarqua devant le péristyle du Grand-Hôtel, il n'avait pas encore pris un parti définitif.

Il arrivait le dernier. Les dineurs étaient déjà au complet dans la salle consacrée aux repas de corps.

Il y avait là une soixantaine de Labadens de tout âge et de tout poil : des élégants portant avec aisance la tenue de gala et de braves garçons gauchement affublés d'un habit râpé ; des jeunes gens tout frais émoulus de la pension, bacheliers de l'année précédente ou lauréats de la dernière distribution de prix ; et aussi des vieux, à barbe grise, qu'attirait là le désir de se retremper dans les souvenirs d'enfance. Les vieux constituaient même une minorité importante, grâce à l'adjonction de quelques professeurs, censeurs et proviseurs en retraite.

La réunion avait lieu tous les ans, au mois de février,

mais Gerfaut n'y assistait jamais. Autrefois il n'avait pas de quoi payer son écot, et depuis qu'il était riche, il se contentait d'envoyer régulièrement sa cotisation. S'il s'était laissé entraîner cette fois à faire acte de présence, c'était bien par hasard. Un Labadens, rencontré à la direction des Beaux-Arts, lui avait arraché la promesse de ne pas manquer au prochain banquet, en lui donnant à entendre qu'il pourrait lui être utile en haut lieu.

Gerfaut avait la faiblesse de tenir à être décoré. On n'est pas parfait.

Il s'aperçut, un peu tard, que ce protecteur bénévole ne tenait pas toutes ses promesses, car il n'était pas venu. Et Gerfaut eut le désappointement de constater qu'il n'y avait là que des figures nouvelles pour lui.

Les années dispersent les camarades de collége et changent les visages à ce point que souvent deux copains ne se reconnaissent plus.

Gerfaut, tout esseulé, inscrivit mélancoliquement son nom sur la liste des convives, et songea à déguerpir sans bruit avant qu'on se mît à table. Il ne se sentait guère envie de banqueter avec des indifférents, et il aimait bien mieux faire une surprise à Camille qui dînait seule à la maison.

Il manœuvrait déjà pour gagner la porte, lorsqu'il fut accosté par un jeune Labadens qu'il ne se souvenait pas d'avoir jamais vu, et qui lui dit avec un bon sourire :

— C'est bien à monsieur Gerfaut que j'ai l'honneur de parler?

— Parfaitement, mais...

— Mon père était de la même classe que vous au collége Charlemagne, et il m'a souvent parlé de vous... vous n'avez peut-être pas oublié Jean Brunier?

— Non, certes. C'était mon inséparable. Comment va-t-il, ce cher Brunier? et pourquoi n'est-il pas venu?

— J'ai eu le malheur de le perdre, il y a trois ans.

— Ah! excusez-moi, monsieur, de m'être informé de lui sur un ton qui a dû vous choquer. Je ne pouvais pas me douter qu'il était mort si jeune... j'étais son aîné de six mois. Pauvre Brunier! si bon, si gai, si solide... j'aurais parié qu'il nous enterrerait tous, et je suis heureux de retrouver son fils. Je compte bien que nous allons dîner côte à côte.

— J'allais vous le proposer. Je viens de lire votre nom sur le registre, et je vous ai abordé dans l'espoir que vous me permettriez de m'asseoir près de vous. Nous pouvons prendre nos places. On se met à table.

A part une douzaine de privilégiés, fonctionnaires importants ou dignitaires de l'Université, auxquels on avait réservé le haut bout, les convives étaient libres de se caser comme ils l'entendaient, et Gerfaut ne demandait pas mieux que d'avoir à qui parler pendant ce dîner qui menaçait d'être long.

Le fils de son ancien camarade lui avait plu à première vue, et c'était assurément le voisin le plus agréable qui pût lui échoir.

Ils s'établirent entre deux groupes de Labadens qu'ils ne connaissaient pas et qui causaient entre eux. La position prêtait à un aparté, et le jeune homme entama la conversation par une question que Gerfaut ne prévoyait guère, quoiqu'elle fût assez banale.

— Oserai-je vous demander, monsieur, dit-il timidement, comment se porte mademoiselle votre fille?

Gerfaut tressauta de surprise sur sa chaise.

— Ma fille se porte fort bien, répondit-il. Mais à

votre tour, permettez-moi de vous demander d'où diable vous la connaissez.

— J'ai eu l'honneur de la rencontrer quelquefois aux soirées musicales que donne M. Stenay, répondit le jeune homme, un peu interloqué.

— Bon! j'aurais dû m'en douter. Elle reçoit tout Paris, cette dame, et Camille ne manque pas une de ses réunions. Moi, je m'en prive, par exemple. J'exècre la musique allemande, et ma fille en raffole.

— Cela m'explique pourquoi je ne vous ai jamais rencontré chez madame Stenay. Bien souvent, j'ai eu envie de me présenter moi-même à mademoiselle Gerfaut, en lui disant que j'étais le fils d'un de vos anciens camarades; mais j'ai craint d'être indiscret.

— Vous avez eu tort, et ce sera moi qui vous présenterai. Venez me voir, mon cher. Je suis toute la journée à mon atelier.

— Je serai très-heureux, monsieur, de profiter de la permission. Seulement, je ne suis libre que le dimanche... j'ai un emploi dans une maison de banque.

— Eh bien, venez le dimanche... ou le soir, si vous le préférez. Vous n'êtes pas marié, je suppose...

— Non, monsieur. Mais j'ai une sœur plus jeune que moi, et je ne puis guère la laisser seule. C'est par exception qu'aujourd'hui...

— Amenez votre sœur, s'écria gaiement Gerfaut, qui venait de vider d'un trait le verre de madère traditionnel après le potage. Justement, Camille n'a pas d'amies de son âge. Quand elle ne va pas dans le monde, où je me dispense de la conduire, elle reste en tête-à-tête avec moi ou avec une vieille cousine que vous avez dû voir chez madame Stenay. Ça la changera.

— Ma sœur sera bien flattée quand je lui transmettrai votre invitation, mais je ne sais si elle pourra l'accepter. Elle travaille fort tard et...

— Comment! elle travaille! à quoi?

— Elle fait des fleurs artificielles. Je ne rougis pas de vous le dire. Notre père, après avoir servi vingt-cinq ans dans l'administration des douanes, nous a laissés sans aucune fortune, et nous avons quelque peine à vivre. Mais j'espère qu'un jour viendra où je pourrai assurer l'avenir de ma sœur. J'écris pour le théâtre à mes moments perdus, et si je parviens à faire jouer une de mes pièces...

— Je vous y aiderai, mon cher Brunier. Je connais des directeurs de théâtre, et j'ai le plus vif désir de vous être utile. Votre histoire est à peu près la mienne. J'étais pauvre comme Job, quand j'ai épousé ma femme qui n'avait pas le sou, et je suis riche, à présent. Il est vrai que j'ai eu la chance de faire un héritage inespéré. Vous ne devrez votre fortune qu'au travail; ce sera mieux. D'ailleurs, pourquoi ne feriez-vous pas un bon mariage? Vous avez tout ce qu'il faut pour ça.

Plus Gerfaut examinait le fils de son ancien camarade de collége, et plus il le trouvait sympathique.

Marcel Brunier était un grand garçon de vingt-cinq ans, bien planté, bien tourné, brun de cheveux et de peau, avec des yeux à la fois vifs et doux, des dents superbes et une physionomie qui respirait l'intelligence et la bonté.

Gerfaut se disait — il se flattait un peu :

— Voilà pourtant comme j'étais à son âge. Quel dommage que Camille ne l'ait pas remarqué, au lieu de s'amouracher d'un fat! Il n'est pas noble, celui-ci, mais il fera son chemin, et j'aurais aimé à avoir un gendre taillé sur ce modèle-là. Enfin on verra. Camille n'est pas encore comtesse, et si son Philippe de Charny ne me plaît pas, je lui opposerai un veto bien senti. En attendant, je n'ai pas perdu ma soirée. J'ai un voisin charmant, et le dîner est excellent... les vins surtout, et on ne les ménage pas.

— Je ne songe pas à me marier, dit modestement Marcel.

Et comme s'il eût voulu couper court aux avances prématurées de Gerfaut, il mit la conversation sur les arts en général et sur la sculpture en particulier.

C'était prendre l'artiste par son faible. De ses années de jeunesse, il lui était resté une tendance à pérorer sur les hautes questions d'esthétique, et, depuis qu'il ne fréquentait plus les brasseries, il ne lui arrivait pas souvent de rencontrer des auditeurs complaisants. Aussi n'eut-il garde de manquer l'occasion que Marcel lui offrait de développer ses théories sur le grand art et sur les maîtres anciens. Michel-Ange était son dieu, et Michel-Ange lui fit oublier complétement les sages recommandations de Camille. Il but de tous les vins qu'on lui présenta, et il en but tant qu'au champagne il était gris. Seulement, il portait bien la voile, comme disent les marins, et son ivresse ne se manifestait encore que par une abondance de paroles qui étonnait un peu son jeune ami.

Le vieux bûcheur de marbre était solide comme un pont romain, et il tint bon jusqu'au bout. Il arrosa consciencieusement tous les toasts et tous les discours qui agrémentèrent la fin du banquet, sans compter les vers de circonstance composés et débités par des pro-

fesseurs enclins à tracasser la muse. Il porta vingt fois la
santé de tous les Labadens passés, présents et futurs, si
bien qu'en quittant la table, il y voyait double.

Les liqueurs et les compliments l'achevèrent. On avait
fini par savoir qui il était, et l'on fêtait sa gloire. Lorsque
le moment vint de lever la séance, à minuit passé, il
avait complétement perdu le sentiment de la situation.

Il tutoyait Marcel Brunier.

— Où demeures-tu, mon garçon? lui demanda-t-il en
passant son bras sous le sien. Je vais te reconduire chez
toi.

— Je demeure fort loin, cher maître, répondit Marcel,
rue Labat, entre Montmartre et la Chapelle... Les loyers
sont si chers dans le centre de Paris... Mais c'est moi
au contraire qui vais vous reconduire, si vous le per-
mettez.

— Jamais! Nous allons prendre un fiacre, et je ne veux
pas que tu te mettes en dépenses. Pas d'observations,
ou je me fâche. Tu dois obéissance à un ancien copain
de ton père.

Marcel n'osa pas répliquer, de peur de blesser Gerfaut
dans son amour-propre de buveur. D'ailleurs, il le croyait
beaucoup moins ivre qu'il ne l'était réellement, et il se
disait qu'en voiture le vieil artiste regagnerait sans accident le boulevard des Batignolles.

Il le fit monter dans un coupé de place, et il y monta
avec lui.

En route, Gerfaut se dégrisa un peu, et avec la mobi-
lité d'idées qui caractérise souvent la première période
de l'ivresse, il remit sur le tapis les soirées de madame
Stenay.

— Tu as dû rencontrer chez cette bourgeoise un certain comte de Charny, demanda-t-il, sans préambule aucun. Que penses-tu de ce monsieur-là?

— Mais, répondit Marcel avec un embarras visible, il est fort bien de sa personne, et il a une jolie voix de ténor.

— Ah! oui, la musique... le chant... grommela Gerfaut. Elles s'y laissent toutes prendre... comme les papillons viennent se brûler à la chandelle. Alors, il n'a pas d'autre métier que de roucouler au piano?

— Je n'en sais rien. Il va beaucoup dans le monde, et il est, je crois, membre de plusieurs cercles... on le dit très-riche.

— Ça m'est égal... un oisif, un batteur de pavé, un conducteur de cotillons... il n'en faut pas. Tu viendras me voir dimanche prochain, mon petit Marcel... et tu m'amèneras ta sœur, c'est convenu.

Marcel se défendit encore pour la forme, mais il ne demandait qu'à céder, et il accepta.

Rue Labat, Gerfaut voulut absolument descendre avec lui, et peu s'en fallut qu'il ne lui demandât d'entrer. Il avait repris possession de lui-même, et du trouble intellectuel par lequel il venait de passer, il ne lui restait guère que des exagérations de tendresse.

L'ivresse met en relief les qualités aussi bien que les défauts, et le père de Camille était le meilleur des hommes.

Il donna l'accolade à Marcel Brunier comme s'il le connaissait depuis vingt ans, et il ne se sépara de lui qu'à regret.

Quand il se trouva seul, l'envie lui prit subitement de rentrer à pied pour achever de se dégriser. Il paya le cocher et il le renvoya.

— Le grand air me fera du bien, se disait-il, et j'arriverai presque aussi vite en prenant par le plus court. D'ailleurs, Camille est couchée depuis longtemps. Elle ne saura pas à quelle heure je suis rentré.

Fort de ce raisonnement, Gerfaut se mit en marche. Il n'avait qu'à descendre par la rue Clignancourt pour tomber sur le boulevard Rochechouart, qui l'aurait mené chez lui par la ligne courbe; mais c'eût été trop simple. Les gens surexcités comme il l'était cherchent les difficultés, afin de se persuader qu'ils sont en état de les surmonter, et il préféra prendre la diagonale pour arriver tout droit à la place Moncey, où commence le boulevard des Batignolles.

Il avait compté sans les effets naturels du froid de la nuit qui congestionne les alcoolisés, et aussi sans la butte Montmartre autour de laquelle tournent presque toutes les rues de ce quartier.

Au lieu de prendre à gauche, il prit à droite ; puis il revint à gauche par des chemins déserts, si bien qu'au bout de vingt minutes il s'aperçut qu'il était complétement égaré.

Il essaya de s'orienter en prenant le nord, mais le ciel était couvert, et l'étoile polaire invisible. Les noms qu'il lisait sur les plaques indicatrices placées au coin des rues ne lui apprenaient rien. Il revint sur ses pas et il s'égara encore. Il aurait bien pu demander son chemin aux rares passants qu'il rencontrait, mais il mettait de l'entêtement à se tirer d'affaire tout seul. Il traversa des places, il grimpa des côtes, il descendit des escaliers, et plus il marchait, plus il perdait la notion des lieux. Tant qu'à la fin, il s'enfourna dans une impasse et il alla buter contre un mur.

Il jurait de tout son cœur, et il se disposait à rebrousser chemin encore une fois, lorsqu'en se retournant, il crut voir une forme humaine se dessiner dans l'ombre.

Gerfaut en avait assez de jouer ainsi au colin-maillard à travers un dédale de ruelles, d'où il n'espérait plus sortir, et il fit taire son amour-propre qui l'avait jusqu'alors empêché de se renseigner.

Il marcha à la rencontre de l'homme qu'il croyait apercevoir, sans en être bien sûr, car il avait encore la vue trouble, et le bec de gaz le plus rapproché était au moins à trente pas du mur contre lequel il s'était cogné.

— Hé! monsieur, cria-t-il, un mot, je vous prie.

L'homme s'arrêta court et fit mine de battre en retraite.

— N'ayez pas peur, reprit Gerfaut, je ne vais pas vous demander la bourse ou la vie... je ne vous demande que mon chemin.

L'homme se remit à avancer, mais sans se presser, et son allure hésitante indiquait assez qu'il se défiait de cette rencontre au fond d'une impasse déserte.

— Parbleu! dit-il, après s'être un peu rapproché; vous savez bien où vous êtes.

— Non, parole d'honneur! Je me doute bien que je suis à Montmartre, mais je veux que le diable m'enporte si je devine de quel côté je dois prendre pour rentrer chez moi, boulevard des Batignolles.

— Vous n'êtes donc pas de Paris?

— Moi! je suis Parisien pur sang, et je connais Montmartre comme ma poche...

— Eh bien! alors!...

— Ah! voilà!... j'ai dîné en ville et je me suis pochardé dans les grands prix... je peux bien en convenir, car ça doit se voir. Malheureusement, je m'en suis aperçu trop tard, et j'ai eu l'idée stupide de lâcher un fiacre que j'avais... Je rôde depuis une heure comme un chien perdu, et j'ai fini par me casser le nez contre une muraille... Il me semble que je suis dans un labyrinthe, et que je n'en sortirai jamais... Tirez-moi de là, je vous en prie, car je ne m'en tirerai pas tout seul. Je n'y vois plus clair.

— Si j'en étais sûr?

— Bon! vous croyez encore que j'ai de mauvaises intentions ou que je me moque de vous. Qu'est-ce qu'il faut donc faire pour vous convaincre que j'ai trop bu? Je ne peux pourtant pas me flanquer par terre exprès. Mes jambes tiennent encore bon. Je ne marche pas très-droit, mais enfin je marche, c'est la tête et les yeux qui ne vont pas... les yeux surtout... il me semble que tout danse autour de moi... ce que je vous demande, c'est de m'aider à trouver une voiture. Je donnerai le numéro de ma maison au cocher, et il me déposera à ma porte.

— Je voudrais bien, mais je n'ai pas le temps.

— Oh! je payerai le dérangement, dit Gerfaut en fouillant dans sa poche.

Il venait de s'apercevoir que l'homme était vêtu d'une blouse et coiffé d'un chapeau mou, enfoncé jusque sur les yeux. Ce costume n'annonçait pas l'opulence, et l'appât d'une récompense honnête pouvait décider celui qui le portait à rendre un service assez facile.

On ne voyait guère de son visage qu'une barbe épaisse et inculte, mais il n'avait pas la voix rauque des rôdeurs de barrières.

— Oh! dit il, si je pouvais vous tirer d'embarras, je

le ferais gratis, mais j'y suis encore plus que vous, dans l'embarras, et je cherche quelqu'un pour m'aider.

— Vous aider à quoi?

— A porter ma femme à l'hospice.

— Qu'est-ce qu'elle a, votre femme?

— Elle a qu'elle va accoucher. Les douleurs lui ont pris tout à coup, et il n'y a pas d'autre locataire que nous dans la baraque où nous demeurons. Personne pour la soigner. J'irais bien chercher un médecin, quoique je ne sois pas riche; mais avant que j'en aie trouvé un, ma pauvre femme aura le temps de passer. Elle vient de tomber en syncope, et tout ce que j'ai pu faire, c'a été de la coucher sur un lit de sangle... mais je ne peux pas l'emporter tout seul. Je vais voir au poste si je trouverai un *sergot* de bonne volonté pour me donner un coup de main.

Bien fâché de vous refuser, mais vous comprenez...

— Parbleu! si je comprends! Vous n'allez pas laisser mourir votre femme pour me reconduire. Mais il y a un moyen de tout arranger. A quel hospice la recevra-t-on?

— On la recevra partout. Dans l'état où elle est, elle n'a pas besoin de présenter une carte d'admission délivrée par le bureau central des hôpitaux. Mais j'irai au plus près... à Lariboisière.

— Eh bien! à nous deux, nous l'y porterons. Et après, je trouverai facilement un fiacre, puisque je serai à deux pas de la gare du Nord, où il y en a toujours.

— Merci! vous pourriez la laisser tomber en route.

— Allons donc! elle n'est pas si lourde, votre femme... et puis on a du biceps... regardez-moi ça.

— Du biceps, je ne dis pas le contraire... mais vous n'êtes pas d'aplomb sur vos quilles.

— Erreur, mon brave. Le poids me calera, vous verrez. Où est-elle, votre femme?

— Là, dans l'allée de notre maison, qui est au bout de ce mur. Je n'ai pas eu de peine à y traîner le lit de sangle, vu que nous restons au rez-de-chaussée.

— Allons-y! elle doit s'impatienter.

— Non, puisque je vous dis qu'elle est sans connaissance; mais j'accepte tout de même, et quand on l'aura reçue à l'hospice, si vous avez encore besoin de moi, ce ne sera pas de refus.

— A la bonne heure. Voilà qui est parler. Conduisez-moi.

L'homme fit volte-face et se mit à raser de très-près un long mur qui formait un angle droit avec celui contre lequel Gerfaut s'était heurté.

Ces murs devaient protéger des jardins. On entendait bruire le vent dans les branches sèches.

Plus loin, au coin d'une ruelle qui s'embranchait sur l'impasse, il y avait une maison dont les fenêtres étaient fermées et la porte ouverte : une porte bâtarde, à peine assez large pour que deux personnes pussent y entrer de front.

L'homme s'y glissa et presque aussitôt sortit à reculons, amenant après lui un véritable brancard, tout pareil à ceux qui servent dans Paris au transport des blessés. Cette machine avait des bras et des pieds, afin que les porteurs pussent, alternativement, l'enlever et se reposer. De plus, elle était recouverte d'un dais de forte toile rayée, qui préservait la malade des intempéries de l'air et des regards indiscrets.

— Je vais me mettre devant, dit l'homme. Il faut bien que ce soit moi qui conduise, puisque vous avez perdu

votre chemin. Empoignez-moi les deux bras par derrière
et attendez que je vous avertisse.

— Vous ne regardez pas comment va votre femme?
demanda Gerfaut, un peu étonné des façons expéditives
de ce mari si tendre.

— Non. Je connais ces crises-là. Elle en a déjà eu.
On n'y peut rien. Y êtes-vous?

— Oui. Ne craignez rien. Je ne la laisserai pas tomber.

— Alors, enlevons! Là, c'est fait... en route, maintenant.

Gerfaut obéit au commandement. Il était enchanté de
montrer sa force et de rendre un service, à charge de
revanche. La femme en couches n'était pas lourde, d'ailleurs, et, comme il l'avait prévu, l'action de porter un
brancard donnait de l'équilibre au porteur en l'obligeant
à marcher les jambes un peu écartées, comme un matelot
sur le pont d'un navire.

L'homme qui dirigeait le convoi allait d'un pas égal
et assuré, sans jamais hésiter entre les rues qui s'entre-
croisaient à chaque instant. Ce quartier lui était
familier.

Mais Gerfaut avait beau regarder, il n'arrivait pas à
se rendre compte de l'itinéraire qu'on lui faisait suivre.
C'était toujours les mêmes voies étroites, les mêmes
bâtisses vieilles et noires, les mêmes pavés disjoints. Les
ruelles succédaient aux ruelles, et l'on ne voyait ni place,
ni fontaine, ni église, ni point de repaire quelconque.
Gerfaut finit par se demander si on ne le faisait pas
tourner autour du même pâté de maisons. Une fois
même, il lui sembla reconnaître au-dessus de la porte
d'une boutique une enseigne qu'il avait remarquée
deux minutes auparavant.

— Ah çà, où allons-nous donc, mon brave? cria-t-il
à son guide; nous étions donc bien loin du boulevard?

— Oh! très-loin, et nous n'y sommes pas encore; mais
si vous êtes fatigué, nous pouvons nous arrêter un
instant.

— Ma foi! je ne demande pas mieux que de souffler
un brin... et même si nous rencontrions des gens pour
nous relayer...

— Je crois que j'ai votre affaire!... Écoutez un peu.

Un bruit de pas cadencés frappa les oreilles de Gerfaut.
Ce bruit venait d'assez loin, du bas d'une rue adjacente
à celles qu'ils suivaient, mais il se rapprochait.

— Posons le brancard, reprit l'homme. Vous le garderez pendant que j'irai au-devant des deux gardiens de
la paix qui montent là-bas. Ils ne refuseront pas de nous
aider. Et après, ils se chargeront de vous trouver un
fiacre.

— Bonne idée, mon garçon. Je vous attends. Si votre
femme se réveille, je lui dirai que vous allez revenir.

— Pas de danger qu'elle se réveille. Elle est en
léthargie, dit le mari en s'éloignant rapidement.

Gerfaut crut voir qu'au lieu de tourner par la rue où
marchaient les sergents de ville, il passait outre, en accé-
lérant son allure, mais Gerfaut ne s'arrêta point à cette
idée.

Il était tout à la joie de se trouver enfin en contact
avec deux protecteurs de l'ordre public, et de leur
raconter son cas, auquel ils ne manqueraient pas de
compatir.

— Ça vaudra mieux que de rester attelé à une civière...
Si Camille me voyait dans ce rôle-là, ce qu'elle se moque-
rait de moi! Mais c'est drôle tout de même qu'elle ne crie

pas et qu'elle ne bouge pas, cette femme en mal d'enfant. J'ai envie de soulever les rideaux du brancard, pour voir si elle n'est pas morte en route.

La femme en couches n'avait, en effet, donné aucun signe de vie depuis qu'on la portait sur ce brancard, et le cas n'était pas ordinaire. Le mari, il est vrai, affirmait qu'elle tombait en léthargie chaque fois qu'elle enfantait, et le mari devait savoir à quoi s'en tenir.

Gerfaut, d'ailleurs, s'intéressait médiocrement à cet homme, et il n'avait consenti à lui rendre service que pour se tirer de l'embarras où il s'était mis.

Il se ravisa donc, au moment où il allait lever un coin du rideau, et il se décida à attendre l'arrivée des sergents de ville que l'homme au chapeau mou était allé chercher.

— Le froid lui ferait mal, à cette pauvre diablesse, grommela-t-il en s'adossant à un mur pour se reposer, et aussi parce qu'il n'était pas encore très-sûr de son aplomb. Si elle se réveille, elle appellera, et je suis là pour la consoler jusqu'à ce que son tendre époux revienne. C'est égal, je voudrais bien être chez moi. Je me morfonds ici, et je serais si chaudement dans mon lit... sans compter que j'ai toujours mal aux cheveux... il me semble par moments que les maisons dansent la sarabande... Ah! je peux me flatter de m'être flanqué une culotte premier numéro... Il y avait bien vingt-cinq ans que ça ne m'était arrivé. Voilà ce que c'est que de vivre en famille... on se rouille... Autrefois, j'aurais bu le double sans être seulement *éméché*... et il n'y a pas à dire, je suis encore gris comme plusieurs Polonais... Pourvu que Camille soit couchée, quand je rentrerai, mon Dieu!... Demain, il n'y paraîtra plus; mais si je me montrais dans l'état où je suis, je compro-

1.   2

mettrais fortement l'autorité paternelle en ma personne...
et j'en ai besoin, de mon autorité, pour empêcher ma
chère fille de faire une sottise... Que le diable emporte
les Labadens!... C'est-à-dire non, pas tous... Marcel
Brunier est un gentil garçon, et j'ai eu de la chance de
le rencontrer... Hum! il doit avoir une fâcheuse idée de
moi, Marcel Brunier... il m'a peut-être pris pour un
vieux pochard... Bah! une fois n'est pas coutume, et ça
peut arriver à tout le monde, ces accidents-là.

Pendant que Gerfaut ruminait ainsi, en pensant tout
haut, selon la coutume des gens ivres, les minutes s'écou-
laient, et il finit par s'en apercevoir.

— Ah çà, murmura-t-il, qu'est-ce qu'il fait donc, cet
animal-là? Il aurait eu trois fois le temps de revenir.
Est-ce qu'il m'aurait fait la farce de décamper?... C'est
moi qui la trouverais mauvaise et qui ne me gênerais pas
pour planter là sa femme... je ne suis pas obligé de la
garder, après tout... Oui, mais voilà!... je ne sais pas où
nous sommes, et je suis incapable de retrouver mon chemin tout seul.

Il prêta l'oreille, et il entendit des pas qui se rappro-
chaient lentement.

— Enfin, c'est lui, reprit-il, et il ramène les sergents
de ville... Il y a mis le temps... et il ne se presse pas...
ils marchent tous comme des tortues... ils ne se soucient
peut-être pas de me relayer, ces bons anges gardiens, je
comprends ça, mais il faudra bien qu'ils s'y décident...
Ah! je les vois.

Deux hommes en caban et en képi venaient d'apparaître à vingt pas de l'endroit où Gerfaut était resté en
faction près du brancard, et semblaient hésiter sur le
chemin qu'ils allaient prendre, car ils s'arrêtèrent. Peut-

être aussi éprouvaient-ils le besoin de reprendre haleine après une montée. Ils arrivaient par une rue en pente, comme beaucoup d'autres rues que Gerfaut venait de grimper ou de descendre, suivant que son conducteur dirigeait la marche dans un sens ou dans l'autre.

— Tiens! ils ne sont que deux, murmura le sculpteur. Où est donc le mari? Ma foi! ça m'est égal... c'est lui qui les envoie, et puisqu'ils ne viennent pas à moi, je vais aller à eux.

Et il s'avança, non sans festonner quelque peu, à la rencontre des deux préposés à la sécurité nocturne des Parisiens.

Ils le regardaient, mais ils ne bougeaient pas.

— Par ici! leur cria-t-il en gesticulant.

— De quoi, par ici? bougonna un des deux sergents de ville, un vieux troupier grognon qui n'entendait pas du tout la plaisanterie. A qui en a-t-il, ce particulier-là? Est-ce qu'il croit que nous sommes à son commandement?

— Tu ne vois donc pas que c'est un *poivrot?* dit l'autre, qui était plus jeune et moins renfrogné.

— Un peu que je le vois! il ne tient pas sur ses pattes. Qu'il ne m'embête pas, ou je le colle au poste.

Gerfaut était encore trop loin pour entendre ce colloque, et il ne se doutait guère de la réception qui l'attendait.

Il reprit de plus belle :

— Par ici, on vous dit! Le brancard est sous le bec de gaz. Il vous crève les yeux. Et la femme n'est pas à son aise sous sa toile à matelas... Dépêchez-vous donc!

— C'est pas un *poivrot,* c'est un fou, dit entre ses dents le vieux soldat. Raison de plus pour l'empoigner.

— Eh bien?... et l'homme, qu'est-ce que vous en avez fait? demanda Gerfaut en s'approchant tout à fait.

— Dites donc, vous, avez-vous bientôt fini de blaguer? répondit le plus jeune des policemen. Croyez-moi, passez votre chemin, si vous n'avez pas envie de coucher au violon.

— Moi, au violon!... ça serait fort, par exemple!... c'était bon autrefois, quand je faisais mes farces à l'Élysée-Montmartre... mais on s'est rangé depuis ce temps-là... est-ce que j'ai l'air d'un monsieur qu'on met au violon?...

— C'est bon!... on ne vous demande pas tout ça. Qu'est-ce que vous voulez, à la fin?

— Je veux que vous m'aidiez à porter une malade à l'hospice.

— Farceur, va!

— Pas farceur du tout. Elle va accoucher.

— Qui ça? votre femme?

— Non. La femme d'un bonhomme que j'ai rencontré et qui m'a prié de lui donner un coup de main.

— Eh bien! vous êtes deux. Vous n'avez pas besoin de nous.

— Mais non. Je ne suis plus qu'un. Le compère m'a lâché en me disant qu'il allait vous ramener. Nous vous entendions marcher. Et moi, je ne demandais pas mieux que de me reposer, attendu que j'en ai assez de faire le portefaix. Nous avons posé le brancard sur le pavé, et il est parti en courant. Je ne comprends pas que vous ne l'ayez pas vu.

— Nous n'avons vu personne.

— Il se sera peut-être trompé de rue, et il vous cherche d'un autre côté.

— Allons donc! il vous a joué le tour. Et je ne vous conseille pas de l'attendre. Vous seriez encore ici demain matin.

— Je commence à croire qu'il s'est fichu de moi. Mais je ne devine pas ce qu'il a gagné à cette fumisterie.

— Moi non plus, dit le sergent, qui ne savait pas trop ce que c'était qu'une fumisterie. Mais ces affaires-là, ça ne nous regarde pas. Rentrez chez vous, mon vieux... et couchez-vous... ça vous fera du bien.

— Rentrer chez moi, c'est facile à dire... où sommes-nous ici?

— Comment! vous ne savez pas où vous êtes! Elle est bonne, celle-là.

— Non, je n'en sais rien... et je ne blague pas, parole d'honneur! Il faut vous dire que je suis un peu *parti*...

— Vous n'avez pas besoin de le dire. On s'en aperçoit.

— Oui... j'ai diné en ville, et j'ai trop bu. Après le diner, j'ai été reconduire un ami qui demeure rue... ma foi! j'ai oublié le nom... mais c'est du côté de la chaussée Clignancourt... et quand j'ai eu quitté mon ami, j'ai voulu couper au court pour arriver boulevard des Batignolles, où j'ai ma maison... mais je me suis égaré... et je battais le pavé depuis trois quarts d'heure, quand j'ai été accosté par un individu qui avait l'air de sortir d'un mur... je lui ai demandé mon chemin, et je lui ai offert de l'argent pour me ramener chez moi... il m'a répondu que sa femme était en mal d'enfant, et qu'il cherchait quelqu'un pour s'atteler avec lui au brancard où il l'avait couchée... je ne pouvais pas refuser, pas vrai? d'autant qu'il me promettait de me faire la conduite après... j'ai accepté, et il m'a trimballé à travers un tas de rues que je ne connais pas...

2.

— Et il s'est sauvé quand il nous a entendus? demanda le vieux sergent de ville.

— C'est-à-dire qu'il a couru au-devant de vous.

— Il s'est arrangé pour ne pas nous rencontrer. J'ai dans l'idée qu'il n'y tenait pas. Où est-il, votre brancard?

— Vous le voyez d'ici.

— Et la bourgeoise n'a rien dit quand son homme a décanillé?

— Pas soufflé mot... et par une bonne raison. Elle est sans connaissance depuis que nous la portons. Il paraît que ça lui arrive toujours quand elle accouche.

— Vous avez avalé cette colle-là, vous? Alors, c'est que vous n'êtes pas malin. Votre particulier déménageait à la cloche de bois, et vous l'avez aidé à porter son saint-frusquin pour flouer son propriétaire.

— Ma foi! c'est bien possible... la maison n'a pas de portier, et le brancard était dans l'allée... Ah! le gredin!... Si j'en étais sûr...

— Vous allez voir. Venez un peu avec nous.

Gerfaut ne demandait pas mieux. Il enrageait en pensant qu'il avait pu se laisser berner de la sorte, et il lui tardait de savoir à quoi s'en tenir.

Les deux gardiens de la paix le suivirent, et le plus vieux dit à l'autre :

— Ouvrons l'œil sur celui-là. Il est peut-être d'accord avec l'homme qui a filé. Tout ça n'est pas clair.

Gerfaut arriva le premier près du brancard, défit avec précaution les cordons qui attachaient les rideaux, et releva doucement un des pans.

— J'en étais sûr, s'écria-t-il, c'est bien une femme.

— Ça m'étonne, dit le vieux sergent de ville.

— Et une femme très-malade. Elle ne bouge pas plus que si elle était morte, et elle a les yeux fermés.

Les deux gardiens de la paix se penchèrent pour examiner de plus près cette étrange accouchée, et le plus âgé reprit :

— Je le crois bien, qu'elle ne bouge pas. On l'a étranglée. Elle a encore la corde au cou.

— Étranglée ! s'écria Gerfaut. Ah ! mon Dieu ! mais alors ce serait donc ce gredin qui l'aurait... brigand, va !... je le rattraperai, et il faudra bien qu'il s'explique.

Et, comme il allait se lancer à sa poursuite, sans réfléchir qu'il était, pour plusieurs raisons, hors d'état de le rejoindre, le vieux sergent de ville lui mit la main au collet et lui dit d'une voix rude :

— Vous, je vous défends de bouger.

Gerfaut était vigoureux, mais il n'essaya point de se dégager. La stupeur le paralysait. Et puis, il commençait à comprendre que ces gens le soupçonnaient d'être de connivence avec l'homme qui s'était enfui.

— C'est pourtant vrai, dit l'autre sergent de ville. La corde y est. Elle s'est pendue ou on l'a pendue.

— Et vous ne voulez pas que je coure après le mari ! Vous ne voyez donc pas que c'est lui qui a fait le coup ?

— Vieux malin ! dit le gardien qui tenait Gerfaut. Il ne s'agit pas de courir après lui ; il s'agit de me suivre au poste.

Et s'adressant à son camarade :

— Toi, Grain-de-Plomb, tu vas rester là près du brancard, pendant que je consignerai monsieur au brigadier. Je t'enverrai du monde pour apporter le *machabée*.

Le sergent de ville qui répondait au surnom de

Grain-de-Plomb, et qui s'appelait de son vrai nom
Graindorge, avait une figure intelligente. Il regardait
attentivement Gerfaut, et il ne paraissait pas être du
même avis que son ancien.

— Nous pouvons bien le porter à nous deux, dit-il.
Monsieur ne se sauvera pas en route. Et d'ailleurs, s'il
essayait de se sauver, il n'irait pas loin.

— Me sauver! je n'en ai pas envie, s'écria le père de
Camille. Je veux vous aider à repincer le scélérat qui
a tué cette femme et qui m'a joué le tour de me fourrer
dans cette vilaine affaire Allons au poste. Amenez un
commissaire de police. Je lui raconterai comment ça
s'est passé. Et nous retrouverons la maison d'où ce
coquin est sorti.

— Monsieur a raison, appuya Graindorge. C'est le seul
moyen. Et nous n'avons pas de temps à perdre. Em-
poigne le brancard par devant, mon vieux Colache.
Moi, je vais l'empoigner par derrière, et monsieur mar-
chera à côté de toi.

— Si on lui mettait les menottes, ça serait plus sûr,
grommela Colache, qui était toujours pour les mesures
de rigueur.

— Je ne vous conseille pas d'essayer, répliqua Gerfaut. Je marcherai de bonne volonté, mais je ne marcherai pas de force. Et vous allez commencer par me
lâcher.

D'un seul mouvement d'épaules, il se dégagea, et
montrant ses larges mains :

— Vous ne voyez donc pas, reprit-il, qu'il ne tiendrait
qu'à moi de vous *tomber* tous les deux?

Colache se décida en grognant. Graindorge venait de
lui dire tout bas :

— Il nous donnerait du fil à retordre, et il me fait l'effet d'être un brave homme. Vaut mieux le prendre par la douceur. Il s'arrangera avec le brigadier.

— C'est bon! En route!... Vous, tenez-vous à ma droite et ne vous écartez pas, ou je vous saute dessus.

Gerfaut ne prit pas la peine de répoudre à cette injonction comminatoire. Ce n'était pas le moment de récriminer contre les brutalités d'un subalterne, et il lui tardait d'avoir affaire à des chefs capables de comprendre ses explications.

Le cortége se forma dans l'ordre indiqué. On monta une rue en pente, et l'on tourna à gauche.

Gerfaut observait la consigne en restant à portée de la main de Colache, et ne songeait guère à prendre la fuite. Il cherchait à classer dans sa tête encore un peu troublée les circonstances de cette étrange aventure, et par moments il pensait aussi à Camille qui l'attendait peut-être, car il la connaissait, et il ne comptait pas absolument sur la promesse qu'elle lui avait faite de se coucher de bonne heure.

— Va-t-elle être étonnée, quand je lui raconterai mon histoire! se disait-il. Elle aime les drames, ça l'intéressera... mais c'est égal, je serai grondé... et je l'aurai bien mérité. Me voilà embringué, pour deux ou trois jours, dans des ennuis sans nombre. Il faudra aller chez le commissaire et peut-être chez le juge d'instruction... car il s'agit d'un crime, ce n'est pas douteux. Si cette femme s'était pendue, le gueux qui m'a si bien mis dedans n'aurait pas pris tant de peine pour se débarrasser du corps...

Et pendant ce temps-là, je ne pourrai pas travailler à ma statue. Je manquerai le Salon. Sans compter que les magistrats sont capables de me soupçonner... les sergents de ville me soupçonnent déjà... Je ne serai pas embarassé pour me justifier, mais c'est toujours embêtant... Mon nom sera dans les journaux, et tout Paris saura que Tiburce Gerfaut, auteur du « Volontaire de 92 », qui décrochera peut-être, cette année, le grand prix de sculpture, s'est pochardé comme un simple manœuvre.

Ah! décidément, je m'en souviendrai, du dîner des Labadens!

Ces réflexions menèrent Gerfaut jusqu'au poste qui était tout près de l'endroit où le soi-disant mari de la morte s'était si habilement dérobé.

Les sergents de ville commencèrent par l'y faire entrer, et il se trouva justement là un officier de paix en tournée d'inspection.

Ils lui racontèrent l'affaire dans un coin, pendant que Gerfaut se réchauffait près du poêle, et il donna l'ordre d'apporter le brancard.

On croira sans peine que l'exhibition du cadavre étonna les hommes du poste, habitués cependant à des découvertes du genre lugubre.

La malheureuse étendue sur ce triste lit n'était plus d'âge à accoucher, car elle paraissait avoir au moins quarante-cinq ans. On voyait qu'elle avait dû être belle, mais ses traits amaigris indiquaient assez qu'elle avait souffert avant de mourir, souffert de la misère, ou de ces chagrins qui ruinent la santé de la femme la mieux constituée.

On avait jeté sur elle une mauvaise couverture de coton, mais elle était complétement habillée : une robe de laine noire usée jusqu'à la trame, un châle à carreaux tout rapiécé, et, contraste bizarre, des bottines à talons Louis XV, fortement éculées, et des bas de soie gris perle, troués en plusieurs endroits.

— Luxe et indigence. Une cocotte déchue, murmura l'officier de paix après ces constatations.

La corde, une corde neuve, serrait le cou, et un bout assez long pendait sur la poitrine. Le nœud était entré dans les chairs. La pendaison n'était pas douteuse. Quant à déclarer qu'elle avait été volontaire ou forcée, c'était l'affaire d'un médecin, et pour le moment l'officier de paix n'avait à s'occuper que des faits.

Il les connaissait par le récit que venaient de lui faire ses subordonnés, mais ce récit était naturellement très incomplet, puisqu'il commençait au moment où Gerfaut les avait appelés.

Et les explications que leur avait fournies Gerfaut lui semblaient très-louches.

— Ainsi, dit-il en s'adressant au sculpteur qui avait assisté avec une curiosité émue à l'examen du corps, ainsi vous prétendez ne pas connaître l'homme que vous avez aidé à porter ce brancard! C'est invraisemblable...

— J'en conviens, répondit Gerfaut sans se troubler, c'est invraisemblable, mais c'est vrai. Je me suis perdu dans un quartier qui n'est pas le mien... j'avais un peu trop bu, je ne m'en cache pas... et je pataugeais au fond d'une impasse, lorsqu'un individu en blouse et en chapeau mou est venu à moi... je ne peux pas vous donner son signalement, car je n'ai pas vu sa figure... tout ce que je sais, c'est qu'il a toute sa barbe... une barbe presque aussi longue que la mienne... je lui ai demandé mon chemin, et je l'ai prié de m'y remettre. Il m'a répondu que si je voulais l'aider à porter sa femme à

l'hôpital Lariboisière, il me reconduirait chez moi
ensuite.

— Et vous avez accepté cet arrangement?

— Tout le monde l'aurait accepté. Vous-même, si vous
vous étiez trouvé à ma place, vous auriez fait comme
moi. On ne refuse pas de venir au secours d'une malade.

— Mais du moins on s'assure qu'il s'agit d'une malade.
Comment! cet homme vous dit que sa femme est dans
les douleurs, et vous ne vous étonnez pas de ne pas l'entendre crier!

— Il avait ajouté qu'elle était en syncope. Du reste,
je confesse que j'ai eu tort de le croire, sans m'assurer
qu'il ne mentait pas. Mais je vous répète que je n'étais
pas dans mon état normal. J'avais copieusement dîné, et
sans être tout à fait ivre, je ne raisonnais plus mes
actions. J'ai cédé à un mouvement de pitié assez naturel.
Et en vérité, je ne pouvais pas imaginer que cet inconnu
allait se servir de moi pour faire disparaître un cadavre.

— Il est étrange, en effet, qu'il se soit adressé à vous,
car il ne pouvait pas prévoir que vous passeriez là.

— Non, certes. C'est le hasard qui m'y a amené. Aussi
a-t-il hésité, et ce n'est qu'après s'être assuré que j'étais
hors de mon assiette et que je n'y voyais plus très-clair
qu'il m'a proposé de lui prêter assistance. Il comptait
évidemment me lâcher en route, et c'est ce qu'il a fait.

— Mais quand il vous a quitté, vous avez dû être
fixé.

— Ma foi, non. Nous entendions le pas de vos sergents de ville, et j'étais fatigué. Il m'a dit, et j'ai cru
bonnement, qu'il allait les chercher pour me relayer.

— Il fallait les appeler.

— Je n'y ai pas manqué, dès qu'ils ont été à portée,

et je vous prie de remarquer qu'il n'eût tenu qu'à moi de décamper, si j'avais eu peur de les rencontrer. Au contraire, ils allaient passer sans me voir, et je suis allé les chercher.

Cet argument parut frapper l'officier de paix.

— Si j'osais me permettre de vous donner un conseil, reprit Gerfaut, je vous dirais qu'au lieu de perdre du temps en explications rétrospectives, nous ferions mieux de nous mettre en quête de la maison d'où le brancard est sorti.

Je crois que je pourrais la retrouver.

L'officier de paix ralentit le pas, et Gerfaut s'achemina lentement, en regardant les maisons à droite et à gauche. Par malheur, elles se ressemblaient toutes. Des masures vermoulues, alternant avec des murs de jardins.

A trente pas de la rue Houdon, il rencontra une ruelle, et il s'arrêta un instant pour se reconnaitre.

— Non, murmura-t-il, ce n'est pas de celle-là que je venais. Il faut aller tout droit.

Et il continua, jusqu'à un endroit où la rue tournait brusquement.

— C'est singulier, dit-il entre ses dents. Il me semble que voici la muraille contre laquelle je me suis cogné. Voyons donc un peu... oui, c'est bien ça... et pourtant je n'avais pas remarqué cet escalier... là, au fond. Et puis, j'ai porté le brancard pendant vingt minutes au moins... Je ne peux pas être déjà arrivé au point de départ.

L'officier de paix, qui était volontairement resté en arrière, ne tarda pas à le rejoindre, et un instant après, les deux sergents de ville rallièrent leur chef.

— Je n'y comprends plus rien, s'écria Gerfaut. Voilà

I.   3

un endroit qui ressemble énormément à celui où je me
suis enfourné avant de rencontrer mon homme, et je
jurerais qu'il m'a conduit dans la rue devant laquelle
nous venons de passer.

Où va cet escalier?

— A la place de la mairie de Montmartre, dit Colache.
Et la rue qui est derrière nous aboutit sur la place
Pigalle.

— Alors, je me trompe. Je suis sûr de n'avoir ni monté
ni descendu un escalier. Cherchons ailleurs.

— Ailleurs? il n'y a pas d'autres débouchés que l'escalier ou la rue de l'Élysée-des-Beaux-Arts. Ici, c'est un
cul-de-sac.

Gerfaut se grattait le front pour en faire jaillir une
idée qui ne venait pas.

— Je vais aller en reconnaissance, dit-il après avoir
réfléchi quelques instants. Et je crois que je m'y retrouverai mieux tout seul.

Voulez-vous m'attendre ici pendant que je vais explo-
rer ce coin, maison par maison? Vous ne craignez plus
que je me sauve. Ce sera du reste l'affaire de trois
minutes.

La proposition était sensée, et l'officier de paix le comprit bien. Mais avant de l'accepter, il voulut se renseigner sur l'homme qui la lui adressait.

— Qui êtes-vous, monsieur? lui demanda-t-il d'un
ton très-radouci.

— Je me nomme Tiburce Gerfaut; je suis artiste, et je
demeure boulevard des Batignolles, 99.

— Quoi! vous êtes M. Gerfaut, le célèbre statuaire!

— Je ne sais pas si je suis célèbre, mais je vous jure
que je suis incapable de servir de complice à un criminel.

Il ne tient qu'à vous de savoir si je dis la vérité. La maison que j'habite depuis dix ans m'appartient. Je suis très-connu dans mon quartier, et si vous voulez bien m'accompagner chez moi, après l'expédition que je vous propose d'entreprendre à la recherche du domicile de ce bandit...

— Je vous crois, monsieur ; mais vous m'excuserez de vous avoir soupçonné... Je ne pouvais pas me douter...

— Qu'un père de famille, un propriétaire, un artiste, courait les rues la nuit, dans un état voisin de l'ivresse. Que voulez-vous ! on fait des sottises à tout âge. Je suis allé à un dîner d'anciens camarades de collége... au Grand-Hôtel... voyez plutôt ma cravate blanche... et je me suis outrageusement grisé.

— A ce point que vous avez oublié le chemin qui conduit chez vous, dit l'officier de paix avec intention. Vous êtes à Montmartre, et pour venir du boulevard des Capucines, où est le Grand-Hôtel...

— J'ai fait un détour incroyable. Mais il faut que vous sachiez que j'ai commencé par reconduire un jeune Labadens... le fils d'un de mes copains de Charlemagne... il demeure près de la Chapelle... rue Labat... le nom me revient maintenant... je l'ai quitté a sa porte, et j'ai eu la déplorable idée de revenir à pied, par le plus court... je me suis égaré et... vous savez le reste... je vous serai très-reconnaissant de ne pas publier ma mésaventure... si ma fille apprenait que je me suis enivré comme un collégien...

— Je ferai de mon mieux pour vous épargner ce désa-grément, et je pense comme vous, monsieur, que le plus pressé, c'est de retrouver la maison de l'homme au brancard. Courir après lui serait inutile. Il est loin mainte-

nant. Mais si vous pouvez reconnaître la porte où il vous
a conduit...

— La porte, non. Elle était ouverte. Le brancard était
dans l'allée. Mais je me rappelle que les fenêtres avaient
des volets verts, et que la maison n'a qu'un étage !...

— Bon ! mais la rue ?

— Ah ! la rue, je serais bien empéché de la désigner.

— Vous n'avez pas regardé le nom sur la plaque ?

— Mon Dieu, non. Ça ne m'intéressait pas de savoir
où j'étais, puisque ce coquin m'avait promis de me
reconduire. Et d'ailleurs, ça ne m'aurait servi à rien
de regarder. J'y voyais double. Tout ce que je puis vous
dire, c'est qu'au moment où je l'ai rencontré, je venais
de me cogner le nez contre un mur qui forme le fond
d'une impasse... il m'a fait tourner à droite dans une
ruelle qui s'embranche sur l'impasse... la maison est la
première à gauche.

— Ces indications sont bien vagues. Vous souvenez-
vous du chemin que vous avez suivi en portant le brancard ?

— Je ne pourrais pas vous l'indiquer de mémoire.
J'allais où il me menait, sans me préoccuper de l'itinéraire qu'il me faisait suivre. Nous avons marché longtemps, et j'ai même eu l'idée que nous étions revenus plusieurs fois sur nos pas.

— C'est assez probable. Il cherchait à vous égarer.

— Et il y a réussi. J'aurais dû semer des cailloux
comme le petit Poucet dans la forêt, mais je n'en avais
pas dans mes poches, dit gaiement Gerfaut, qui revenait
peu à peu à son naturel joyeux. Je crois que le mieux
serait de refaire ce chemin en sens inverse ; sur place, la
mémoire me reviendra peut-être.

— Il faudrait donc partir du point où les gardiens de la paix vous ont rencontré.

— Assurément. Et si vous voulez bien leur demander où c'est...

— Nous montions par la rue Houdon, dit Graindorge, qui écoutait l'interrogatoire. Et quand monsieur nous a appelés, il était dans un passage qui s'ouvre à gauche, presque en haut de la rue... par exemple, je ne sais pas trop où ça mène.

— Ça doit tomber dans la rue de l'Elysée-des-Beaux-Arts, répondit Colache.

— Bon! c'est tout près d'ici, dit l'officier de paix.

— Mais je la connais, la rue de l'Élysée-des-Beaux-Arts! s'écria Gerfaut. J'y suis passé cent fois quand je travaillais dans un atelier qui est sur la place Pigalle... Il est vrai qu'il y a longtemps de ça, et que je ne viens plus traîner mes guêtres par ici... mais c'est égal... je ne comprends pas que je ne l'aie pas reconnue...

— Il est à craindre que vous ne reconnaissiez pas mieux le reste du chemin... mais nous pouvons toujours essayer...

— Je suis prêt.

— Brigadier, vous allez courir chez M. le commissaire, et vous le prierez de ma part de venir au poste immédiatement.

Vous, Colache et Graindorge, venez avec moi.

Gerfaut ne demandait qu'à marcher. Il commençait à se passionner pour cette chasse, et, d'ailleurs, il en voulait à ce coquin qui avait inventé la ruse infernale à laquelle il s'était sottement laissé prendre.

Il aurait volontiers passé toute la nuit, s'il l'avait fallu, pour retrouver son repaire, et il se promettait de régaler le lendemain matin sa fille d'une narration dramatique.

La petite troupe descendit la rue Houdon, l'officier de paix à côté de Gerfaut, et les deux sergents de ville suivant de près.

— Est-ce ici? demanda l'officier en s'arrêtant devant une rue latérale qui ne payait pas de mine.

— Parfaitement, dit Gerfaut. J'étais là-bas sous ce bec de gaz quand le gredin s'est sauvé. Vos hommes montaient par ici. Ils devaient venir du boulevard Clichy.

— Oui, et ils auraient dû le rencontrer.

— Il a pris un autre chemin. Il les voyait.

— C'est juste. Il aura remonté jusqu'à la rue des Abbesses. Et il aura filé du côté de la place Saint-Pierre. Mais ne nous occupons pas de lui. Il s'agit maintenant de rappeler vos souvenirs. Entrons dans le passage et conduisez-moi.

— Oui, il vaut mieux que je marche devant. Laissez-moi faire.

L'officier de paix n'avait plus d'inquiétudes, et il le laissa aller, au grand mécontentement de Colache, qui persistait à croire que le monsieur en cravate blanche était un complice de l'homme au brancard.

Le coin de la rue était tout près, Gerfaut y arriva en tâtonnant et tourna tout doucement.

Plus il avançait, et plus il lui semblait reconnaître la place où l'homme l'avait conduit.

Il recula pour examiner la façade de la première maison, et il resta stupéfait.

C'étaient bien les fenêtres fermées, les volets verts, l'étage unique, et, par surcroît de chance, la porte de l'allée était ouverte, quoique l'homme eût pris soin de la fermer avant de s'atteler au brancard.

Gerfaut ne songea point à appeler l'officier de paix, qui n'était pas loin, quoiqu'il n'eût pas encore dépassé l'angle de la rue.

Il marcha droit à la porte, et il allait s'engager bravement dans l'allée, lorsqu'il sentit une douleur aiguë qui lui arracha un cri. Il lui sembla qu'on venait de le brûler avec un fer rouge.

Presque aussitôt, le choc de la porte violemment poussée le rejeta en arrière et le fit chanceler.

Il porta les mains à son visage, et il essaya d'ouvrir les yeux, car il croyait les avoir fermés dans le premier moment de surprise.

Mais il ne revit pas la lumière.

— Aveugle! cria-t-il désespéré. Je suis aveugle. On m'a jeté du vitriol à la figure.

Gerfaut avait jeté ce cri dans un premier moment de douleur et d'effroi; mais il ne croyait pas encore à la catastrophe sur laquelle il se lamentait. Il se disait que le battant poussé par une main inconnue avait dû heurter son front avec tant de force que le choc l'avait étourdi.

— Non, murmurait-il pour tâcher de se rassurer, j'ai reçu la porte en pleine figure, et j'en ai vu trente-six chandelles; maintenant, je ne vois plus rien du tout, mais ça va revenir.

L'illusion fut de courte durée. Sa peau se tordait sous les morsures du vitriol, et ses yeux ne se rouvraient pas.

Qui pourrait décrire les sensations d'un homme brusquement privé de la lumière? Ses souffrances physiques ne sont rien en comparaison de ses souffrances morales. Comprendre tout à coup qu'il est condamné aux ténèbres éternelles, qu'il ne reverra plus jamais les êtres qui lui sont chers, n'est-ce pas comme si on le retranchait du nombre des vivants, et ne vaudrait-il pas mieux cent fois être tué d'un coup que de mourir ainsi par anticipation?

L'aveugle-né ne sait pas ce qu'il perd. Il n'a jamais vu le ciel ni un visage aimé. Il lui reste l'ouïe, le toucher, le goût, et il ne regrette pas le sens qui lui manque : il ne le connaît pas. Il a des joies à lui, et il arrive assez souvent qu'il est gai.

Mais Gerfaut, frappé à cinquante ans, Gerfaut, artiste et père, subissait un supplice plus cruel que toutes les tortures inventées par l'Inquisition.

— Ma fille! ma pauvre fille! cria-t-il en étendant les bras.

— Que vous est-il donc arrivé, monsieur? lui demanda l'officier de paix, qui, étant resté en arrière, n'avait pas pu se rendre compte des bruits qu'il entendait.

— Ils m'ont aveuglé en me jetant du vitriol à la figure, dit d'une voix rauque le pauvre Gerfaut.

— Ah! mon Dieu!... mais oui, on vous a brûlé... Vos joues, votre front, sont labourés... et vos yeux...

— Mes yeux sont éteints... c'est la nuit... la nuit pour toujours.

— Qui a fait cela?... parlez!

— Je n'ai vu personne. J'ai reconnu la maison où cet homme m'a conduit... et j'allais entrer... il était sans doute caché dans l'allée, et, au moment où je me suis approché, j'ai senti une horrible douleur... j'ai reculé... la porte a été refermée violemment...

— Cette porte qui est là devant vous?

— Je n'en sais rien... je suis aveugle.

L'officier de paix avait du cœur. Il sentit que ce n'était pas le moment d'interroger sur les circonstances du crime l'homme qui en était la victime, et que, dans un cas comme celui-là, la pitié devait passer avant la justice.

— Monsieur, dit-il, sincèrement et profondément ému, je vous demande pardon d'avoir oublié un instant que mon premier devoir est de vous secourir. Nous allons retourner au poste et envoyer chercher un médecin... le mal n'est peut-être pas sans remède...

— Un médecin ne me rendra pas la vue. Dites à un de vos agents de me reconduire chez moi, et restez ici pour mettre la main sur le misérable qui m'a si bien arrangé. Il n'est pas sorti de la maison, j'en suis sûr. Enfoncez la porte, prenez-le, et amenez-le-moi, quand vous le tiendrez. Je reconnaîtrai peut-être sa voix. Mais ne me retenez pas ici, je vous en prie. Je souffre le martyre.

— Vous souffrez avec un courage que j'admire, et je vais faire ce que vous désirez, monsieur. On trouvera une voiture... Graindorge y montera avec vous et...

— Graindorge, c'est le plus jeune de vos deux sergents de ville, n'est-ce pas? demanda avec un sang-froid étonnant Gerfaut, qui se souvenait que celui-là s'était montré plus doux que l'autre, lorsqu'il les avait appelés pour l'aider à porter le brancard.

— Oui, monsieur; mais si vous préférez que je vous accompagne moi-même, je puis laisser mes hommes devant la maison et revenir quand je me serai assuré que les soins ne vous manqueront pas. Vous êtes marié, sans doute?

— Je suis veuf, mais ma fille habite avec moi.

— Il conviendrait donc de lui annoncer avec ménagement le terrible accident que vous venez d'éprouver.

3.

— Des ménagements! à quoi bon? dit amèrement Gerfaut. On ne pourra pas lui cacher que son père est aveugle... et je me charge de le lui apprendre. Allons, monsieurs!... j'attends.

Graindorge, sur un signe de son chef, prit le bras du malheureux artiste et lui dit doucement :

— Venez et comptez sur moi.

Gerfaut, avant de se laisser emmener, eut encore la présence d'esprit de laisser à l'officier de paix une indication utile.

— La maison est celle qui n'a qu'un étage et des volets verts, lui cria-t-il. La porte n'a qu'un battant, et quand l'homme m'y a amené pour enlever le brancard, j'ai remarqué qu'il y a un bouton de cuivre à la sonnette... Ce bouton est à gauche, en entrant...

— Merci, monsieur. Demain, j'aurai l'honneur de me présenter chez vous pour prendre de vos nouvelles, et j'espère que je pourrai vous annoncer la capture du bandit que nous cherchons.

Gerfaut était déjà loin. Il marchait d'un pas ferme, en s'appuyant sur le bras du secourable Graindorge, qui le conduisait vers la place Pigalle. L'ancien bohème que le sort frappait si cruellement, après avoir fait de lui le plus heureux des pères, montrait dans le malheur une énergie qui lui valut non-seulement l'admiration de l'officier de paix, mais encore la sympathie de Colache, lequel pourtant n'était pas tendre, en sa qualité de vieux sergent de ville.

Colache servait déjà sous l'Empire, et il était, par habitude, beaucoup plus disposé à empoigner les gens qu'à les plaindre.

Pas méchant homme, d'ailleurs, et plus ferré sur son

métier que Graindorge, qui représentait la nouvelle
école.

— Que pensez-vous de cette affaire-là, vous? lui
demanda l'officier de paix, qui le connaissait de longue
date.

— Je pense que ce particulier... je veux dire ce monsieur... a raison. Le chenapan qui lui a brûlé les yeux
doit être encore dans la maison. Et même ça se pourrait
bien qu'il nous écoutât derrière la porte.

— Diable!... Éloignons-nous un peu.

Et quand ils furent tapis contre le mur, à quelques
pas de là, l'officier de paix reprit à voix basse :

— M. le commissaire doit être arrivé au poste. Je
vais le chercher, et je le ramènerai avec quatre hommes
et un brigadier. Vous, Colache, vous allez rester ici, et
si le gredin sort, vous lui tomberez dessus. Vous êtes
solide, et vous n'avez pas peur.

— Peur?... jamais, et s'il est tout seul, je me charge
de le *ligotter*. S'ils sont deux, j'ai mon revolver.

— Deux, ce n'est pas probable. Du reste, voici du ren-
fort qui nous arrive.

En effet, un autre gardien de la paix arrivait au pas
accéléré du côté du boulevard. Il expliqua que Graindorge l'avait rencontré faisant sa ronde avec un camarade et l'envoyait se mettre à la disposition de son supérieur.

Le camarade était allé réveiller un serrurier. Graindorge avait pensé à tout, et le chef lui marqua un bon
point pour le concours intelligent qu'il lui prêtait.

Mieux valait assurément ouvrir la porte avec un passe-
partout que de l'enfoncer à coups de barre de fer, au
risque d'attirer tous les voisins aux fenêtres.

L'opération, pour réussir, devait être faite sans bruit, car il se trouve toujours des gens qui prennent parti contre la force publique, même quand il s'agit de l'arrestation d'un criminel. Et d'ailleurs, le bris d'une porte est toujours un acte d'une légalité contestable.

L'officier de paix modifia son plan. Il envoya le nouveau venu prévenir le commissaire, dont la présence était indispensable dans une affaire si grave, et en attendant l'arrivée de ce magistrat, il se remit en faction avec Colache.

Rien ne bougeait dans la maison suspecte, et tous les habitants de cette rue peu fréquentée dormaient sans doute, car on ne voyait ni lumières, ni passants.

— Ça m'étonne tout de même que le gueux soit revenu au gîte, dit Colache. Le bourgeois prétend qu'il l'a vu se sauver par la rue Houdon.

— Il aura fait le tour par la rue des Abbesses et par l'escalier qui débouche sur la place de la mairie, murmura l'officier de paix.

— Oui, mais pourquoi?

— Pour empêcher ce monsieur de reconnaître la maison. Il craignait qu'il ne la retrouvât; il avait préparé sa bouteille de vitriol, et il le guettait sur le pas de la porte. Quand il l'a vu s'approcher, il a cru qu'il était seul... Nous marchions tout doucement et sans parler... d'ailleurs, il ne se doutait peut-être pas que ce brave homme vous avait appelés... il se sera figuré que M. Gerfaut avait découvert sans vous la corde serrée autour du cou de la femme, et qu'il était revenu sur ses pas pour chercher l'allée où il avait pris les deux bras du brancard... et en le voyant, il s'est dit : Toi, tu crois me tenir, mais tu ne me tiens pas, car je vais te brûler les yeux,

Et il ne l'a pas manqué, le brigand!

— Ça, c'est vrai que si nous n'avions pas été là, le bourgeois se serait traîné, comme il aurait pu, jusqu'à ce qu'il rencontrât du monde, et après... jamais il n'aurait pu indiquer l'endroit... on aurait cru qu'il inventait une histoire... d'autant qu'on aurait bien vu qu'il était encore pochard.... on ne l'aurait seulement pas écouté, et on l'aurait ramené chez lui.

Mais ça m'étonne aussi qu'il fût si près de la maison quand nous l'avons rencontré. Il nous a dit qu'il avait marché longtemps.

— Au fond, il n'en sait rien. Il avait trop bu, et il ne regardait pas où il passait. La preuve que c'est bien la maison, c'est que l'homme au brancard l'attendait là.

Le commissaire arriva d'un côté pendant que le serrurier arrivait de l'autre. On l'avait trouvé au poste, le commissaire, et il était déjà au courant. Son premier mot à l'officier de paix fut :

— C'est une jolie affaire et pas commode à débrouiller, mais nous en sortirons. Le brigadier vient de me dire là-haut qu'il connaissait de vue la femme étranglée. Il est sûr qu'elle habitait Montmartre. Et il est probable qu'elle demeurait dans cette maison : si l'homme qui l'a tuée y est encore, le mystère sera vite éclairci.

Dites au serrurier d'ouvrir.

Le commissaire était venu fortement accompagné.

Il amenait avec lui quatre sergents de ville, dont deux portaient des falots.

Il renvoya à leur tournée celui qui était venu l'avertir et celui qui était allé chercher le serrurier.

Ils restaient donc sept en comptant Colache, et c'était plus de monde qu'il n'en fallait pour mener à bien l'opération, car il ne s'agissait pas de forcer un repaire de faux monnayeurs ou de capturer une bande de brigands.

L'homme au brancard avait dû travailler seul.

Le serrurier, sur la réquisition du commissaire qui déclina sa qualité, se mit en besogne, un peu à contre-cœur, car les ouvriers n'aiment pas beaucoup à prêter assistance à la police, mais enfin il s'y mit.

— Pourvu que le coquin ne se soit pas barricadé en dedans, murmura l'officier de paix.

— Pourvu surtout qu'il n'ait pas décampé, reprit le commissaire.

Mais, après quelques essais, le serrurier trouva une clef qui allait, et la porte s'ouvrit sans difficulté.

On fit passer devant un des porteurs de lanternes, qui s'avança dans l'allée.

Le commissaire et l'officier de paix suivirent, puis deux hommes, et enfin Colache, qui avait pris des mains d'un camarade l'autre falot.

Les deux derniers restèrent dans la rue avec le serrurier, dont on pouvait encore avoir besoin.

L'allée était pavée de carreaux disjoints, les murs suintaient l'humidité. On eût dit qu'on entrait dans une maison abandonnée depuis longtemps.

L'officier de paix en fit la remarque, et le commissaire lui répondit :

— Je m'y attendais. La femme que je viens de voir est habillée comme une pauvresse. Elle devait habiter un taudis.

— Et cependant, si elle occupait seule cette masure, elle devait encore payer un loyer assez élevé.

— On trouvera le propriétaire, et il nous renseignera

sur le compte de ses locataires. L'homme qui a fait le
coup est peut-être le mari.

— Qu'est-ce qu'il y a, Colache? demanda l'officier de
paix.

— Voilà ce que je viens de ramasser derrière la porte,
répondit Colache, en offrant à son chef un lambeau
d'étoffe qu'il tenait à la main.

— Voyons ça, dit le commissaire. Oh! oh! c'est un
morceau arraché d'une robe.. et d'une belle robe, ma
foi! c'est de la soie gros grain. Jamais la femme étranglée n'en a porté de pareille.

— Et l'étoffe n'a pas été coupée... elle a été déchirée
C'est bizarre.

—Moi, reprit Colache, je crois que c'est une femelle qui
a jeté du vitriol à la figure de ce monsieur. Elle a refermé
la porte si vite que le bas de sa robe s'y est pris, et plutôt que
de rouvrir, elle a tiré dessus jusqu'à ce que la soie craque.

Je me disais bien aussi : L'homme au brancard n'aurait
pas eu le temps de revenir ici.

— Alors, cette femme serait sa complice? c'est bien
possible.

— C'est même très-probable, dit l'officier de paix. Ils
se sont partagé les rôles. Pendant que l'homme empor-
tait le cadavre avec M. Gerfaut qui a eu la naïveté de
l'aider, la femme faisait le guet dans l'allée.

— Et puis, grommela Colache, le vitriol... il n'y a que
les femmes qui se servent de ça... et elles visent toujours
aux yeux.

— Eh bien! si elle est ici, nous allons bien la trouver,
conclut le commissaire. Et ce ne sera pas long, puisque
la maison n'a qu'un étage. Commençons par visiter le
rez-de-chaussée.

Le corridor aboutissait à un escalier, et au rez-de-chaussée, il n'y avait que deux pièces, une à droite et une à gauche; deux pièces complétement dépourvues de meubles.

Les mures blanchis à la chaux s'effritaient par places, et le plafond, sillonné de lézardes, menaçait de s'effondrer.

Une épaisse couche de poussière couvrait le plancher, mais il n'y avait pas de cendres dans les cheminées.

— On n'a pas fait de feu ici depuis des années, murmura l'officier de paix, et il ne semble pas qu'on y soit entré. La poussière est intacte.

— Donc, ce n'est pas ici que le crime a été commis. Cherchons ailleurs.

— Pardon, monsieur le commissaire, dit Colache qui avait fureté dans tous les coins avec sa lanterne, voilà un clou planté dans le mur à deux mètres du plancher, et il n'y a pas longtemps qu'on l'a enfoncé, car le trou est tout frais.

Ça se pourrait bien qu'il aurait servi à accrocher la femme.

— C'est vrai... il y a encore des débris de plâtre au pied du mur. Mais pour l'accrocher, il aurait fallu une chaise, une échelle ou un escabeau... et je ne vois rien...

— Moi, je vois qu'on a marché, reprit Colache en promenant sa lanterne sur le plancher. Seulement, on a eu soin d'effacer les traces des pas.

— Bon! nous reviendrons ici tout à l'heure quand nous tiendrons la femme... car décidément c'est une femme... mais il faut d'abord la trouver. Montons au premier.

On revint dans le corridor, et l'on s'engagea dans

l'escalier, où l'on ne pouvait passer qu'à la file, car il était fort étroit, et les marches manquaient de solidité.

Colache, cette fois, marchait en tête du cortége. Le commissaire, pour le récompenser de sa clairvoyance, lui avait assigné ce poste d'honneur.

Le premier étage présentait la répétition exacte de l'aménagement du rez-de-chaussée : une pièce de chaque côté du couloir qui traversait la maison d'un bout à l'autre.

A gauche, la chambre à coucher, où il n'y avait pas de lit ; mais il y avait une alcôve.

A droite, le salon probablement, car des lambeaux de papier peint pendaient encore après les murs, et le plafond était orné d'une rosace en stuc.

Dans la cheminée, un tas de débris amoncelés : ustensiles de ménage hors de service, verres cassés, fonds de bouteilles, pots de pommade vides, — beaucoup de pots de pommade, — et des fragments de brosses à dents et de brosses à tête en ivoire.

Colache ramassa un tesson de cristal taillé à facettes qui avait dû faire partie d'un flacon de toilette.

— Ça sent la cocotte, dit-il, après l'avoir flairé.

— Si une cocotte a logé ici, il y a longtemps qu'elle a déménagé, fit observer l'officier de paix. La maison tombe en ruine, et les plus pauvres ouvriers ne voudraient pas y demeurer.

— Le diable, c'est qu'elle est vide, reprit le commissaire. Où a pu passer cette femme ? Voyons au grenier et ensuite à la cave.

Il n'y avait pas de grenier. L'escalier finissait au premier étage. Et s'il existait un intervalle entre les plafonds des deux pièces et la toiture, ce trou n'était accessible qu'aux rats qui pouvaient s'y introduire du dehors et aux chats de gouttière qui leur donnaient la chasse. A l'intérieur, pas la moindre ouverture.

On était dans une impasse, et il fallait redescendre.

Inspection faite du corridor du rez-de-chauseée, on n'y vit pas la trappe recouvrant l'entrée d'un sous-sol.

— En voilà une baraque! s'écria Colache. Ni grenier, ni cave! qui est-ce qui a pu habiter ça?

— Mais la femme n'a pas pu s'envoler, que diable! dit le commissaire. Elle est cachée quelque part.

— A moins que le monsieur qu'elle a aveuglé ne l'ait pas vue sortir, dit l'officier de paix.

— La preuve qu'elle n'est pas sortie, c'est qu'elle a laissé en dedans un morceau de sa robe. Cherchons encore. Voyez donc derrière l'escalier.

Colache s'y glissa et dit :

— Je tiens le marchepied qui a servi à la pendaison... et le marteau qui a servi à enfoncer le clou.

L'escalier n'occupait pas toute la largeur du couloir. Entre la muraille et la rampe, il restait une espace vide formant une sorte de réduit où deux personnes pouvaient tenir à la rigueur.

Le commissaire y pénétra et constata les découvertes intéressantes que Colache venait de faire. Il reconnut même que le marchepied et le marteau étaient tout neufs.

— On les a achetés exprès, dit-il, et ce n'est pas la femme pendue qui les a apportés là après l'opération. Enquête à ouvrir chez les marchands du quartier.

— Tiens! une porte! s'écria Colache.

— Ah! ah! nous y sommes. La maison est double. Essayez d'ouvrir. Si vous ne pouvez pas, aller chercher le serrurier.

La porte n'était pas fermée à clef, et Colache n'eut qu'à la pousser pour l'ouvrir.

— Un passage ! murmura le commissaire. Est-ce que la maison aurait deux entrées ? Voyons un peu.

Ils s'engagèrent tous, les uns après les autres, dans un chemin voûté qui avait tout l'air de passer sous la maison voisine, et qui les conduisit à une autre porte.

Celle-là était fermée en dehors, et il fallut recourir au serrurier, qui l'ouvrit sans aucune peine.

On vit alors qu'elle donnait sur une ruelle fort mal éclairée.

— Où sommes-nous ici ? demanda le commissaire.

— Ça s'appelle l'impasse de Constantine... ou l'impasse de Guelma... je ne sais plus trop, dit Colache.

Mais pour sûr, ça aboutit au boulevard de Clichy, et la gueuse a filé par là, c'est clair comme le jour.

C'était bien l'avis des supérieurs du vieux sergent de ville. Ils reconnaissaient tous les deux que la chasse était manquée, et ils se consultaient du regard.

— Voilà un coup bien monté, dit le commissaire. Il faudra chercher ailleurs. Ce M. Gerfaut doit avoir des ennemis, et en l'interrogeant...

— Je crois que ce n'est pas à lui qu'on en voulait, interrompit l'officier de paix. Il a eu la mauvaise chance de passer par là. L'homme a vu qu'il était ivre et s'est adressé à lui parce qu'il espérait que ce malheureux ne reconnaîtrait pas les chemins par lesquels il allait le faire passer... et encore moins la maison... sa complice était restée dans l'allée avec sa fiole de vitriol, pour le cas où l'ivrogne s'aviserait d'y revenir... elle ne l'a pas raté ; seulement, elle ne se doutait pas que je le suivais de près avec mes deux hommes. Mais je parierais bien qu'elle n'avait jamais vu M. Gerfaut.

— Je crois que vous êtes dans le vrai... et ce que nous avons de mieux à faire, c'est de tâcher de savoir qui est la femme pendue. Ce ne sera pas difficile, puisque le brigadier affirme qu'elle est connue dans le quartier.

II

Huit jours se sont passés. Les médecins ont prononcé leur arrêt. Gerfaut est aveugle à perpétuité. Le vitriol a fait son œuvre. C'est la cécité complète et sans remède. Il ne reverra jamais sa fille ni ses statues.

Le malheureux artiste — plus malheureux père — est résigné à son sort, ou du moins il semble résigné. Il cherche à consoler Camille, et il n'y réussit guère.

Elle a failli mourir de douleur quand Graindorge lui a ramené son père au milieu de cette nuit fatale où une main criminelle lui a brûlé les yeux. Elle ne s'était pas couchée, elle l'attendait; elle avait le pressentiment que ce dîner des Labadens lui serait funeste.

C'est elle qui l'a reçu au bas de l'escalier. Elle avait entendu la porte s'ouvrir, et elle est accourue avec une lumière, quoiqu'elle n'eût pas reconnu son pas ferme et décidé. Elle ne comprenait pas tout d'abord. Elle croyait que Gerfaut s'était grisé, qu'on l'avait mené au poste et qu'un gardien de la paix le reconduisait à son domicile. Elle se préparait à le gronder, dès qu'ils seraient seuls. Mais il lui a suffi de le regarder pour connaître l'affreuse vérité.

La scène a été déchirante, et elle a eu pour témoin Graindorge, qui est décidément un brave homme, et qui

a demandé la permission de revenir prendre des nouvelles du blessé et lui en apporter de l'enquête ouverte
sur ce lâche attentat.

Camille la lui a accordée de grand cœur, car elle a été
touchée de l'intérêt qu'il a pris à l'infortune de Gerfaut
et des soins qu'il lui a donnés. Camille s'est fait raconter
par Graindorge la lugubre aventure, et Camille souhaite
ardemment qu'on retrouve les scélérats qui ont tendu le
guet-apens où son père est tombé. Elle rêve de le venger,
et elle s'imagine que c'était à lui personnellement qu'ils
en voulaient. Elle va jusqu'à croire qu'il a été victime de
la jalousie d'un rival en sculpture.

Gerfaut, lui, sait bien qu'il n'a pas d'ennemis, et qu'il
n'existe pas à Paris un seul artiste capable de se débarrasser d'un concurrent par un procédé si odieux. Il maudit la fatalité inouïe qui l'a conduit à sa perte ; mais il
lui importe assez peu que les coquins vulgaires auxquels
il doit son malheur soient punis comme ils le méritent.
Le châtiment qu'on leur infligerait ne lui rendrait pas la
vue.

Gerfaut envisage courageusement l'avenir qui lui est
réservé désormais. Il a renoncé à illustrer son nom par
une grande œuvre, et son plus vif chagrin est de penser
que sa fille va être réduite à la triste existence de gar-
dienne d'un aveugle.

Il a déjà essayé de lui persuader qu'il pourrait se passer
d'elle et qu'elle ne doit pas se sacrifier pour ne jamais le
quitter. Camille ne veut rien entendre, et elle a déclaré
nettement qu'elle se consacrerait tout entière à son devoir
filial, dût-elle renoncer au bonheur qui l'attendait.

Il ne dépend pas d'elle de ne plus aimer l'homme qu'elle
a choisi, mais elle ne songe plus à l'épouser, et quand

Philippe de Charny est venu faire sa visite officielle, le surlendemain de l'accident, il n'a pas été question de mariage, au cours de cette première et douloureuse rencontre entre Gerfaut et le gentilhomme qui aspire à devenir son gendre.

M. de Charny a été fort ému du malheur qui frappe sa fiancée, et il a eu le bon goût de ne pas parler de ses prétentions. Il s'est borné à exprimer sa sympathie en termes chaleureux et à solliciter l'autorisation de revenir aussi souvent qu'on voudrait bien le lui permettre.

Le pauvre Gerfaut, qui se promettait d'étudier ce candidat à la main de sa fille, de le *tuiler,* comme il disait en s'habillant pour aller à ce malencontreux dîner, n'a pu que l'écouter, et il manque des principaux éléments d'appréciation pour le juger.

L'artiste se piquait d'être physionomiste, et il ne peut plus voir ni l'expression du visage, ni l'habitude du corps, ni les gestes de ce jeune homme qui se pose en prétendant et dont Camille a encouragé les prétentions.

Mais la voix est douce et le langage séduisant. Le comte de Charny a dit tout ce qu'il fallait dire et rien que ce qu'il fallait dire. Il avait deux écueils à éviter : la politesse trop froide et l'exagération de sensibilité. Il a su trouver la note juste, celle qui devait lui concilier la bienveillance du père et toucher le cœur de la fille.

Il a plu à Gerfaut et gagné du premier coup sa confiance.

Il en est résulté, étant donné la situation, que Gerfaut, par esprit d'abnégation, pousse Camille à ce mariage auquel il était opposé avant son accident, et que Camille, par dévouement, refuse de le conclure.

Il lui semble, du moins, qu'il faut attendre que son père se soit accoutumé à l'idée de partager avec un étranger l'affection d'une fille chérie, et que pour le moment il suffit que Philippe soit reçu dans la maison sur un pied de familiarité amicale.

Et Philippe a maintenant ses grandes entrées. Il vient souvent, sans abuser cependant de la permission qu'il a obtenue.

Marcel Brunier aussi vient souvent. Il s'est présenté chez Gerfaut, un dimanche, trois jours après le dîner au Grand-Hôtel; Gerfaut a tenu à recevoir le fils de son ancien camarade de collége, et à lui apprendre lui-même sa triste aventure.

Ce récit lamentable a mis Marcel au désespoir. Il se reproche amèrement d'avoir cédé aux instances de Gerfaut, qui a voulu à toute force le reconduire, et rentrer à pied, au lieu de se laisser ramener au logis en voiture. Et il a juré de racheter ses torts involontaires en contribuant de son mieux à distraire le pauvre aveugle, qui n'a plus d'autre joie que la conversation de ceux qu'il aime.

Marcel passe avec lui tout le temps dont il peut disposer, ses soirées et ses jours de congé. Il n'est pas tenu, comme M. de Charny, d'y mettre de la discrétion, car il n'ose pas rêver d'épouser mademoiselle Gerfaut qu'il trouve adorable. Il se contente de la voir, de l'entendre, de la seconder dans la tâche difficile d'amuser son père. Il parle sculpture avec Gerfaut, il lui donne des nouvelles du monde artistique, il lui lit les journaux, il le consulte sur les pièces qu'il écrit pour le théâtre, sans espérer qu'elles soient jamais jouées.

Et Camille lui sait un gré infini de ses attentions. Camille est heureuse de le voir et l'accueille presque comme un frère. Elle lui marquerait même une sympathie encore plus expansive, si elle n'avait cru deviner qu'il a pour elle des sentiments trop tendres qu'elle ne peut pas lui rendre, puisqu'elle a disposé de son cœur et de sa main.

Elle est moins réservée avec la sœur de Marcel, Annette Brunier, qui est bien la meilleure et la plus charmante des jeunes filles. Marcel l'a amenée, à la demande instante de Gerfaut, qui tenait à donner à Camille une compagne de son âge, et qui assurément ne pouvait pas mieux choisir.

Ces deux enfants se sont liées dès la première entrevue, et il leur semble qu'elles ont toujours été amies.

Camille a déjà arrangé sa vie. Elle préside le matin à la toilette de son père, qui n'aura plus jamais, hélas! l'occasion de mettre une cravate blanche; elle déjeune avec lui, elle lui apprend à se servir de ses mains sans le secours de ses yeux. Quand il fait beau, elle le conduit à pied au parc Monceau, et elle s'y assied près de lui. Les autres jours, elle l'aide à descendre dans son atelier, et ils y restent jusqu'à la nuit, pendant que Jean Carnac, le plus ancien et le meilleur élève de Gerfaut, retouche la fameuse figure du *Volontaire de* 92.

Elle était presque achevée quand le maître a perdu la vue, et Carnac est très-capable de la mettre en état d'être exposée au Salon qui s'ouvrira dans deux mois.

Gerfaut ne souffre plus. Ses plaies se sont cicatrisées, et l'acide qui l'a aveuglé ne l'a pas trop défiguré. Il a toujours sa tête originale, ses cheveux crépus, sa barbe ondoyante, et, comme ses yeux n'ont plus de regard, il ressemble tout à fait à une statue de fleuve.

L'atelier est vaste et largement éclairé. Il n'est pas coquet comme un atelier de peintre. Les rudes travaux

I. 4

de la statuaire ne vont guère avec les raffinements de luxe qui attirent les belles dames chez les portraitistes en vogue. Il y a trop de copeaux de marbre, de baquets à terre glaise, de tas de plâtre et d'échafaudages.

Et pourtant Camille a su faire de cette salle nue un lieu confortable. Les murs sont cachés par de vieilles tapisseries. Les divans et les fauteuils y abondent, sans compter les tables à ouvrage, les étagères surchargées de livres et de cartons pleins de gravures, les bronzes que l'aveugle ne peut plus voir, mais qu'il aime à toucher pour se rappeler leur forme.

Ce n'est plus un atelier; c'est un salon où l'on travaille. Et il n'y a plus que Jean Carnac qui y fasse son métier. Annette Brunier y apporte ses outils et les matières premières qui lui servent à confectionner des fleurs artificielles. Elle n'y perd pas son temps, car on peut causer tout en créant des roses, et grâce aux ingénieux arrangements de Camille qui lui a réservé un coin pour y placer son établi, elle n'en est plus réduite à gagner solitairement sa vie dans son petit logement de la rue Labat.

Elle n'attend plus le dimanche pour se promener avec son frère. Elle vient seule quand il est retenu à son bureau, et elle vient à peu près tous les jours. Elle est habituée, du reste, à sortir sans protecteur, et elle sait se faire respecter dans la rue, lorsqu'elle est obligée d'aller chercher ou rapporter de l'ouvrage chez les fabricants.

Elle vient tant, que la cousine Brigitte est un peu jalouse d'elle, et s'abstient généralement de prendre part aux réunions intimes qui se tiennent l'après-midi dans l'atelier.

Au commencement de la semaine qui suivit la catastrophe, Gerfaut et les deux jeunes filles étaient seuls avec Jean Carnac, lequel s'occupait à rectifier le modelé de la tête du *Volontaire*.

Camille lisait à haute voix la vie de Benvenuto Cellini, que son père n'écoutait guère, quoique ce livre fût bien choisi pour l'intéresser; Annette collait des brins de laine verte autour d'un fil de laiton, et le bon Carnac, du haut de son escabeau, la regardait un peu plus souvent qu'il ne l'aurait dû faire.

— Où en es-tu? lui cria Gerfaut. As-tu attrapé enfin la pose du tricorne? Je suis sûr que je la trouverais avec mes doigts.

Camille, conduis-moi donc jusqu'au marchepied et aide-moi à y monter.

A ce moment, la porte s'ouvrit, et Rose entra avec cet air mystérieux que prennent volontiers les femmes de chambre pour annoncer une visite inattendue.

— Qu'y a-t-il, Rose? demanda mademoiselle Gerfaut qui venait de se lever pour aider son père à aller de son fauteuil à sa statue.

— Deux dames, mademoiselle, répondit la femme de chambre. Elles veulent voir monsieur.

— Tu sais bien que mon père ne reçoit personne.

— C'est ce que je leur ai dit, mais elles désirent vous parler. Il y en a une qui s'appelle madame Stenay.

Camille fit un geste de refus. Elle trouvait que cette amie des jours heureux avait beaucoup trop retardé sa visite de condoléance, et elle avait bien envie de lui fermer sa porte.

— Bah! s'écria Gerfaut, laisse-la entrer. Tu n'as pas trop de distractions, et il faut bien que je m'accoutume à montrer mes yeux blancs et ma figure couturée. Si tu la renvoyais, elle ne t'inviterait plus à ses soirées, et je compte bien que tu y retourneras. Je me sens capable d'y aller avec toi. Je vais devenir mondain, maintenant que je suis aveugle, et je finirai peut-être par aimer la musique.

— Puisque tu le veux, murmura la jeune fille, encore indécise.

Et comme elle vit qu'Annette se levait pour céder la place à une personne qu'elle ne connaissait pas, quoique son frère lui eût souvent parlé d'elle :

— Restez, je vous en prie, reprit Camille en serrant la main de sa nouvelle amie; et continuez à travailler comme si nous étions seules. Je ne tiens pas du tout à faire les honneurs de l'atelier, et je reviendrai m'asseoir près de vous, dès que j'en aurai fini avec les formules de politesse.

Faites entrer cette dame, ajouta-t-elle en s'adressant à sa femme de chambre.

Elle avait oublié que Rose avait dit : deux dames, et elle fut un peu déconcertée de voir apparaître à côté de madame Stenay une personne qu'elle ne connaissait pas.

Madame Stenay était une grosse commère d'une cinquantaine d'années qui avait eu de beaux traits dans sa jeunesse, mais qu'un embonpoint précoce avait fort défigurée. En dépit de ses prétentions à une élégance majestueuse, elle ressemblait beaucoup plus à une charcutière engraissée par de longues stations derrière un comptoir, qu'à une riche bourgeoise accoutumée à tenir un salon.

Sa compagne avait une autre tournure et un visage infiniment plus agréable. Elle était encore jeune, trente-

:inq ans tout au plus, et si son teint manquait un peu de fraîcheur, ses yeux brillaient d'un éclat incomparable. Le nez était légèrement aquilin, les lèvres rouges et charnues s'entr'ouvraient volontiers pour laisser voir une double rangée de dents blanches comme des perles; les cheveux d'un blond presque roux, la couleur préférée des peintres vénitiens, s'échappaient en grosses touffes d'un chapeau à la Théroigne de Méricourt, crânement rejeté en arrière.

L'ensemble était sympathique, quoiqu'un froncement de sourcils trop prononcé donnât par moments à la physionomie une expression un peu dure.

Ce type étrange était fait pour séduire un artiste, et Carnac ne se priva pas de l'admirer à la dérobée.

Gerfaut, s'il avait pu le voir, aurait donné gros pour le reproduire en marbre, car les modèles comme celui-là ne courent pas les rues, et il rêvait justement d'exécuter un buste de la Liberté qui sortit un peu de la convention académique : une Liberté vivante et parlante, au lieu d'une froide reproduction de la Minerve antique.

— Ma chère enfant, commença madame Stenay, vous devez m'en vouloir, et il faut que je vous explique pourquoi vous ne m'avez pas encore vue après le malheur qui a frappé votre père...

— Le voici, madame, interrompit Camille, choquée de ce que la dame s'adressait à elle au lieu de présenter ses excuses au blessé lui-même.

— Ah! mon Dieu! s'écria la visiteuse maladroite, je vous demande bien pardon. Je n'avais pas reconnu M. Gerfaut... il y a si longtemps que nous ne nous sommes rencontrés...

— Oui, dit Gerfaut, et puis, depuis huit jours, je suis

4.

très-changé. Il me manque deux yeux, et ça modifie l'aspect général.

— Je suis heureuse de voir que vous supportez gaiement ce terrible accident, et je vous prie de croire que j'ai prie une part très-vive à la douleur de votre chère fille. Si je ne suis pas venue plus tôt, c'est uniquement par discrétion. Un de mes bons amis, qui est aussi le vôtre maintenant, le comte de Charny, me donnait tous les jours de vos nouvelles, et dès que j'ai appris que vous ne souffriez plus, je me suis risquée à me présenter chez vous... je ne sais comment vous remercier d'avoir bien voulu me recevoir.

— C'est moi qui vous remercie, parbleu! Je ne demande qu'à me distraire, et s'il vous plaisait de m'amener tous les habitués de votre salon, j'en serais ravi. Nous danserions au piano dans mon atelier. A présent que je n'y vois goutte, je ne connais plus d'obstacles.

Cette réponse dérida Camille, qui craignait par-dessus tout de contrarier son père; mais elle lui rappela aussi qu'il y avait là une étrangère, et qu'il était temps de savoir à quel titre l'amenait madame Stenay.

La dame aux yeux étincelants ne paraissait pas du tout embarrassée de sa contenance, mais la scène était bizarre : Gerfaut trônant dans son fauteuil, Annette penchée sur son ouvrage, Carnac perché sur son escabeau, et debout, rangées en demi-cercle, les deux nouvelles venues et Camille qui les regardait d'un air étonné.

— Que je suis étourdie! s'écria tout à coup madame Stenay. J'oublie de vous présenter madame Marguerite de Caronge, une grande artiste, qui arrive de Russie, et qui a bien voulu me promettre de chanter chez moi, mercredi prochain. Elle m'est arrivée, aujourd'hui, au moment où je sortais pour venir vous voir.

— Mademoiselle, interrompit la dame qu'on qualifiait de grande artiste, je vous supplie de croire que je ne me serais pas permis d'entrer ici si madame Stenay ne m'y avait à peu près forcée. Je n'ai qu'une circonstance atténuante à invoquer pour m'excuser d'avoir cédé à ses instances... c'est l'admiration que je professe pour le talent de monsieur votre père.

— Tiens! je suis connu en Russie, s'écria gaiement Gerfaut. Parole d'honneur, je ne m'en doutais pas.

— Votre nom y est célèbre, monsieur, répondit madame de Caronge. Mais ce n'est pas là que j'ai appris à le connaître. Je suis Française et très-Française. Je viens de passer un an à Pétersbourg pour y donner des concerts, et j'espère bien n'y pas retourner, quoique j'y aie eu des succès.

— Alors, vous chanterez chez moi, c'est convenu. Tant pis pour madame Stenay si elle nourrit le projet de vous accaparer. Vous ne refuserez pas cette joie à un vieil artiste qui aspire d'autant plus à vous entendre qu'il ne peut plus vous voir.

J'aurais voulu faire votre buste. Je suis sûr que vous êtes belle.

— Prodigieusement belle! dit une voix de basse profonde, qui était la voix de Carnac.

Le maître avait deviné, et l'élève n'avait pas pu s'empêcher d'exprimer tout haut l'admiration que lui inspirait la tête caractérisée de la chanteuse, retour de Russie.

Ce cri d'enthousiasme la fit sourire et mit tout le monde en belle humeur.

— Là, j'en étais sûr, s'écria Gerfaut. Carnac est un damné paresseux, mais il ne dit jamais que ce qu'il pense, et il a l'œil d'un artiste, l'animal. Moi, je n'ai plus d'œil du tout... ce dont j'enrage... J'aurais tant aimé à vous tailler en marbre que, si vous vouliez vous prêter à une fantaisie d'aveugle, je crois que j'essayerais quand même.

— Je ferais tout pour vous être agréable, dit gracieusement madame de Caronge ; mais je crains qu'une description de mes traits, si exacte qu'elle soit, ne suffise pas à vous mettre à même de les reproduire.

— Non, malheureusement. Il y aurait bien un moyen, mais je ne serais pas sûr de réussir, et d'ailleurs je n'oserai jamais vous le proposer.

— Osez, je vous en prie.

— Voilà : j'y vois avec mes doigts, j'en ai fait l'expérience plus d'une fois. Quand la nuit me surprenait dans mon atelier, il m'arrivait de continuer à pétrir ma terre glaise dans l'obscurité, et le modelé n'en souffrait pas trop. Je m'habituerais, je crois, à me figurer les traits d'une personne en touchant son visage, et à plus forte raison, à les imiter. Je suis même très-décidé à essayer, mais sur un modèle payé, chère madame.

— Ce serait un tour de force bien extraordinaire, murmura la chanteuse, qui semblait peu disposée à prêter sa tête à ce palpage artistique.

— Mais, non, pas trop. Il y a bien eu un peintre qui exposait des tableaux signés : Ducornet, *né sans bras.* Je ne pourrais pas signer mes statues : Gerfaut, né sans yeux, puisque je viens seulement de les perdre, mes pauvres yeux, mais, avec l'aide de Jean Carnac, ici présent, je me chargerais encore de mettre sur ses pattes un bonhomme en plâtre.

— Vous avez le courage d'être gai, après votre terrible accident. Vous n'êtes pas seulement un grand artiste, vous êtes un grand cœur.

— Pourquoi me désolerais-je? Si j'étais triste, j'attristerais ma fille, et je lui ai déjà fait assez de chagrin comme ça.

— Si je vous disais, cher monsieur, s'écria madame Stenay, que je ne connais pas les détails de votre malheureuse aventure. C'est à peine si j'ai vu M. de Charny depuis l'événement, et il m'a dit seulement que vous aviez été victime d'une méprise... qu'un inconnu vous avait jeté de l'acide sulfurique à la figure, et que...

— Ne parlons pas de ça. Je n'ai eu que ce que je méritais.

— Oh! père! murmura Camille. Peux-tu bien parler ainsi? Les misérables qui t'ont aveuglé seront pris, je l'espère, et...

— Comment ne le sont-ils pas déjà? demanda madame de Caronge. La police est donc bien mal faite?

— J'en ai peur, dit tranquillement Gerfaut.

— Croiriez-vous, madame, reprit Camille, que mon père n'a même pas été appelé devant un juge, et n'a été interrogé qu'une fois par un commissaire?

— Pardon! mais je n'y tiens pas, à être interrogé. Ce n'est pas récréatif de répondre à un tas de questions... d'ailleurs, je n'ai rien à apprendre à ces messieurs. Ils connaissent ma triste histoire...

— Ils auraient pu du moins nous dire où en sont les recherches. Et ils ne daignent pas se déranger. Nous n'avons vu personne, excepté un brave sergent de ville qui est revenu une fois, et qui m'a promis de revenir encore, lorsqu'il y aurait du nouveau... Je ne suis pas si indifférente que toi, et j'ai donné l'ordre de le recevoir aussitôt qu'il se présenterait.

— Le voici, mademoiselle, dit Jean Carnac, qui, du haut de son marchepied, apercevait ce qui se passait au fond de l'atelier.

Ce Carnac, élève de la nature, comme il s'intitulait lui-même, était bien l'être le plus bizarre qui eût jamais manié un ciseau de sculpteur. Il avait commencé, comme le père de Camille, par tailler des urnes et autres attributs funéraires pour des entrepreneurs de sépultures, mais il avait appris tout seul à modeler une figure et à mettre une statue au point.

Recueilli par Gerfaut, un jour qu'il vagabondait sur les boulevards extérieurs, il lui était dévoué comme un chien l'est à son maître. Il se serait de bon cœur fait tuer pour lui, et il s'était juré de le venger des coquins qui l'avaient aveuglé.

Il les cherchait, sans bruit, et quoique très-décidé à se passer du concours de la police pour les retrouver, il n'était pas fâché d'apprendre ce que cette police avait fait depuis quelques jours.

Aussi s'était-il empressé d'annoncer l'apparition de Graindorge, que Rose venait d'introduire, et se promettait-il de ne pas perdre un mot de ce que le sergent de ville allait dire.

Au physique, Carnac était un grand gars, brun comme un mulâtre et chevelu comme un roi mérovingien, fort débraillé et assez mal élevé, avenant malgré tout et même sympathique, lorsqu'on le connaissait bien.

Annette Brunier, qu'il effarouchait d'abord par ses airs dégingandés, avait fini par le trouver à son gré, et causait volontiers avec lui, qui ne demandait pas mieux, car elle lui plaisait énormément, en vertu de la grande loi des contrastes.

Elle était plutôt petite ; elle avait les cheveux châtain clair, le teint blanc, une physionomie douce et calme, une tenue modeste, un langage réservé et les façons timides d'une pensionnaire.

Carnac aurait voulu être aimé d'elle, mais il aurait voulu faire le buste de madame de Caronge, dont l'étrange beauté le fascinait.

Graindorge s'avançait, le képi à la main, et tous les yeux étaient fixés sur lui, car chacun savait pourquoi il venait.

Annette et Camille l'avaient pris en amitié. Madame de Caronge et madame Stenay étaient curieuses de l'entendre.

Gerfaut, averti par l'exclamation de l'élève de la nature, était tout prêt lui-même à bien accueillir le brave homme qui avait pris son parti avant l'accident, et qui l'avait secouru après.

— Vous voilà, mon garçon, lui cria-t-il. Ma fille se plaignait de ne plus entendre parler de vous... moi, je commençais à croire que vous aviez oublié le chemin de la maison, et je vous remercie de vous en être souvenu. Mieux vaut tard que jamais.

— Ce n'est pas de ma faute si je ne me suis pas présenté plus tôt, dit Graindorge, mais vous savez... le service... nous avons si peu de liberté... et puis... j'attendais qu'il y eût du nouveau...

— Il y en a donc ? demanda Camille.

— Oh ! pas grand'chose, mademoiselle. On sait le nom de la femme pendue et ce qu'elle faisait, voilà tout.

— Une femme pendue ! répéta madame de Caronge, qui semblait ne pas comprendre.

Et, à vrai dire, ce début devait l'étonner, puisqu'elle n'était pas plus que madame Stenay au courant des circonstances de l'aventure où Gerfaut avait perdu la vue.

— Oui, madame, dit Graindorge, en la regardant avec une attention singulière. Et ce n'est pas elle qui s'est pendue ; elle n'avait pas envie de mourir, quoiqu'elle ne fût pas heureuse... oh! non, car elle vivait à peu près de l'air du temps... elle mendiait en chantant dans les cours, et c'est un métier qui ne rapporte pas beaucoup de gros sous... mais...

— Le fait est qu'elle était vêtue comme une pauvresse, interrompit Gerfaut. Il me semble encore la voir couchée sur ce grabat...

— Elle avait eu de l'argent autrefois... elle était actrice et elle roulait carrosse... mais on n'est pas toujours jeune et jolie... la dégringolade est arrivée... il lui restait pourtant des rentes, mais il paraît qu'elle les a mangées avec un rien du tout...

— Passez les détails, mon garçon, dit vivement l'aveugle qui songeait à sa fille. Comment s'appelait cette malheureuse ?

— De son vrai nom, Marie Bracieux ; mais il paraît qu'elle en avait porté un autre au théâtre. A Montmartre, où elle traînait la misère, on disait : la mère Bracieux. Elle demeurait derrière le cimetière, dans un galetas où je ne voudrais pas loger mon chien.

— Alors, ce n'est pas chez elle qu'on l'a tuée ?

— Non, monsieur. La maison du passage de l'Élysée-des-Beaux-Arts n'est pas habitée depuis cinq ou six ans. Mais ce qu'il y a de particulier, c'est qu'elle y a demeuré, lorsqu'elle avait encore de quoi payer son terme et celui de son Alphonse. C'est là qu'elle s'est mise sur la paille pour un joli monsieur. Il a fallu déménager en laissant les meubles au propriétaire, qui les a vendus et qui a fermé la maison faute de trouver d'autres locataires.

— Et l'ou connait le misérable qui a ruiné cette femme ? demanda madame de Caronge, après avoir un peu hésité à adresser directement la parole au sergent de ville.

— Non, madame. Il venait la voir en cachette, et encore !... pas souvent. Quand elle a été sans le sou, il n'est plus venu du tout. Il y a peut-être à Montmartre des gens qui l'ont rencontré dans le temps, mais ceux-là ne se souviennent plus de sa tête. Et c'est bien malheureux qu'on ne le connaisse pas, car ça doit être lui qui a fait le coup.

— Si c'est lui, dit Gerfaut, il est plus grand que moi, et il a toute sa barbe.

— Oh ! il a bien pu se déguiser, et puis ce n'est peut-être pas l'homme que vous avez aidé à porter le brancard. D'ailleurs, il n'a pas travaillé seul ; il avait une femme avec lui...

— Oui... et c'est elle qui m'a jeté le vitriol.

— Pour sûr ! s'écria Graindorge, et la preuve, c'est que mon camarade Colache a trouvé un morceau de sa robe pris dans la porte, qu'elle a refermée trop vite. La maison a deux entrées. La gueuse a filé par l'impasse de Guelma. Son associé devait l'attendre dans un caboulot... il n'en manque pas sur le boulevard Rochechouart... et quand il nous a lâchés, il s'est sauvé de ce côté-là. Elle aura été le rejoindre. Ah ! ils ont bien travaillé. Ils se sont mis à deux pour la pendre... ou pour la forcer à se pendre elle-même... car les médecins qui ont visité le corps disent qu'il n'y a pas de traces de violence... pas un bleu aux bras, pas une marque de doigts aux poignets... mais ils croient qu'on lui a passé le nœud coulant et qu'on l'a hissée sans sa permission... il paraît qu'elle n'aurait pas pu monter seule sur le marchepied qu'on a découvert derrière l'escalier.

— Quelle horreur! s'écria madame Stenay. Ces gens-là sont des monstres. La femme surtout. Elle mériterait d'être brûlée à petit feu.

— Mais, demanda Gerfaut, comment ont-ils fait pour s'introduire dans la maison... et pour y attirer leur victime?

— Si l'homme est l'amant d'autrefois... et j'en mettrais ma main au feu... il avait probablement gardé une clef, dit Graindorge. Il aura donné rendez-vous à son ancienne dans la baraque vide, en lui promettant de lui apporter un secours ou de se remettre avec elle... et la bécasse a cru ça.

— Alors, sa complice serait...

— Sa maîtresse probablement... la remplaçante de Marie Bracieux. Mais on ne les trouvera jamais. Vous pensez bien qu'ils ne restent pas dans le quartier.

— Quoi! dit Camille qui écoutait avec une attention fiévreuse, la police renoncerait à découvrir ces scélérats!.... Leurs crimes resteraient impunis!

— La police n'y renonce pas, mademoiselle; elle ne renonce jamais; seulement, il se commet des crimes tous les jours... elle s'occupe de préférence des nouveaux... et les vieilles affaires sont classées.

— Classées! que signifie ce mot-là?

— Ça veut dire qu'on les laisse de côté jusqu'à ce qu'un hasard... une occasion... les éclaircisse... ça n'arrive pas souvent, mais ça arrive quelquefois.

— Bon! clama madame Stenay, mais c'est effrayant de penser que la police compte sur le hasard pour arrêter des bandits qui peuvent recommencer demain sur vous, ma chère Camille, sur madame de Caronge, sur moi... personne n'est en sûreté à ce compte-là.

— Je crois, chère madame, que nous n'avons rien à craindre de ces coquins, dit en souriant madame de Caronge. Ils n'ont rien à démêler avec nous. Je me demande même quel intérêt ils pouvaient avoir à assassiner cette pauvre créature. Ils ne l'ont pas tuée pour lui prendre son argent, puisqu'elle était dans une profonde misère.

— Ça, c'est vrai, murmura Graindorge. Mais elle avait peut-être des papiers, sur lesquels son Alphonse voulait remettre la main... des lettres qu'il lui aura écrites pour lui emprunter de l'argent, ou des reçus de sommes prêtées qu'il ne voulait pas lui rendre. Si c'est un monsieur, ça aurait pu lui faire du tort qu'elle les montrât. On dit aussi qu'elle avait des reconnaissances du mont-de-piété, et qu'elle se passait de manger pour les renouveler tous les ans.

— M. de Charny! annonça tout à coup la voix claire de la femme de chambre.

A ce nom jeté par Rose que sa jeune maîtresse avait préposée à la garde de l'atelier, la scène changea.

Camille rougit, son père se leva, Annette, qui n'appréciait pas beaucoup les mérites du brillant gentilhomme, se remit à son travail, madame Stenay poussa une exclamation de joie, madame de Caronge prit l'air sérieux d'une femme à laquelle on va présenter un monsieur qu'elle n'a jamais vu, Carnac descendit de son escabeau dans l'intention de plier bagages, et Graindorge, intimidé, battit en retraite du côté de la statue du *Volontaire de 92.*

Philippe de Charny était un joli cavalier, dans toute la force du terme. De taille moyenne, mais bien prise, élégant de sa personne, avec des traits réguliers et fins, relevés par des yeux bleus très-expressifs, et par de longues moustaches blondes dont Camille n'avait pas trop vanté la nuance et la finesse.

Il salua la jeune fille en passant; mais il eut le bon goût d'aller droit à Gerfaut pour lui serrer affectueusement les deux mains, avant de s'occuper de madame Stenay, qui venait à lui, en criant du haut de sa tête :

— Bonjour, cher comte. Vous tombez bien. Voici notre grande artiste, madame de Caronge, que nous attendions avec tant d'impatience. Elle est dans nos murs, et vous l'entendrez chez moi mercredi.

Le comte s'inclina poliment, et la grande artiste lui rendit un salut cérémonieux.

— C'est drôle, les ressemblances, dit tout bas Graindorge qui ne la quittait pas des yeux. Les yeux, le nez, la bouche, les cheveux, tout y est. C'est Margot toute crachée... il n'y a que la balafre qui n'y est pas.

Le propos de Graindorge ne tomba pas, comme on dit, dans l'oreille d'un sourd.

Carnac était à portée de l'entendre, et ne manqua pas de le relever.

— Margot? demanda-t-il à demi-voix. Quelle Margot? J'en connais une demi-douzaine.

— Ça m'étonnerait que vous connussiez celle dont je parle, vu qu'il y a bien sept ou huit ans qu'elle a disparu... je sortais du service, et je venais d'entrer dans l'administration... mais j'ai encore eu le temps de la surveiller pendant six mois, et elle avait une de ces têtes qu'on n'oublie pas.

— La surveiller? C'était une voleuse?

— Non... Ou du moins je n'ai jamais entendu dire qu'elle eût volé... mais elle ne valait pas mieux pour ça. C'était une balocheuse... une goipeuse, premier numéro. Fallait la voir, quand elle pinçait son cancan à la Reine-Blanche ou au bal Favier, à Belleville. Moi qui vous parle, je l'ai collée trois fois au violon... et chaque fois, elle a essayé de me faire assommer par les gens de sa clique... un tas de propres à rien qui lui servaient de gardes du corps.

— Et elle ressemblait à cette dame?

— A croire que les deux n'en font qu'une. Seulement, ça ne peut pas être elle. Margot avait au moins trente ans à l'époque, et c'est tout au plus si la dame les a maintenant.

— Elle les a, je vous en réponds, et des mois de nourrice en plus. On ne me met pas dedans, moi. Je connais ça aux tempes. Il y a là des plis de la peau et des veines bleues qui fixent l'âge d'une femme comme un acte de naissance. Madame de Caronge est splendide, mais elle a passé les trente-cinq.

— Peut-être bien, mais elle n'a pas l'air canaille de Margot, et puis Margot était balafrée... à preuve que c'était son surnom dans les bastringues.

— Comment, balafrée?

— Oui, sur la joue gauche. Une estafilade qui allait du nez à l'oreille. Ça venait d'un coup de couteau qu'elle avait reçu de son premier amant, à ce qu'on racontait. Et ce qu'il y a de drôle, c'est que ça ne la défigurait pas. Faut dire aussi qu'elle savait se *maquiller*. Dans la rue, ça ne se voyait pas. Mais quand elle *chahutait*, le blanc fondait, la poudre de riz s'en allait, et il lui restait sur la figure un creux qui se portait bien.

— Il n'y a pas que les Margot qui savent se maquiller, dit Carnac en examinant d'un œil connaisseur madame de Caronge.

Elle était occupée en ce moment à échanger avec le comte de Charny, présenté par madame Stenay, des politesses banales, et Carnac ne la voyait que de profil.

Ces dames, avec Camille et son prétendu, formaient, au milieu de l'atelier, un groupe dont Gerfaut était le centre. Tout ce beau monde ne s'occupait guère du sergent de ville et de l'élève de la nature, cantonnés derrière la maquette de la statue du *Volontaire*.

— Dites donc, vieux, reprit Carnac, qui se familiarisait très-vite avec les gens sans façon, vous devez savoir ce qu'elle est devenue, votre fameuse Margot.

— Ma foi! non. Et j'ai dans l'idée que personne ne l'a jamais su, pas même les voyous de sa bande. La dernière fois qu'on l'a vue par ici, c'est dans un bal de la mi-carême où elle a fait les quatre cents coups à l'Élysée-Montmartre. A partir de ce jour-là, on n'en a plus entendu parler.

— Elle n'avait donc pas d'amant parmi les gars qui la faisaient danser?

— Peut-être bien que si, mais en dehors des bastringues, elle ne vivait pas avec eux. Ailleurs, elle faisait la cocotte huppée ou... qui sait?... la femme honnête. Ce qu'il y a de sûr, c'est qu'elle avait de l'argent, car elle se payait des costumes qui devaient coûter rudement cher. Il y avait des imbéciles qui disaient qu'elle était de la police et qu'elle allait dans le grand monde. Tout ça, c'est des bêtises. Moi, je crois qu'elle a tout bonnement filé en Amérique ou en Angleterre avec le monsieur qui l'entretenait.

— On en revient, et l'on revient aussi de Russie. La dame que vous voyez là en arrive, de Russie.

— Ah çà, décidément, vous la prenez donc pour Margot? Si c'était Margot, elle n'entrerait pas ici, et M. Gerfaut ne lui permettrait pas de parler à sa demoiselle.

— Il ne la connaît pas. C'est cette grosse dondon qui l'a amenée. Je ne dis pas que votre Margot est dans la peau de madame de Caronge, mais tout de même, faudra voir... et nous en recauserons.

Vous n'êtes pas de service aujourd'hui?

— Non. Je suis libre jusqu'à minuit.

— Qu'est-ce que vous diriez d'une choucroute garnie et de plusieurs bocks à l'estaminet du père Barbizon, sur le coup de six heures? Vous connaissez bien l'établissement?

— Ah! oui, que je le connais!... et Margot la Balafrée le connaissait bien aussi... ce qu'elle y a fait la noce et tout *chambardé* quand elle avait bu trop d'absinthe!... c'est vrai qu'elle payait la casse sans marchander.

— Bon! nous y trouverons peut-être des gens qui nous donneront de ses nouvelles... à commencer par le patron.

— Ça m'étonnerait s'il en savait plus long que moi sur Margot; mais pour ce qui est de la choucroute, ça n'est pas de refus, vu que je l'adore et que vous m'avez l'air d'un bon garçon, pas fier; seulement, je vas rentrer chez moi pour me mettre en bourgeois, parce que, vous comprenez, si mon brigadier me voyait dîner en uniforme dans un caboulot comme celui-là...

— Il vous collerait une retenue sur votre traitement... sans compter que les habitués vous regarderaient de tra-

vers. Allez changer de pelure, mon brave, et attendez
moi à six heures devant le cirque Fernando.

— Ça va; seulement, je ne pourrai pas rester toute la
soirée avec vous. Je prends le service à minuit au bal masqué de l'Élysée.

— Tiens! j'irai; c'est une idée, grommela Carnac, en
se préparant à s'esquiver, sans prendre congé d'une brillante compagnie qui ne lui plaisait guère.

Les causeurs ne songeaient pas à lui, et madame de
Caronge était l'objet de toutes leurs attentions.

Madame Stenay, qui s'était constituée son chaperon,
cherchait à la faire valoir. Gerfaut la comblait de préve-
nances pour tâcher de la décider à revenir à l'atelier,
espérant bien la décider plus tard à poser pour un buste
qu'il exécuterait avec l'aide indispensable de l'élève de la
nature. Camille commençait à la trouver à son gré, et
souhaitait de l'entendre bientôt donner un échantillon
de son beau talent de chanteuse. Philippe de Charny,
que sa situation d'aspirant à la main de mademoiselle
Gerfaut obligeait à une certaine réserve, ne pouvait
cependant pas se dispenser d'adresser quelques compliments à la grande artiste, et il les tournait à merveille.

— Le comte a une charmante voix de ténor, ma chère,
dit madame Stenay, et vous possédez une voix de contralto qui vaut celle de l'Alboni. Nous aurons mercredi
une soirée dont tout Paris parlera.

— Je serai très-heureuse de chanter chez vous avec
M. de Charny, chère madame, répondit madame de Caronge, mais je ne chanterai plus que pour mon plaisir.
Le séjour que je viens de faire en Russie a été assez
fructueux pour me permettre de ne plus donner de concerts publics. Je vais enfin pouvoir vivre à ma guise...

acheter un petit hôtel à Passy ou dans les nouveaux quartiers de la plaine Monceaux... y faire de la musique toute la journée, et y recevoir mes amis.

— Choisissez plutôt les nouveaux quartiers, s'écria Gerfaut. Nous serons presque voisins... rue Jouffroy, par exemple... c'est tout près d'ici.

— Cette raison me décide, cher monsieur. Je vais chercher de ce côté. En attendant, il faut bien que je me contente de l'appartement meublé que j'ai loué dans le quartier de la Madeleine... rue d'Anjou, au coin de la rue Lavoisier, derrière le monument expiatoire... Ce logement provisoire est assez grand et assez commode, mais il est d'une tristesse mortelle.

— Rue d'Anjou, au coin de la rue Lavoisier... c'est bon à savoir, grommela Carnac, qui suivait toujours son idée. Maintenant, je peux filer. J'ai assez vu la chanteuse et le gommeux qui guigne la fille au patron.

— Moi aussi, murmura Graindorge en s'acheminant sournoisement vers la porte.

Il y arriva sans que personne s'en aperçût, et Carnac manœuvrait pour en faire autant, lorsque Annette Brunier, qui n'avait pas quitté son coin, l'arrêta au passage pour lui dire à demi-voix :

— Pourquoi partez-vous si vite? mon frère va venir, et il serait content de vous voir.

— Et moi, mademoiselle, s'écria Carnac, je resterais ici jusqu'à demain, s'il n'y avait que vous et lui; mais je n'aime pas les petits crevés, et il vient de nous en arriver un de la plus belle eau.

— Je ne les aime pas non plus, mais j'aime beaucoup mademoiselle Gerfaut, et M. de Charny va l'épouser.

— Malheureusement!... ce farceur a su l'entortiller...

5.

il a même entortillé mon maître... je ne devine pas comment, par exemple... et si l'on m'avait consulté... mais ça ne me regarde pas, et je n'y peux rien.

— Mon frère voulait vous demander un service, reprit timidement Annette.

— Un service? mais deux! mais dix!... il peut disposer de moi... je serai trop heureux de lui être agréable, et à vous aussi, mademoiselle. Je ne lui offrirai pas ma bourse... il n'y a rien dedans; mais, s'il faut le débarrasser d'un monsieur qui le gêne, j'ai de bons bras, et je suis de première force à toutes les armes.

— Oh! il s'agit simplement de venir avec nous, dimanche prochain, au musée du Louvre. J'aime beaucoup les arts, surtout la sculpture, et il me semble que je les comprendrais mieux si vous étiez là pour me montrer les chefs-d'œuvre.

— Comptez sur moi, mademoiselle... Ah! si vous saviez le plaisir que vous me faites! balbutia Carnac, qui ne s'attendait guère à tant de bonheur. Entre votre frère et moi, maintenant, c'est à la vie, à la mort. Ah! si je pouvais persuader au patron de lui donner sa fille en mariage!

Mademoiselle Brunier lui lança un regard reconnaissant, mais elle mit un doigt sur ses lèvres, et Carnac comprit que le lieu et l'occasion étaient mal choisis pour exprimer un pareil souhait.

Il se sauva, et Annette, tout émue, se remit à sa besogne.

Gerfaut avait fini par obliger madame de Caronge et madame Stenay à s'asseoir près de son fauteuil.

Camille et Philippe de Charny s'étaient un peu éloignés.

Les amoureux recherchent la solitude, et l'atelier était

assez grand pour qu'on pût y causer en tête-à-tête, sans
se réfugier dans les coins.

— Me pardonnerez-vous de vous annoncer une nouvelle qui me désole? dit le comte d'une voix douce. Moi
qui rêvais de ne jamais me séparer de vous, je vais être
bientôt obligé de quitter Paris.

— Quitter Paris! s'écria Camille. Et pourquoi?

— Je ne vous ai jamais dit que j'ai un oncle qui habite
Smyrne, où il a épousé la fille d'un riche négociant
levantin, répliqua d'un air assez embarrassé M. de
Charny.

— Eh bien? demanda la jeune fille, surprise et
choquée de ce début.

— Cet oncle... un frère de ma mère... n'a pas d'enfants,
et je suis son unique héritier.

— Je comprends... vous tenez à ne pas perdre sa succession, interrompit mademoiselle Gerfaut, blessée au
cœur.

— J'y renoncerais sans hésiter plutôt que de renoncer
à vous, dit vivement Philippe de Charny; mais cet oncle
a pris soin de mon enfance, j'ai été orphelin de très-
bonne heure... et il m'a toujours tendrement aimé,
quoique je ne l'aie pas vu depuis cinq ans. Aujourd'hui,
il est veuf, il est isolé, loin de la France, et de graves
infirmités le condamnent à rester en Orient. Il sent que
sa fin est prochaine, et il voudrait me revoir avant de
mourir.

— Ah! s'il en est ainsi!... j'avais cru...

— Dans ces derniers temps, il m'a écrit plusieurs fois
pour me supplier de faire le voyage. J'ai différé de me
rendre à sa prière, mais sa dernière lettre est si pres-
sante...

— Allez à Smyrne .et revenez. Je me reprocherais toute ma vie de vous avoir empêché de partir.

— Je n'aurai pas le courage de partir sans vous, dit Philippe de sa voix la plus douce, et mon pauvre oncle le sait bien.

— Vous lui avez donc parlé de moi? demanda Camille, très-émue.

— Pourquoi ne l'avouerais-je pas? Oui, mademoiselle, alors que je n'avais encore qu'une espérance, je lui ai écrit que j'aimais ardemment une adorable jeune fille, que je rêvais de l'épouser, et que m'éloigner d'elle avant de savoir si elle agréerait ma demande... c'était un sacrifice au-dessus de mes forces. Savez-vous ce qu'il m'a répondu?

— Non... je...

— Il m'a répondu : Marie-toi, mon cher Philippe. Tu réaliseras ainsi mon vœu le plus cher, car notre nom va s'éteindre, et je voudrais être sûr que tes enfants le porteront. Cela me consolera de m'en aller de ce monde. Je suis sûr que mademoiselle Gerfaut est digne de toi, et je serais heureux de la connaître. Pourquoi tarderais-tu à lui déclarer ton amour, puisqu'il est sincère? Si, ce qu'à Dieu ne plaise, elle ne le partageait pas, viens te réfugier auprès de ton vieil oncle, qui tâchera de te faire oublier ton chagrin. Si, au contraire, elle t'aime, demande sa main à son père. La fille d'un grand artiste vaut un gentilhomme, et ce n'est pas moi qui te détournerai de cette alliance. Et si son père te l'accorde, marie-toi vite et viens passer ta lune de miel à Smyrne. J'ai encore bien deux ou trois mois à vivre, et je pourrai faire à ma charmante nièce les honneurs de ce merveilleux pays. J'ai, tout près de la ville, au bord du golfe, une maison de ampagne faite à souhait pour des amoureux. Elle est prête pour vous recevoir. Mais dépêche-toi. Mes forces s'en vont. Je ne verrai pas renaître le printemps.

— Il vous a écrit cela?

— Je vous montrerai sa lettre, si vous le désirez. C'est le meilleur des hommes et le plus affectueux des oncles.

— Je l'aime déjà.

— Hélas! reprit tristement Philippe, en m'écrivant ce que son cœur lui dictait, il ne pouvait pas prévoir le cas où la fatalité m'a mis. Vous ne m'avez pas rebuté, lorsque j'ai osé vous dire que je vous aimais. Vous m'avez promis que vous obtiendriez le consentement de votre père, et il ne vous l'a pas refusé, puisqu'il me permet de vous voir. J'ai annoncé cette bonne nouvelle au seul parent qui me reste. Et, au moment où je croyais être heureux, un accident nous a tous réduits au désespoir. Vous ne voulez pas quitter votre père, et notre mariage se trouve retardé indéfiniment. Je comprends vos scrupules, et vous me rendrez cette justice que je n'ai pas essayé de vous amener à changer d'avis. J'attendrai que vous me jugiez capable de vous seconder dans la noble tâche que vous avez entreprise. M. Gerfaut aurait en moi un fils dévoué...

— Je n'en doute pas, dit Camille.

— Et cependant vous hésitez à me mettre à même de lui prouver mon dévouement. Je me soumets à votre volonté, comme je me soumettrais à la sienne, si j'avais le bonheur d'être son gendre. Mais que dois-je faire? Comment expliquer à mon oncle l'affreuse situation où je me trouve? J'ai commencé par vous dire que j'allais quitter Paris... je me vantais... je sens que je ne pourrai jamais me résoudre à me séparer de vous, même pour quelques mois... Si, à mon retour, vous aviez cessé de m'aimer, j'en mourrais.

— Vous croyez donc que votre absence changerait mes sentiments? Vous me connaissez bien mal. Je me suis fiancée à vous librement. Quand vous reviendrez, vous me retrouverez prête à tenir ma promesse.

— Vous êtes ma fiancée. Pourquoi ne voulez-vous pas être ma femme? Votre père ne s'y oppose pas, et quand il saura ce que je viens de vous apprendre, il n'aura pas la cruauté de remettre notre mariage, alors qu'il dépend de vous et de lui que nous soyons unis dans quelques jours.

— Ne comprenez-vous pas que je ne puis pas le quitter?

— Vous ne le quitteriez pas. Il viendrait avec nous.

— A Smyrne! Vous oubliez qu'il est aveugle.

— Qu'importe! Il ne verrait pas cette terre d'Asie dont les splendeurs auraient charmé ses yeux d'artiste; mais il sentirait la chaleur du soleil de l'Orient, il respirerait le parfum de fleurs... Smyrne est la ville des roses, et l'hiver y est inconnu... Il entendrait votre voix, vous lui décririez le pays enchanté où nous cacherions notre bonheur. Croyez-vous qu'il ne serait pas plus heureux que dans ce Paris brumeux où il ne peut que souffrir, puisqu'il ne peut plus travailler pour accroître sa renommée?

— Je voudrais le croire... mais, à son âge, mon père a pris des habitudes auxquelles il lui en coûterait de renoncer.

— Votre père est aussi jeune que moi de caractère et d'esprit. Pourquoi regretterait-il cet atelier, qui lui rappelle son malheur? Et ne se passerait-il pas de recevoir les visites des indifférents que la curiosité attire ici beaucoup plus que la sympathie? Sont-ce les soirées musicales de madame Stenay qui lui manqueraient?

— Assurément non, dit Camille, qui ne put s'empêcher de sourire. Mais nous avons des amis sûrs... Annette et son frère...

— Ce jeune homme qui est employé quelque part et qui vient en sortant de son bureau, parce qu'il trouve commode et économique de passer ici ses soirées au lieu d'aller au café!... M. Gerfaut lui fait trop d'honneur en le recevant... et quant à cette petite ouvrière...

— N'en dites pas de mal, interrompit Camille, vous me feriez de la peine.

— Pardonnez-moi, mademoiselle, murmura Philippe de Charny. Je ne puis pas oublier que M. Brunier a été la cause du malheur de votre père.

— La cause bien involontaire, et s'il pouvait le venger des scélérats qui l'ont privé de la vue...

— Je donnerais ma vie pour le venger... et il m'est pénible de penser que vous comptez sur un autre pour atteindre les coupables... surtout quand cet autre cherche à vous plaire...

Et comme Camille rougissait un peu, le comte reprit vivement :

— Je vous aime trop pour ne pas être jaloux.

— Jaloux!... vous avez tort.

— Prouvez-moi que j'ai tort. Prouvez-le-moi en faisant ce que je vous demande en grâce... en priant M. Gerfaut de fixer dès à present la date de notre mariage et de nous accompagner à Smyrne... Si vous le voulez, et s'il le veut, nous y serons dans un mois... mon oncle nous bénira, et je jure de vous consacrer tous les instants de ma vie. Nous passerons là le printemps de notre bonheur, et plus tard, quand j'aurai fermé les yeux de l'excellent homme qui m'a servi de père, nous reviendrons en France. Nos enfants naîtront dans cette maison que vous habitiez quand je vous ai aimée, et que nous habiterons avec... me permettez-vous de dire : avec notre père?

Camille, émue jusqu'aux larmes, tendit la main à Philippe et lui dit :

— Je vous promets de le consulter... et s'il ne s'y oppose pas, nous nous marierons quand vous voudrez.

M. de Charny allait la remercier par une de ces protestations chaleureuses qui viennent naturellement aux amoureux, lorsque la voix de Gerfaut appela Camille.

— Où es-tu donc? cria l'aveugle. Tu me laisses causer tout seul avec ces dames.

— Me voici, mon père, répondit la jeune fille.

— Tu sais bien pourtant que je n'entends rien à la musique, et qu'il est question d'un grand concert chez madame Stenay. Viens ici et amène-nous M. de Charny, que tu as confisqué.

— Du tout! du tout! s'écria madame Stenay. Ne dérangeons pas les jeunes. Nous avons un rendez-vous, et Marguerite me fait signe que l'heure s'avance.

— Marguerite? répéta Gerfaut en accentuant le point d'interrogation.

— Madame de Caronge. Je l'aime tant que je l'appelle par son petit nom comme si j'étais sa contemporaine, et j'ai quelques années de plus qu'elle. Nous allons partir, mais nous vous laissons en nombreuse compagnie, car voici un de mes fidèles du mercredi...

M. Marcel Brunier. Je ne savais pas que vous le connaissiez.

— C'est le fils d'un de mes anciens camarades. Bonjour, Marcel ! Comment vas-tu, mon garçon ?

Marcel, qui venait d'entrer sans bruit, prit la main que lui tendait Gerfaut, salua Camille qui s'était rapprochée, mais sa figure se rembrunit quand il aperçut Philippe de Charny.

Il ne l'aimait guère, et il évitait les occasions de le rencontrer.

— Je viens chercher ma sœur, cher monsieur Gerfaut, dit-il avec embarras.

— Comment ! si tôt ? quelle heure est-il donc ?

— Quatre heures et demie. J'ai promis de conduire Annette chez une de nos parentes qui demeure au Marais.

Annette avait souri à son frère, mais elle n'avait pas bougé, et ces dames, qui sans doute l'avaient prise pour une ouvrière à la journée, s'aperçurent en la regardant qu'elle était charmante.

Madame Stenay ouvrait la bouche pour l'inviter à sa prochaine soirée ; mais madame de Caronge devina son intention et l'empêcha de parler en lui donnant un léger coup de coude.

— Adieu, monsieur, ou plutôt au revoir ! dit la chanteuse. Je compte sur votre promesse, et si vous voulez bien venir m'entendre, je tâcherai de vous faire aimer la musique.

— Je ne demande pas mieux que de me laisser convertir, dit Gerfaut. Mais vous partez... Marcel emmène sa sœur... tout le monde m'abandonne.

Camille s'était rapprochée de Marcel et lui dit tout bas :

— Restez, je vous en prie. Je désire que vous assistiez à l'entretien que je vais avoir avec mon père.

— Rester! répéta Marcel Brunier; mais, mademoiselle, si vous devez avoir un entretien particulier avec monsieur votre père, je serais de trop.

— Non, dit Camille d'un ton ferme. Il s'agit du bonheur de toute ma vie. Je veux que vous soyez témoin de l'engagement que je vais prendre.

Marcel n'osa pas répliquer; mais il commençait à regretter d'être venu, car il devinait qu'il allait être question du mariage de mademoiselle Gerfaut avec ce comte qu'il détestait.

Et il trouvait que Camille exigeait de lui un grand sacrifice en le forçant à assister aux épanchements intimes qu'il ne prévoyait que trop. Il s'étonnait même qu'elle n'eût pas deviné l'amour qu'elle lui avait inspiré, un amour sans espoir, puisqu'elle était déjà fiancée à M. de Charny, mais un amour sincère qui méritait bien qu'elle ménageât sa susceptibilité.

Pendant cet aparté, madame de Caronge et madame Stenay avaient pris congé de Gerfaut, et elles étaient sorties de l'atelier, reconduites jusqu'à la porte par le comte qui donnait Marcel à tous les diables, car il flairait en lui un rival et un ennemi.

— Es-tu là, ma fille? demanda l'aveugle.

— Oui, mon père, répondit Camille.

— Eh bien! maintenant que ces dames sont parties, amène-moi ce brave Graindorge. J'ai encore un tas de choses à lui demander.

— Il vient de s'en aller.

— J'en suis fâché. Je voulais lui offrir un verre de vieux cognac comme il n'en a jamais bu. Enfin... il reviendra... l'histoire de la pauvre femme que j'ai portée sur un brancard m'a ému, et j'aurais voulu savoir si on l'a enterrée convenablement... sans compter qu'il m'aurait peut-être donné des détails sur l'horrible créature qui a aidé son amant à se débarrasser d'elle, et qui m'a brûlé les yeux. Ah! la coquine!... si je la tenais, je ne lui ferais pas grâce.

Carnac! viens ici, mon bonhomme, ajouta Gerfaut en élevant la voix.

— Carnac est parti aussi, dit Camille. Le jour baisse, on n'y voit plus assez pour travailler.

— Et comme il se plaît mieux à la brasserie qu'à l'atelier, il a pris ce prétexte pour décamper. J'avais bien raison de dire que tout le monde m'abandonne.

— Moi, je ne t'abandonne pas... ni M. de Charny non plus... ni M. Brunier, ni ma chère Annette. Et nous ne sommes pas fâchés de rester seul avec toi, car j'ai à te parler de mon mariage.

— Ah! sournoise! tu y reviens donc enfin! Je croyais que tu avais décidé de renvoyer la cérémonie à une époque indéterminée. Il paraît que tu as changé d'avis. Tu as bien fait. Si tu attendais que j'aie recouvré la vue, tu ne te marierais jamais, et je n'entends pas que tu te condamnes à rester fille à perpétuité.

Tu peux t'expliquer devant Marcel et sa sœur, qui maintenant sont presque de la famille.

Ces dames n'ont pas enlevé M. de Charny?

— Le voici, mon père, dit Camille, en faisant signe à Philippe de s'approcher du fauteuil où Gerfaut était assis.

— Alors, parle, fillette! Je t'écoute, et je me prépare à vous bénir, car je suppose que cette fois c'est la bonne, et que nous allons fixer une date.

— C'est toi qui vas la fixer.

— Je ne demande pas mieux. Combien faut-il de temps pour remplir les formalités légales? C'est à vous, cher monsieur, que je m'adresse. Camille n'est pas beaucoup mieux renseignée que moi. Je me rappelle pourtant que j'ai épousé sa mère quinze jours après nos accordailles. Il est vrai que, n'ayant rien ni l'un ni l'autre, nous n'avions pas à nous occuper de préparer le contrat.

Philippe de Charny allait répondre, mais Camille prit la parole avant lui.

— Mon père, dit-elle, il ne s'agit ni des formalités légales, ni du contrat. Il s'agit de savoir si tu veux venir passer quelques mois à Smyrne.

— Qu'est-ce que tu me racontes là, petite?

— M. de Charny est obligé d'aller à Smyrne pour voir son oncle, qui n'a plus que peu de temps à vivre, et qui désire l'embrasser avant de mourir. Or, je suis résolue à ne pas te quitter. Si ce voyage t'effraye, j'attendrai le retour de M. de Charny. Si, au contraire, tu ne crains pas de l'entreprendre, nous nous marierons dans trois semaines, et nous partirons avec toi le soir de notre mariage.

— A la bonne heure! Voilà des questions catégoriquement posées. Tu t'exprimes avec une netteté qui me plaît. Et je vais te répondre sans phrases.

Après ce préambule, Gerfaut prit un temps, comme on dit au théâtre. Il comprenait fort bien que les fiancés étaient impatients de connaître sa décision, et il s'amusait à les tenir en suspens.

— Eh bien, oui, mes enfants, dit-il, après une courte pause, je veux bien partir avec vous... à une condition...

— Quelle qu'elle soit, je l'accepte, interrompit avec empressement M. de Charny.

— A condition que je ne vous gênerai pas.

— Nous gêner, toi! s'écria Camille, en se jetant au cou de son père.

— Eh oui, parbleu! un aveugle est forcément un gêneur... pas pour des amoureux qui se cachent... ceux-là, au contraire, s'accommodent très-bien des pères et des maris qui n'y voient goutte... Mais vous qui aurez le droit de vous aimer au grand jour, et qui serez en pleine lune de miel, vous en aurez bientôt assez d'être obligés de vous relayer pour me donner le bras. Ce n'est pas gai du tout de conduire du matin au soir un vieux Bélisaire!...

— Tais-toi. Tu ferais croire à M. Brunier que je me plains déjà de te servir de guide... Tu sais bien que je serais trop heureuse de t'emmener... mais je redoute pour toi la fatigue, l'ennui... j'ai peur qu'il ne t'en coûte trop de t'éloigner de ta maison... de ton atelier...

— Ça me changera un peu... et il pourra m'arriver quelquefois de penser à ma statue; mais il n'y manque presque rien, et Carnac la finira très-bien sans moi. J'ai toujours eu envie de connaître l'Orient. Je m'y prends trop tard, et j'entrerai dans la terre promise sans la voir; mais tu me raconteras tes impressions... ce sera presque la même chose. Quand partons-nous?

— Oh! père, que tu es bon! murmura Camille.

— Monsieur, dit Philippe de Charny, je vous dois mon bonheur, puisque vous voulez bien m'accorder la main de mademoiselle Gerfaut. Mon oncle vous devra la consolation de me revoir... je pourrai lui fermer les yeux.

— Personne ne fermera les miens... je n'en ai plus, dit Gerfaut avec une gaieté qui arracha des larmes à sa fille. Mais il ne s'agit pas de ça. Il doit être un peu aristocrate, votre oncle. Comment s'arrangera-t-il de la compagnie d'un plébéien comme moi?

— Mon oncle connaît votre nom, monsieur. Toute l'Europe le connaît, ce nom que vos œuvres ont illustré. Et mon oncle n'a pour les grands artistes que de l'admiration et du respect.

— Bon! je ne vous demande pas de compliments. Il me suffit que votre oncle soit un brave homme. La noce se fera quand vous voudrez, mes enfants... et ce soir, mon gendre, vous dînerez avec nous.

En es-tu, Marcel?

Si Gerfaut avait pu voir le visage du fils de son ancien camarade, il ne l'aurait pas invité, car il se serait aperçu que le pauvre garçon souffrait cruellement, depuis qu'il écoutait malgré lui cette conversation matrimoniale.

Marcel balbutia des excuses auxquelles l'aveugle ne comprit rien, et Camille, qui comprenait trop bien, vint à son secours :

— Non, dit-elle, M. Brunier a une visite à faire avec sa sœur. Il dînera avec nous un autre jour.

Et elle courut à Annette qui avait entendu aussi, et qui était déjà prête à partir.

— Promettez-moi que vous serez ma demoiselle d'honneur, lui dit-elle en l'embrassant.

Annette avait le cœur bien gros, mais elle n'osa pas refuser.

Elle sortit avec son frère, après qu'ils eurent pris congé de M. Gerfaut, et salué froidement le comte de Charny.

Et quand ils furent sur le boulevard, elle passa son

bras sous celui de Marcel en lui disant d'une voix émue :

— Nous ne reviendrons plus. Tu serais trop malheureux.

— Moi! s'écria Marcel. Et pourquoi?

— Crois-tu donc que je n'ai pas deviné que tu aimes
Camille?

— Je l'aurais aimée, peut-être, si j'avais espéré qu'elle
pût m'aimer. Mais je suis revenu de mes sottes espérances. Mademoiselle Gerfaut a pris soin de me les
enlever. Ce n'est pas une raison pour que tu ne la voies
plus. Reste son amie. Elle aura besoin de toi, car elle va
tomber en de mauvaises mains. Ce comte de Charny n'en
veut qu'à sa fortune, j'en suis sûr.

— J'espère que tu te trompes, mais j'avoue qu'il
ne m'inspire aucune confiance. Ce voyage que Camille et
son père ont accepté me fait peur. Et M. de Charny
n'est pas plus sympathique à M. Carnac qu'à nous.

— Ça ne m'étonne pas. Carnac est tout dévoué à
M. Gerfaut, et il a deviné les projets de ce gentilhomme.

— A propos de M. Carnac, je te dirai que je lui ai
parlé de notre visite au Louvre, et qu'il se fera un plaisir
de nous accompagner au musée, dimanche prochain.

— Bon! mais j'espère qu'il s'habillera convenablement, car jusqu'à présent je ne l'ai vu que dans des
tenues déplorables.

— Tu ne l'as vu qu'à l'atelier, et pour travailler, un
artiste ne peut pas s'habiller comme pour aller dans le
monde.

— Oh! oh! petite sœur, tu prends bien chaudement sa
défense. Est-ce que...

— Rien du tout, monsieur. Il est très-aimable pour
moi, et il m'amuse beaucoup. Mais ça ne va pas plus loin.

Seulement, je tiens à me faire belle, dimanche, et si tu étais bien gentil, au lieu de me mener chez notre respectable cousine du Marais, qui tient médiocrement à nous voir, tu me conduirais au mont-de-piété de la rue Fromentin... c'est sur notre chemin pour rentrer à la maison... et je retirerais mes boucles d'oreilles que j'ai engagées pour compléter le payement du terme de janvier...

— Diable! c'est que le mois n'est pas fini et...

— Tu n'as pas d'argent. Mais j'en ai, moi. J'ai reporté hier au magasin mon ouvrage de la semaine, et j'ai touché une jolie somme.

— Alors je ne demande pas mieux... à condition que je n'entrerai pas.

— Je l'espère bien. Si un de tes camarades t'y rencontrait, il se figurerait que tu viens engager ta montre pour aller au bal, tandis qu'une simple ouvrière peut bien, sans se faire du tort, emprunter sur ses pauvres bijoux.

— Surtout quand c'est pour payer son propriétaire. Va dégager tes boucles d'oreilles. Je t'attendrai dans la rue. Et, à la fin du mois, je te rendrai l'argent que tu auras déboursé.

— Non, non. Je suis plus riche que toi. Dis donc, Marcel, que penses-tu de cette dame qui accompagnait madame Stenay? Je ne sais pourquoi je m'imagine que c'est une intrigante.

— Une intrigante?... c'est très-possible. Madame Stenay reçoit et patronne toutes sortes de gens... à commencer par ce comte de Charny, que, j'en suis sûr, elle connaît à peine. Je parierais que c'est elle qui a répondu de lui à M. Gerfaut.

— Je le crois. Si tu avais vu comme elle lui a fait

fête lorsqu'il est entré dans l'atelier... l'empressement qu'elle a mis à lui présenter cette madame de Caronge, et à l'inviter à chanter avec elle à sa soirée du mercredi!... A propos... iras-tu?

— Moi!... je ne remettrai jamais les pieds chez cette vieille folle. Je sais trop ce qu'il en coûte. Si je n'y étais jamais allé, je n'aurais jamais vu mademoiselle Gerfaut, et...

— Et tu ne serais pas devenu amoureux d'elle.

— Laissons cela. Cette madame de Caronge est donc une artiste?

— De premier ordre, à ce qu'il paraît. Elle revient de Russie, où elle a passé plusieurs années à donner des concerts.

— Ah!... c'est singulier... je n'ai jamais entendu citer son nom. Du reste, elle est très-belle... d'une beauté étrange, mais incontestable.

— Elle a un air qui ne me plaît pas.

— Et tu dis qu'elle ne connaissait pas M. de Charny?

— Non, puisque madame Stenay les a présentés l'un à l'autre... et cependant, je ne sais pourquoi je me suis figuré que ce n'était pas la première fois qu'ils se voyaient... ils se sont salués cérémonieusement... presque froidement... mais il m'a semblé qu'ils échangeaient un regard d'intelligence.

— Que venait faire cette chanteuse chez M. Gerfaut?

— Je n'ai pas pu le deviner. Elle a raconté qu'elle se trouvait, par hasard, avec madame Stenay, qui l'avait pour ainsi dire forcée à entrer avec elle... mais M. Gerfaut l'a si bien reçue que, certainement, elle reviendra.

— Tant pis. Je me défie d'elle... presque autant que de M. de Charny.

I.   6

— C'est peut-être aller trop loin. Je demanderai à Camille ce qu'elle en pense. Il m'a paru qu'elle ne sympathisait pas beaucoup avec elle, et j'en suis bien aise. Mais il faut que je te parle d'une autre visite que M. Gerfaut a reçue avant ton arrivée... la visite du sergent de ville qui l'a ramené chez lui, après ce terrible accident, et qui venait lui donner des nouvelles des recherches entreprises par la police.

— Aurait-on découvert l'infàme créature qui lui a jeté du vitriol?

— Non, malheureusement. Mais on sait qui était la pauvre femme que cette coquine a étranglée, de complicité avec un scélérat, et pourquoi on l'a tuée. C'était une ancienne actrice tombée dans la misère... on pense qu'ils l'ont assassinée pour lui reprendre des lettres qui étaient restées en leur possession, et qui compromettaient ces misérables... des lettres et des reconnaissances du mont-de-piété, précisément... On a parlé devant moi du mont-de-piété, et j'y vais en ce moment... je n'ai pu m'empêcher de remarquer cette coïncidence.

— Comment cette femme avait-elle pu emprunter? Le mont-de-piété ne prête que sur gages, et M. Gerfaut m'a dit qu'elle était en haillons.

— On voit bien que c'est toujours moi qui vais à la succursale de la rue Fromentin, quand nous sommes à court d'argent. Si tu étais entré une fois dans ta vie dans la salle où l'on engage, tu saurais que les plus pauvres gens y apportent des loques, des matelas, des ustensiles de ménage... et qu'on ne les rebute pas. Le minimum des prêts est, je crois, de trois francs.

— Bon! mais on n'assassine pas pour voler des reconnaissances d'objets sur lesquels on a emprunté trois francs.

Or, cette malheureuse ne devait avoir ni bijoux, ni vête-
ments présentables.

— Assurément non, car le sergent de ville affirme
qu'elle mendiait son pain. Mais d'après ce qu'il a raconté,
je me figure qu'elle devait être dans la confidence de
quelque crime que ces gens-là ont commis autrefois, et
qu'ils se sont débarrassés d'elle parce qu'ils craignaient
qu'elle ne les dénonçât... j'espère bien qu'on les retrou-
vera.

— Tu crois encore à la police, toi? Eh bien, moi pas.
Et si j'avais le temps de chercher, je réussirais mieux
qu'elle.

— M. Carnac cherche, lui. Il me l'a dit hier.

— Grand bien lui fasse! J'aurais tort de me mêler
d'une affaire qui ne me regarde pas. Si M. Gerfaut tient
à se venger, son gendre l'y aidera, à moins que ce gendre
ne se propose de l'achever pour s'emparer plus tard de
la fortune de ton amie, Camille. Elle est folle de ce monsieur, et, lorsque son père ne sera plus là pour la protéger, le beau Charny fera ce qu'il voudra d'elle et de
sa dot.

— Marcel, la colère te rend injuste. Rien ne nous
autorise à supposer que M. de Charny a les intentions que
tu lui prêtes.

— Ne me parle plus de cet homme. Aussi bien, voici
la rue Fromentin. Va chercher tes boucles d'oreilles. Je
t'attendrai sur le boulevard.

Annette se garda bien d'insister. Elle sentait que son
frère n'entendrait pas raison sur ce chapitre, et d'ailleurs
elle ne tenait pas à prendre la défense d'un personnage
qui lui plaisait fort peu, quoiqu'il dût épouser Camille
Gerfaut... ou peut-être parce qu'il devait l'épouser.

Elle quitta le bras de son frère, qui s'assit sur un des bancs du boulevard de Clichy, et elle entra dans la rue Fromentin, où brillait la lanterne du bureau de prêt.

La nuit était venue et permettait aux emprunteurs honteux de se glisser, sans être vus, dans l'établissement.

Ce n'était pas le cas d'Annette Brunier. Elle ne se cachait jamais d'être gênée, parce que la cause de sa gêne était toujours honorable. Le frère et la sœur menaient la vie la plus rangée du monde, et cependant ils avaient beaucoup de peine à joindre, comme on dit, les deux bouts. La jeune fille connaissait de longue date le chemin du mont-de-piété, et elle s'adressait de préférence à la succursale qui se trouvait à proximité de la rue qu'elle habitait.

D'ailleurs, le mont-de-piété n'effraye que les gens qui n'ont jamais eu besoin de lui, et sa clientèle ordinaire ne se compose pas exclusivement de dissipateurs et de pauvres diables. Toutes les catégories sociales y passent, et les plus élevées ne sont pas celles qui le fréquentent le moins, car l'administration oblige plus discrètement qu'un ami, et, au rebours de bien des gens du monde, elle ne reproche jamais à l'obligé le service qu'elle lui a rendu.

On peut même affirmer que les vrais indigents n'ont pas très-souvent affaire à elle. Pour emprunter, il faut avoir quelque chose à mettre en gage.

Les habitués appartiennent pour la plupart au petit commerce, à la galanterie haute et basse, au monde des viveurs et des joueurs.

Ceux-là s'adressent plus volontiers au chef-lieu de la

rue des Blanc-Manteaux, au grand clou, comme ils l'appellent familièrement.

Dans les succursales qu'on a multipliées depuis quelques années, le public varie suivant que le bureau se trouve dans tel ou tel quartier. Et comme celui de la rue Fromentin n'est pas loin de la place Bréda ni de la place Pigalle, on y voit surtout des artistes et des cocottes qui en sont encore à leurs débuts.

Annette s'inquiétait peu des rencontres qu'elle y pouvait faire. Accoutumée de bonne heure à marcher seule dans la vie, elle savait se préserver des insolents et éviter les contacts fâcheux.

Elle entra sans hésiter, et elle pénétra bravement dans la salle commune, au lieu de passer par une porte où s'étalaient en lettres noires ces deux mots : *Entrée particulière*.

Il y a une aristocratie parmi les emprunteurs, et les gens bien vêtus ont là des priviléges dont la jeune fille dédaigna d'user.

La salle était pleine, car les mois d'hiver sont durs au pauvre monde, et le terme de janvier venait de râfler les maigres ressources des petits ménages.

C'était une assez grande pièce, silencieuse et triste, comme le sont tous les lieux où s'exerce la charité administrative. On sentait qu'on était là dans l'antichambre de l'hôpital, et personne n'avait envie de rire ni même de babiller.

On n'entendait guère que la voix des commis annonçant les sommes prêtées ou les objets rendus.

Les clients répondaient tout bas à l'appel de leur numéro, et cette pudeur de la misère aurait touché un riche venu là pour observer.

6.

Annette prit place sur la banquette de bois qui entourait le local, car les emprunteurs se pressaient au guichet, les uns portant un gage de petit volume, les autres
traînant de gros paquets que les employés dénouaient sur
le comptoir banal.

C'était vite fait d'étaler et d'apprécier les nippes ; plus
vite fait encore de les rejeter, quand elles ne représen-
taient pas une valeur suffisante.

Une femme qui venait chercher là du pain pour ses
enfants s'éloignait les larmes aux yeux, et tout était dit.

Annette connaissait, pour l'avoir déjà vu, ce tableau
navrant, mais elle n'en souffrait pas moins, et il lui tardait d'aller rejoindre son frère.

Le bureau des dégagements était moins encombré que
l'autre, et les formalités y sont moins longues, puisqu'il
ne s'agit que de présenter sa reconnaissance et de donner
son argent, à moins qu'on ne soit déjà venu la veille, et
dans ce cas, c'est encore plus simple.

Les objets que les succursales ne rendent que le lendemain du payement sont échangés contre un reçu, et c'est
l'affaire d'un instant.

Annette en était à la première visite, et comptait les
quelques pièces d'or qu'elle allait verser pour rentrer
vingt-quatre heures après en possession de ses boucles
d'oreilles, lorsque la porte s'ouvrit, brusquement poussée
par un homme qui entra comme un ouragan.

La jeune fille leva les yeux, et ne fut pas peu surprise
de reconnaître Carnac qui se dirigeait vers le guichet,
en bousculant tout le monde.

Il ne l'avait pas vue, et peu s'en fallut qu'elle ne sortît
tout doucement, car elle ne tenait pas du tout à s'aboucher avec lui dans un pareil endroit.

La curiosité la retint. Elle voulut savoir ce qu'il venait faire là, et elle resta en se dissimulant du mieux qu'elle put dans l'ombre du coin où elle s'était cantonnée.

— Voilà le papier jaune, cria Carnac par-dessus la tête d'une demoiselle qui dégageait une montre. Faites mon compte, s. v. p. Et rendez-moi ma redingote... quand j'aurai payé.

— Attendez votre tour, dit le commis d'un ton bourru. Je vous préviens d'ailleurs que vous n'aurez votre redingote que demain à trois heures. Vous savez bien que c'est le règlement.

— Il est joli, le règlement. Enfin!... pourvu que j'aie ma belle pelure pour dimanche, ça m'est égal.

Annette releva la tête. Elle avait compris que le pauvre garçon venait là pour se mettre en mesure de l'accompagner au musée sans lui faire honte.

Annette fut touchée de voir que Carnac faisait un sacrifice afin de pouvoir lui offrir son bras, pendant cette promenade dans les galeries du Louvre qu'elle projetait pour le dimanche suivant.

Elle avait eu la même pensée que ce brave garçon, puisqu'elle venait retirer ses boucles d'oreilles.

Comme les beaux esprits, et même plus souvent que les beaux esprits, quoi qu'en dise le proverbe, les amoureux se rencontrent.

Et sans être positivement amoureuse de Jean Carnac, Annette Brunier le trouvait fort à son gré.

Elle ne songeait plus à l'éviter. Elle souhaitait même qu'il la vît et qu'il lui demandât pourquoi elle était là.

Ce fut ce qui arriva, et plus tôt qu'elle ne le prévoyait.

L'élève de la nature, ajourné par l'employé aux dégagements, pirouetta sur ses talons et se mit à dévisager successivement toutes les personnes qui se trouvaient dans la salle.

Il eut vite fait d'aviser Annette assise sur son banc, et il vint à elle, son feutre mou à la main.

— Vous ici, mademoiselle ! lui dit-il tout ému.

— Pourquoi pas ? répondit en souriant la jeune fille. Pensiez-vous donc que j'étais riche ? ou bien trouvez-vous mauvais que j'aie parfois recours à *ma tante ?*

— Ni l'un ni l'autre, mademoiselle. Seulement je suis désolé que vous ayez besoin d'elle... et je vous prie de croire que si je pouvais la remplacer...

— Mais vous ne pouvez pas... et si vous pouviez, je n'accepterais pas, vous le savez bien, dit gaiement Annette. Du reste, rassurez-vous... je ne viens pas emprunter. Je viens, au contraire, rembourser un emprunt contracté dans les mauvais jours qui précèdent le terme du 15 janvier.

— Tiens ! c'est comme moi. Seulement, mon terme tombe le 8. J'ai un loyer de deux cent cinquante francs... un joli sixième sur la cour, rue Ordener, à la Chapelle... vous voyez ça d'ici... je ne loge pas en garni... mais quand je déménage, mon mobilier tient dans une charrette à bras.

— Nous sommes voisins. Mon frère et moi nous demeurons rue Labat.

— Si je vous disais qu'il m'intimide, votre frère...

— Vraiment ?... et pourquoi ?

— Il est trop sérieux et trop bien mis pour fréquenter un bohème de mon espèce.

— Il est obligé d'être ainsi, puisqu'il a un emploi dans une maison de banque, mais il aimerait mieux être artiste comme vous. Et s'il réussit à faire recevoir le drame qu'il achève en ce moment, il sera bien content de renoncer à une place qui ne lui convient pas du tout. Du reste, vous lui plaisez beaucoup... et la preuve, c'est qu'il a accepté cette partie pour dimanche prochain.

— Est-ce en vue de notre visite au musée que vous dégagez votre redingote ? demanda mademoiselle Brunier en réprimant avec peine une forte envie de rire.

— Comment ! vous savez ..

— Mais oui... je vous ai entendu... Vous avez crié assez haut.

— Alors, j'entre dans la voie des aveux... et je confesse que vous avez deviné. Mais, je vous en prie, ne me prenez pas pour un gommeux, parce que je tiens à me faire beau, dimanche. En fait d'habits convenables, je ne possède que cette redingote, et elle est si souvent au clou qu'elle doit être encore presque neuve. Je ne pouvais pas vous accompagner en vareuse, et j'ai fait des bassesses pour ravoir ma lévite de drap noir.

— Des bassesses ? répéta la jeune fille inquiète.

— Oui, j'ai déshonoré la sculpture. Figurez-vous qu'un charcutier m'avait offert quarante francs pour lui faire un cochon en saindoux qu'il compte exposer dans la vitrine de sa boutique. J'avais noblement refusé. Je viens de céder. Ce marchand de lard m'a donné vingt francs à compte sur sa commande... et dans trois jours, mon œuvre fera la joie des badauds du quartier... seulement, j'ai retenu que je ne signerais pas.

Cette singulière confidence mit Annette en gaieté. Elle éclata de rire au nez de son amoureux, qui s'écria :

— J'espère que vous ne me trahirez pas. Si votre frère savait que je travaille pour les charcutiers...

— A vous, là-bas ! cria le commis aux dégagements.

— Passez la première, mademoiselle, dit avec empressement Carnac.

La jeune fille ne se fit pas prier. Elle se leva pour aller au guichet, et Carnac eut la discrétion de ne pas la suivre de trop près.

Pendant qu'elle attendait que l'employé eût calculé les intérêts du prêt, il se mit à examiner les gens qui engageaient à l'autre guichet.

Une femme, jeune encore, pauvrement mais proprement habillée, discutait avec l'appréciateur qui ne voulait prêter que cinq francs sur un anneau d'or. Elle en demandait quinze. Ils étaient trop loin de compte; on venait de lui rendre l'objet, et elle s'en allait, la tête basse.

Le malheur rend souvent égoïste, et pas un des besoigneux qui se trouvaient là ne s'occupa d'elle. Ces scènes se renouvellent tous les jours, et ils en avaient vu bien d'autres.

Carnac la regardait, et il s'aperçut qu'elle pleurait. Il était physionomiste; il connaissait son Paris sur le bout du doigt, et il devinait l'histoire de cette pauvre créature. Il la suivit, et il lui dit tout bas :

— C'est votre anneau de mariage, hein?

La femme, étonnée, leva les yeux sur lui et balbutia :

— Oui, monsieur... mais...

— Bon ! et votre mari vous a abandonnée. Combien d'enfants?

— Deux... mais je...

— Ils sont trop jeunes pour travailler, et ils n'ont que vous pour les nourrir. Votre logeur n'est pas payé, et il a vous mettre dehors. Les mioches coucheront dans la rue. Au mois de janvier, ça n'est pas gai.

— Il y a la Seine, dit la malheureuse d'une voix sourde.

— Encore moins gai. Faut trouver autre chose.

— Je ne chercherai plus. Les petits n'ont pas mangé hier. Ils souffrent trop. Les cinq francs qu'on m'offrait les feraient vivre une semaine, mais après?... je n'ai pas d'ouvrage...

— Quel état faites-vous?

— Je faisais de la tapisserie pour les grands magasins. Mais je suis tombée si bas qu'on ne veut plus me confier de la laine, et je n'ai pas de quoi en acheter.

— Et si je vous procurais de l'ouvrage? demanda Carnac qui pensait à Camille, toujours prête à une bonne œuvre. Où logez-vous?

— Boulevard de la Villette, au coin de la rue de Puébla... mais je n'y serai plus ce soir.

— Ah! oui... le logeur... pas d'argent : à la porte. Tant pis si les *gosses* crèvent de froid. Ça ne le regarde pas, le gredin. Eh bien, non. Je ne veux pas qu'ils crèvent, moi. Venez demain à trois heures demander Jean Carnac chez M. Gerfaut, 99, boulevard des Batignolles. On vous donnera une commande et tout ce qu'il faut pour l'exécuter.

— Oh! monsieur, si vous faites cela, vous sauverez la vie de mes enfants.

— Ce n'est pas moi qui le ferai. Je n'ai pas besoin de tapisserie, vu que je n'ai chez moi que des chaises de paille. Mais je connais une demoiselle qui vous tirera de peine. Et, en attendant, voilà pour la pâtée et la niche, dit Carnac, en lui glissant dans la main le louis du charcutier. Combien devez-vous dans votre garni?

— Dix francs, monsieur! Et si vous voulez me les préter sur cette bague, je les prendrai, mais je ne puis pas accepter une aumône.

— De quoi, la petite mère? C'est pas une aumône; vous me les rendrez... sur l'argent que vous toucherez de la fille de mon patron. Dix francs, ça n'est pas assez, puisque vous les devez. Et manger d'ici à demain? Empochez la pièce ronde, et allez acheter du pain et du bouillon pour les mômes.

La femme essaya encore de résister, mais Carnac la poussa jusqu'à la porte, en lui disant tout bas :

— Allez donc, sapristi! ça ne me gêne pas dans ce moment-ci, et vous me revaudrez ça. Vous me tapisserez à l'œil un tabouret pour mon épouse, le jour où je me mettrai en ménage.

Et dès qu'il fut débarrassé d'elle, il revint à Annette, qui venait justement d'en finir avec le commis.

— Eh bien! lui dit-elle gaiement, c'est fait. J'aurai demain mes boucles d'oreilles. Moi aussi, je tiens à être belle dimanche. A votre tour, maintenant.

— Non, balbutia Carnac, j'ai changé d'idée. Mon charcutier me doit encore vingt francs. Je lui porterai son cochon après-demain, et il sera encore temps pour ma redingote.

Annette l'avait vu du coin de l'œil aborder la femme qu'on venait de rebuter au guichet des prêts. Elle comprit.

— Pendant que vous êtes en train d'avouer, lui dit-elle doucement, avouez donc que votre louis a passé dans la poche d'une malheureuse qui en avait besoin pour ne pas mourir de faim.

— J'aimerais mieux vous avouer autre chose... par exemple, que je vous aime, mademoiselle... mais je suis obligé de convenir que je me suis payé le luxe d'une charité... bien placée, je crois... mon obligée viendra demain voir mademoiselle Gerfaut, et vous m'aiderez à la patronner...

— De grand cœur, monsieur. Et je vous sais gré de l'avoir secourue. A présent que je sais ce que vous valez, si votre charcutier vous faisait faux bond, je vous donnerais le bras dans la rue, quand même vous seriez en blouse.

— Je ne voudrais pas, mademoiselle. J'aurai ma redingote, quand je devrais m'engager à livrer un autre cochon en saindoux. Ce serait dur, mais ce ne serait pas payer trop cher le bonheur de passer une journée avec vous.

— En attendant, je vais vous quitter... à moins qu'il ne vous plaise de m'escorter jusqu'au boulevard, où mon frère m'attend.

— Oh! non, dit vivement Carnac. Je suis trop mal habillé. Et puis, moi aussi, on m'attend.

Tout en parlant, il ouvrait la porte de la salle, et il s'effaçait pour laisser sortir Annette.

Mais, au lieu d'avancer, la jeune fille lui toucha légèrement le bras, comme pour lui dire: Regardez!

Dans l'allée, une femme, qui venait évidemment de la pièce réservée aux privilégiés, se dirigeait lentement vers la sortie.

Elle tenait à la main une boîte en carton, de celles où l'administration du mont-de-piété enferme des gages précieux, et elle était si occupée à inventorier les objets contenus dans cette boîte qu'elle passa sans voir ni Annette, ni Carnac.

Eux l'avaient reconnue. Annette étouffa une exclama-

tion de surprise, et l'élève de la nature s'empressa de
refermer la porte.

— Comment ! elle aussi, elle a affaire au *clou*, murmura-t-il. Une chanteuse qui revient de Russie toute
cousue de roubles ! Ça, c'est trop fort... Décidément,
madame de Caronge me paraît suspecte... et je commence à croire que Graindorge ne s'est pas trompé.

— Cette dame m'est suspecte, à moi aussi, dit Annette,
mais ce n'est pas parce qu'elle vient au mont-de-piété.
Nous y venons bien, nous.

— Oui, mais nous, mademoiselle, nous ne sommes pas
riches, répliqua vivement Carnac, tandis que madame de
Caronge...

— Elle ne l'a peut-être pas toujours été. Avant d'aller
chanter en Russie où elle a fait fortune, elle courait
peut-être le cachet, et elle a bien pu en être réduite à
engager ses bijoux. Les artistes ne roulent pas sur l'or,
vous ne le savez que trop. Et il est assez naturel qu'en
arrivant à Paris, elle s'empresse de dégager...

— La croix de sa mère ! ça ne se passe comme ça que
dans les drames. Depuis qu'elle donnait des concerts à
Saint-Pétersbourg, elle aurait eu dix fois le temps de
retirer ses bijoux... et je parierais bien que jadis, au lieu
de courir le cachet, elle courait... la pretantaine.

— Qu'en savez-vous?

— Suffit! Je m'entends. Si vous aviez, comme moi,
causé en particulier avec Graindorge, vous seriez de
mon avis.

— Quoi! ce sergent de ville la connaît !

— Il n'en est pas sûr; mais il assure qu'elle ressemble
furieusement à une nommée Margot, qu'il a vue souvent
autrefois... Une drôlesse qui fréquentait les bals de bar-

rière, et qui avait sur le visage la marque d'un coup de couteau.

— Madame de Caronge s'appelle, de son petit nom, Marguerite.

— Justement. Marguerite et Margot, c'est la même chose.

— Mais sa figure ne porte pas la moindre cicatrice.

— Savoir! dit Carnac en hochant la tête. Je ne l'ai pas vue d'assez près. Et puis, elle possède à fond l'art de se placer à contre-jour, quand on la regarde trop. Mais je la *repigerai* un de ces jours, et je vous réponds qu'elle ne me mettra pas dedans. J'ai l'œil américain, moi, et l'on ne me joue pas le même tour deux fois de suite. Sans compter que si, par hasard, Margot se remettait à faire la vie, je sais où la rencontrer.

— Je souhaite que madame de Caronge n'ait rien de commun avec cette créature, puisque M. Gerfaut la reçoit. Mais je trouve que nous nous occupons un peu trop d'elle. Nous sommes fort mal ici pour causer, et mon frère doit s'impatienter...

— Je ne veux pas vous retarder, mademoiselle, dit Carnac en ouvrant la porte qu'il avait refermée pour que madame de Caronge ne les vit pas.

Annette passa la première, et l'élève de la nature la suivit dans le corridor, qui débouchait rue Fromentin.

Un bec de gaz éclairait faiblement ce couloir, dont l'usage était commun aux emprunteurs de la salle publique et à ceux qui passaient par l'entrée particulière.

An moment où mademoiselle Brunier se retournait pour lui serrer la main avant de le quitter, Carnac sentit sous son pied un objet dur, et se baissa pour le ramasser.

— Tiens! dit-il en l'examinant à la lueur douteuse du gaz, une bague!

— Serait-ce cette pauvre femme qui l'a perdue... celle que vous avez obligée.

— Non pas. Elle venait pour engager un anneau de mariage... une alliance... et ceci est une bague d'homme... une chevalière en or avec un chaton en pierre dure.

— N'importe!... elle appartient évidemment à quelqu'un qui l'a perdue en sortant du bureau... il faut la remettre au chef des employés... la personne viendra sans aucun doute la lui réclamer.

— C'est probable... car voici la boîte en carton qu'on a jetée sur le pavé. La personne, comme vous dites, aura retiré les bijoux de cette boîte où l'administration du clou les avait logés, et en les fourrant dans sa poche, elle a laissé tomber la bague.

— Donc, il faut la lui rendre.

— Ce sera d'autant plus facile que cette personne doit être la grande artiste... Marguerite de Caronge.

— Vous croyez?

— Dame!... elle vient de passer devant nous, et justement elle était occupée à faire l'inventaire des objets contenus dans ce cartonnage.

Ce qui m'étonne, c'est qu'elle ne se soit pas aperçue de la perte. Mais ça ne peut être qu'elle. Personne n'est entré ni sorti depuis que nous l'avons vue. Et d'ailleurs, si la bague était depuis un certain temps sur le plancher du corridor, quelqu'un l'aurait trouvée... et gardée, très-probablement.

— Heureusement, elle est tombée en bonnes mains.

Madame de Caronge doit y tenir beaucoup, puisqu'elle est venue elle-même la dégager.

— Si elle y tient, ce n'est pas à cause de la valeur intrinsèque. Il n'y a pas pour deux louis d'or... et la pierre est une améthyste qui n'a pas coûté cher... mais il y a des armoiries gravées dessus.

— Les armes de M. de Caronge, sans doute.

— Y a-t-il un M. de Caronge? Madame Stenay, en présentant son amie, a oublié de le dire.

— Parce que son amie est veuve... probablement.

— Ça se peut. Mais cette chanteuse ne me fait pas l'effet d'avoir jamais été mariée, et quant à sa noblesse, je soupçonne qu'elle ne date pas des croisades.

— Ce n'est pas une raison pour garder sa bague.

— Je n'ai pas envie de la garder. Seulement, je ne serais pas fâché de la rapporter moi-même à sa propriétaire.

— Quoi! vous voulez aller chez cette femme! s'écria mademoiselle Brunier.

— Oh! ma visite ne tirerait pas à conséquence... et elle m'apprendrait peut-être beaucoup de choses que je voudrais savoir... par exemple, comment elle s'est procuré la reconnaissance qui lui a servi à dégager ce bijou masculin.

— Elle ne vous le dira pas, et vous seriez très-mal venu à le lui demander. De quel droit vous mêleriez-vous de ses affaires?

— Je trouverais un biais. Et comme elle m'a vu dans l'atelier de M. Gerfaut, elle n'osera pas me mettre à la porte. Je sais où elle demeure. Elle a donné devant moi son adresse au patron... et en m'annonçant comme venant de la part de mon illustre maître, je serai reçu.

Tout en causant, Carnac et la jeune fille étaient sortis de l'allée du bureau de prêt, et remontaient lentement la rue Fromentin, où en ce moment il ne passait personne.

— Tenez-vous à mon approbation? demanda tout à coup Annette Brunier.

— Si j'y tiens! s'écria Carnac. Mais j'aimerais mieux tailler des pierres jusqu'à la fin de mes jours que de faire quoi que ce soit qui vous déplaise.

— Alors vous renoncerez à ce projet bizarre, et vous suivrez mon conseil en déposant immédiatement cette bague entre les mains du commis qui l'a échangée contre une reconnaissance.

— Comme vous voudrez, mademoiselle. Permettez-moi seulement de l'examiner de près avant de la reporter. Là-bas, dans le corridor, on n'y voyait goutte, et ici, sous cette lanterne municipale, je pourrai déchiffrer les armoiries... Je n'entends pas grand'chose au blason, mais je suis curieux de voir comment sont faites ces armes d'un ami de Marguerite... pour ne pas dire de Margot...

— Encore!... vous tenez à vos idées.

— Oui, quand je les crois bonnes. Voyons un peu cet écu... des raies en travers et d'autres en long qui s'entre-croisent... Quelle couleur ça peut-il bien représenter?... Ah! je me rappelle... c'est noir... fond de *sable,* comme ils disent... j'ai un camarade qui était graveur et qui m'a appris ces bêtises-là... et dans les coins, il y a trois oiseaux, deux en haut et un en bas... des aigles, des pierrots ou des coucous, à la volonté des personnes... Je crois, pourtant, que ce sont des aigles... ils ont des griffes et des becs crochus par le bout. Et au-dessus de l'écu, il y a une couronne de comte, mademoiselle.

— Qu'importe qu'elle soit de comte ou de marquis?

— Pardon, mademoiselle. M. de Charny est comte.

— M. de Charny! répéta la jeune fille, qui commençait à deviner où Carnac voulait en venir. Vous supposez donc que...

— Que ce seigneur pourrait bien être plus lié avec madame de Caronge qu'il n'en veut avoir l'air. Ma foi! oui, et cette liaison m'est suspecte.

— Rien ne prouve qu'elle existe.

— Non. Ce n'est qu'un pressentiment que j'ai, mais je ne serais pas fâché d'essayer de le vérifier, et c'est pour cela que j'aurais voulu me présenter chez la dame. Car enfin, songez donc, mademoiselle, que M. de Charny va épouser votre amie... et si je découvrais que cette chanteuse a des droits sur lui, il serait bon que mademoiselle Camille sût à quoi s'en tenir sur son futur.

— Je serais la première à l'avertir. Mais vous n'avez que des indices très-vagues... le titre de comte est porté par bien des gens... et vous n'êtes même pas sûr que cette bague a été perdue par madame de Caronge.

— Aussi je ne demande qu'à m'en assurer. Et si vous consentiez à m'y autoriser, ce serait fait demain. Les couronnes de comte sont très-répandues, c'est vrai, mais chaque noble, authentique ou non, a des armoiries à lui, et je finirai bien par connaître celles de M. de Charny. Si elles étaient les mêmes que celles qui sont gravées sur cette pierre... mais attendez donc... il y a une devise... ce sera un point de repère de plus... seulement, elle n'est pas facile à lire... les caractères sont tellement fins...

Carnac, après quelques tentatives inutiles, renonça à les déchiffrer.

— C'est dommage, murmura-t-il. Si je gardais la bague seulement jusqu'à demain, je verrais ce que dit cette devise... et je ne l'oublierais pas... tandis que, si je rends l'objet ce soir, je ne peux guère demander à l'employé de me prêter une loupe pour l'étudier. Et un bout de conversation avec madame de Caronge serait très-instructif.

Annette se taisait, et Carnac reprit, après un silence :

— J'attends vos ordres, mademoiselle.

— Mes ordres! mais je n'en ai pas à vous donner.

— Alors, vous me laisserez libre d'agir comme je l'entendrai.

— Sans doute. Si j'avais trouvé cette bague, je ne la garderais pas une minute, mais ce n'est pas moi qui l'ai trouvée.

— Me pardonnerez-vous si je persiste dans mon idée de la montrer à madame de Caronge? Si elle ne lui appartient pas, je la déposerai chez le commissaire de police de mon quartier, et tout sera dit.

— Si elle appartenait au comte de Charny, il serait venu la retirer lui-même... comment se serait-il adressé à cette dame?...

— Voilà justement ce qu'il faut savoir... dans l'intérêt de mademoiselle Camille.

Annette réfléchit encore et finit par dire :

— J'ai confiance en vous, monsieur. Faites comme il vous plaira.

— Merci, mademoiselle! s'écria Carnac. Viendrez-vous demain à l'atelier?... oui... eh bien, je crois que j'aurai du nouveau à vous raconter. Maintenant excusez-moi de vous quitter. Je n'ose pas me montrer à votre frère. Il pourrait trouver mauvais que je me sois permis de vous aborder.

La jeune fille, pour toute réponse, lui tendit la main et s'éloigna.

Carnac la suivit des yeux jusqu'à ce qu'elle eût tourné le coin de la rue, mit la bague dans la poche de son gilet et dit entre ses dents :

— Maintenant, à nous deux, Margot!

III

L'estaminet où Jean Carnac avait donné rendez-vous
à Graindorge était situé sur le boulevard Rochechouart,
tout près de l'Élysée Montmartre.

Dans ces parages excentriques foisonnent ces établis-
sements mixtes que le public qui les fréquente nomme
communément des *caboulots*.

Ce ne sont pas des restaurants, quoiqu'on y mange,
ni des cabarets, quoiqu'on y boive. Entre les marchands
de vin et les cafés, les *caboulots* occupent une place à
part.

On n'y sert pas de litres sur le zinc, et l'on y avale fort
peu de limonade. La bière et l'absinthe y sont au contraire très-demandées. C'est la même chose ailleurs ; mais
ce qui constitue le *caboulot,* c'est la salle du fond, où il y
a toujours un billard en mauvais état et des bancs de
bois disposés tout exprès pour que les ivrognes y puissent
dormir, sans craindre qu'on les dérange.

Chaque *caboulot* à ses habitués, lesquels, en général, ne
font pas partie de ce qu'on est convenu d'appeler les
classes dirigeantes.

Quelques *caboulots* sont devenus des cénacles littéraires
où les jeunes de lettres échangent à huis clos des coups
d'encensoir, où l'on chauffe les talents qui vont éclore et

où l'on sacre grands poëtes d'illustres inconnus. Le jour n'y pénètre qu'à travers des vitraux de couleur, et l'on y hurle des sonnets réalistes.

D'autres abritent des rapins qui ne se montrent pas difficiles sur la qualité des consommations, pourvu que le patron leur fasse crédit et n'exige pas qu'ils soient bien habillés.

D'autres enfin ont la spécialité de servir de lieu de réunion aux mal-vivants de toutes les espèces : repris de justice, joueurs de bonneteau et Alphonses de bas étage.

Ceux-là sont surveillés de près par la police qui les tolère, parce qu'elle y fait souvent de beaux coups de filet.

Le *caboulot* que Carnac honorait de sa pratique appartenait, naturellement, à la deuxième catégorie, celle dont la clientèle se compose surtout d'artistes en rupture d'atelier qui viennent là discuter des questions d'esthétique, en vidant d'innombrables bocks.

Mais on y rencontrait aussi, quelquefois, de petits marchands du quartier qui entraient pour faire un piquet à trois ou un domino à quatre, et même, à de certains soirs, de jolis messieurs en casquette de soie jouant la poule avant de s'en aller danser à la *Boule-Noire* ou à l'*Élysée Montmartre*.

Seulement, les artistes y étaient maîtres incontestés. Le père Barbizon qui tenait l'établissement avait été modèle, en son temps ; il les connaissait tous, et il les comblait d'attentions. Il reléguait les bourgeois dans un coin, et il parquait les souteneurs dans la salle de billard. Il les mettait même à la porte quand ils devenaient gênants pour ses préférés, qui étaient sûrs d'avoir chez lui leurs coudées franches et un *œil* presque illimité.

Carnac était son ami particulier depuis qu'il lui avait fait hommage d'un buste de la République sculpté de ses propres mains, une République de son invention qui ne ressemblait pas du tout au modèle officiel, et que Barbizon avait placée au-dessus du comptoir où il trônait derrière une rangée de bouteilles et de carafons.

Carnac y passait à peu près tout le temps qu'il ne passait pas chez M. Gerfaut. Il y jouissait d'une liberté absolue, et quand il lui plaisait de pérorer sur le grand art, il y trouvait toujours des auditeurs complaisants.

Les bourgeois eux-mêmes, qui n'y comprenaient rien, l'écoutaient comme un oracle.

Ce soir-là, il était arrivé plus tôt que de coutume, et dans une tenue moins négligée; car, après avoir quitté mademoiselle Brunier, il était rentré chez lui pour endosser, non pas la fameuse redingote noire qui reposait encore dans les magasins de la rue des Blancs-Manteaux, mais un veston assez propre qu'il ne mettait guère que pour aller au bal.

Au bal public, bien entendu, car il n'allait pas dans les mondes où l'on n'est reçu qu'en habit noir et en cravate blanche.

Graindorge, vêtu en civil, était venu le rejoindre à l'estaminet. Ils avaient arrosé de liquides variés la choucroute garnie, et ils continuaient à boire en fumant la pipe.

Les soucoupes s'empilaient sur leur table jusqu'à former une véritable tour de porcelaine, et le père Barbizon lui-même avait bien voulu s'asseoir pour un instant à côté de son meilleur client.

La conversation ne languissait pas. Carnac faisait maintenant commerce d'amitié avec le sergent de ville, et Margot la Balafrée était plus que jamais sur le tapis.

— Moi, disait Barbizon, j'ai toujours cru que cette *balocheuse* était une femme de la *haute* qui faisait ses farces dans des endroits où elle savait que ses connaissances ne la rencontreraient pas. Un beau jour, son mari l'aura pincée. C'est pour ça qu'on ne l'a plus revue.

— Une femme de la *haute vadrouillant* dans les *bastringues,* ça serait roide, grommela Carnac. Pourquoi pas tout simplement une cocotte?

— Parce que les cocottes huppées aiment mieux poser que de venir *rigoler* à la barrière. Elles la connaissent trop, la barrière. Elles y ont levé la jambe dans leurs commencements. Ça ne les amuse plus. Et puis ça ferait du tort à leur commerce. Margot était canaille, mais elle avait des manières quand elle voulait. Je l'ai entendue une fois river son clou à un péquin qui essayait de la blaguer. Elle parlait comme une duchesse. Et, avec ça, elle jetait l'argent par les fenêtres. Les cocottes sont serrées. Elles veulent bien payer pour leur *gigolo,* mais Margot payait pour toute sa bande... et ils étaient quelquefois une douzaine.

Ah! j'ai perdu une fameuse pratique.

— Vous la retrouverez peut-être.

— Je n'y compte pas. Elle a disparu à la fin du carnaval de l'année 75. Elle n'est plus jeune maintenant, et elle a dû se ranger.

— Mais, si vous la rencontriez, vous la reconnaîtriez tout de même.

— Ça, oui. Elle n'a pas pu effacer sa balafre.

— Mon ami Graindorge prétend que ça ne se voit pas beaucoup.

— Si, le matin, quand elle avait godaillé toute la nuit, ça se voyait comme le nez au milieu de la figure.

— Ce qui m'étonne, reprit Carnac en posant sa pipe sur le marbre, c'est que les souteneurs qu'elle régalait ne sachent pas ce qu'elle est devenue.

— Il y en a peut-être qui le savent. Pourtant, ça m'étonnerait. Elle noçait avec eux, mais elle les tenait à distance, et ceux qui voulaient faire les malins, elle les traitait comme des valets. Quand elle en a eu assez, elle les a plantés là, sans leur dire si elle reviendrait.

— Mais eux, vous les avez revus, depuis qu'elle a décampé?

— P't-être bien. Seulement, je n'ai jamais fait attention à ces vermines là. D'abord, ils ne venaient jamais ici que déguisés en Clodoches... et saoûls!... je ne vous dis que ça. J'ai bien pu, depuis ce temps-là, leur servir à boire sans les reconnaître. Ça court les rues, les Clodoches... et quand on les voit le jour en bourgeron... et en casquette à trois ponts, ça n'est plus la même chose.

— C'est drôle tout de même que vous n'en ayez pas remarquer un seul.

— Eh ben, si. Je suis à peu près sûr que la semaine passée, j'en ai revu un... celui qui se costumait toujours en mariée parce qu'il a une grande barbe noire et un grand nez en bec de perroquet... ce qu'il était *rigolo* avec sa couronne de fleurs d'oranger et sa robe décolletée! Je n'ai jamais oublié sa *binette,* et il m'a bien semblé le remettre, quand il est tombé ici, sur le coup de deux heures du matin... j'allais fermer. Il m'a demandé une chopine d'eau-de-vie. Je ne voulais pas, mais je la lui ai servie tout de même, parce que j'ai vu qu'il n'était pas *poivre!* oh! ça non... je ne sais pas ce qu'il avait fait, mais il avait l'air d'un homme qui n'en peut plus d'avoir couru... il soufflait comme un bœuf.

— Quelle nuit c'était donc?

— Je ne m'en souviens plus bien. Mais il y a de ça huit jours à peu près.

— Et vous ne lui avez pas demandé des nouvelles de Margot?

— Ma foi! non. Il y a beau temps que je ne pense plus à cette gueuse-là. Et si vous ne m'en aviez pas parlé, je crois que je n'y aurais jamais pensé.

— Moi non plus, je n'y pensais pas, dit Graindorge, qui n'avait pas encore pris part à l'entretien.

— Mais vous avez vu aujourd'hui une dame qui ressemble rudement à Margot, hein, mon vieux? demanda Carnac.

— A jurer que c'est elle. Mais on peut se tromper.

A ce moment, la porte du *caboulot* s'ouvrit, et un homme entra, affublé d'un costume extravagant. Il était casqué et cuirassé, comme feu Mangin, le marchand de crayons, botté jusqu'au ventre comme un égoutier et barbouillé de rouge comme un clown du Cirque.

— Un *mêlé cass!* commanda-t-il d'une voix enrouée, en allant s'asseoir au fond de la salle.

— Bon! cria le garçon qui était occupé à servir quatre joueurs de billard de fort mauvaise mine.

— En v'là une bonne! dit à demi-voix Barbizon après avoir dévisagé ce nouveau client. C'est bien le cas de dire : Quand on parle du loup...

— Comment ça? demanda vivement Carnac. Est-ce que ce vilain bonhomme...?

— C'est ma pratique de l'autre nuit... l'ancienne mariée de la bande à Margot. Seulement, il a changé de costume... mais il n'a pas pu changer de nez, et il n'a pas coupé sa barbe... C'est bien lui... Ce soir, il y a un bal à l'Élysée. Il vient se rincer le bec avant de gigoter là-haut.

— Les autres sont peut-être sur le boulevard, dit entre ses dents Carnac.

— Non. Ils auraient déboulé en masse. On voit bien que Margot n'est plus là pour commander la mauvaise troupe. Là-dessus, messieurs, je retourne à mon comptoir. V'là le monde qui commence à arriver, et il faut que je sois là pour veiller au grain.

— Onze heures! s'écria Graindorge quand le père Barbizon eut levé le siége. Le temps passe vite, avec vous, m'sieur Carnac; je voudrais bien vous tenir compagnie jusqu'à demain matin, mais le service avant tout... je le prends à minuit, et avant, je suis obligé de rentrer chez moi pour changer de tenue.

— Allez! ne vous gênez pas, je vous reverrai peut-être au bal, dit Carnac qui aimait autant être seul, afin d'observer tout à son aise le ci-devant compagnon de Margot la Balafrée.

Cet homme avait pris place à une table assez rapprochée de celle où l'élève de Gerfaut était assis.

C'était une sinistre figure, qu'assombrissait encore une barbe épaisse et inculte. Son nez recourbé lui donnait l'air d'un oiseau de proie.

Carnac étudiait à la dérobée cette physionomie patibulaire, lorsqu'un coup léger frappé derrière lui aux vitres de la devanture détourna son attention.

L'homme au nez crochu n'avait pas entendu cet appel discret, car il ne bougea pas. Il venait d'allumer une courte pipe culottée, de celles qu'on nomme vulgairement des brûle-gueule, et ce vilain accessoire lui donnait l'air encore plus crapuleux.

Il regardait de temps à autre du côté de la salle de billard, qui avait une entrée particulière sur le boulevard. Évidemment, il ne connaissait pas les joueurs de poule qui poussaient en ce moment les billes sur un tapis rapiécé, mais il attendait quelqu'un.

Carnac n'attendait personne, et cependant il tenait à voir l'individu qui frappait aux carreaux pour annoncer sa présence. Il n'y avait dans l'estaminet proprement dit que l'élève de la nature, l'homme au casque et le père Barbizon. Le signal s'adressait donc à l'un des trois, et très-probablement au buveur de *mêlé cass* qui fumait dans un coin, assez loin du vitrage auquel Carnac était adossé.

— Si c'était Margot? se demanda l'artiste. Comment faire pour m'en assurer? Elle serait là derrière moi, et si je me retourne, elle me reconnaîtrait... en supposant que Margot soit madame de Caronge.

Les vitres de la devanture n'étaient pas souvent nettoyées, et d'ailleurs, elles étaient garnies en dedans de rideaux sales.

Carnac manœuvra en conséquence. Il se plaça de trois quarts, en faisant semblant de se moucher, afin de cacher la moitié de son visage, et il souleva tout doucement un des morceaux de calicot jaunis qui protégeaient contre les regards des passants les mystères du *caboulot*.

Il entrevit alors une tête de femme qui n'était pas celle de madame de Caronge; une figure pâle dont il ne distinguait pas très-bien les traits, mais qu'il lui semblait avoir déjà aperçue ailleurs.

Dès que le rideau fut relevé, l'appel fut renouvelé, sans plus de succès que précédemment.

Le père Barbizon somnolait derrière son comptoir, et l'homme casqué lançait au plafond de grosses bouffées de fumée de tabac.

— A qui en a-t-elle? se demanda Carnac. A ce chenapan barbu, c'est sûr, car je tournais le dos quand elle a frappé la première fois, et maintenant, elle ne voit pas seulement le bout de mon nez. Elle n'a pas l'air *calé* avec sa robe d'indienne et son bonnet de linge. Ça doit être la bonne amie du Chicard au bec de vautour. Et quand même je sortirais pour causer avec elle, je n'en serais pas plus avancé. Elle me prendrait pour un agent de police, et elle ne me dirait rien du tout. J'ai bien envie de lier conversation avec lui, Mais je voudrais d'abord savoir ce que va faire cette coureuse.

Il n'attendit pas longtemps. La porte de l'estaminet s'ouvrit, la femme entra, et Carnac vit aussitôt à qui il avait affaire.

— L'emprunteuse du *clou!* murmura-t-il, en enfonçant son feutre jusque sur ses yeux. Ah! la gueuse! elle a de jolies connaissances!... pour une fois que je fais la charité, je suis rudement mal tombé. Mon louis va la danser. Elle vient graisser la patte à son Alphonse. Croyez donc aux mères de famille sans ouvrage!

C'était là un jugement téméraire, et Carnac ne tarda guère à s'en apercevoir.

La femme alla droit à la table où le drôle au nez crochu fumait, vautré sur la banquette, les deux mains dans ses poches et la tête renversée en arrière. Elle se campa devant lui et elle l'appela :

— Adrien!

— De quoi? qu'est-ce qu'il y a? grommela le coquin en se redressant.

Et à peine eut-il envisagé celle qui venait de prononcer son nom :

— La Moumoute! s'écria-t-il. Comment! c'est toi!

— Oui, c'est moi. Je suis bien changée, n'est-ce pas? Mais je te retrouve enfin...

— Qu'est-ce que tu viens chercher ici? qu'est-ce que tu me veux?

— Ce que je veux? je veux que tu me donnes de l'argent pour nourrir tes enfants qui meurent de faim.

— De l'argent! ah! tu as de l'aplomb, toi! Est-ce que j'en ai, de l'argent?

— Oui, tu en as, puisque tu as loué un costume pour aller au bal masqué.

— C'est pas moi qui paye, dit cyniquement l'homme.

— Oh! je sais bien que c'est moi, puisque tu m'as pris tout ce que j'avais. Voilà deux ans que je souffre sans me plaindre... et si j'étais seule, je ne m'adresserais pas à toi... mais les petits n'ont pas de quoi manger...

— Fallait les mettre aux Enfants trouvés.

La femme pâlit, et Carnac qui l'observait à la dérobée vit de grosses larmes rouler sur ses joues amaigries.

— Écoute, Adrien, reprit-elle d'une voix étouffée; depuis que tu nous as abandonnés, je ne t'ai jamais rien demandé... je n'ai même pas cherché à savoir où tu étais, ni ce que tu faisais... je m'en doutais bien, pourtant... mais ce soir, je passais devant ce café où tu venais autrefois dépenser en orgies tout ce que je gagnais... l'idée m'est venue de regarder à travers les carreaux... je t'ai appelé en frappant au vitrage... tu n'as pas fait semblant de m'entendre...

— Si je t'avais entendue et si j'avais vu que c'était toi... sois tranquille, je serais sorti... pour régler ton compte, dit le misérable en lui lançant un regard dont la signification n'était que trop claire.

— Tu m'aurais battue, n'est-ce pas?... tu m'aurais tuée? eh bien, il est encore temps... tu iras au bagne, et tes enfants mendieront dans les rues... moi, je ne souffrirai plus.

— Assez pleurniché comme ça. Je n'ai pas le sou. Décanille. Je ne te suivrai pas. Ne crains rien pour ta peau. J'ai pas envie d'avoir des histoires avec la *rousse*. Mais si tu continues, ça va mal finir.

Ce colloque avait commencé sur un diapason modéré.

La pauvre créature ne tenait pas à mettre les gens qui se trouvaient là dans la confidence de ses chagrins; le chenapan qu'elle implorait avait d'autres motifs pour éviter un éclat, et le père Barbizon jugea qu'il était temps d'intervenir dans une querelle de ménage qui menaçait de tourner au tragique.

— Je ne m'en irai pas d'ici sans argent, reprit la femme d'un ton ferme.

L'homme leva la main, mais il n'osa pas frapper. On le regardait. Il fit un effort sur lui-même, et il dit d'un air mielleux :

— Toi, ma vieille, tu peux te vanter d'être embêtante. En v'là un crampon! Dirait-on pas que je roule sur l'or!... pour trois ou quatre pièces de cent sous qui flânent dans ma *profonde*... enfin! pour me débarrasser de tes scies, je veux bien partager... viens causer sur le boulevard... ce ne sera pas long.

Il allait se lever pour payer sa consommation au comptoir, et Carnac qui suivait des yeux ses mouvements se préparait à sortir avant lui, car il était très-décidé à ne pas laisser à la merci de ce brigand une femme sur laquelle il comptait pour obtenir des renseignements précieux.

— Elle viendra demain chez Gerfaut chercher l'ouvrage que je lui ai promis, se disait-il, et là, je la confesserai. Je saurai par elle le nom de son gredin de mari... et elle a peut-être entendu parler de Margot. Décidément, j'avais tort... un bienfait n'est jamais perdu. J'ai placé à gros intérêt le louis du charcutier, mais, si je ne me mets pas en travers, ce bon Adrien va assommer son épouse dans la rue. Pas de ça, mon bonhomme. Je serai là pour t'en empêcher. On a du biceps, et, s'il le faut, on appellera les sergents de ville.

Carnac l'aurait fait comme il le disait, mais son ami Barbizon lui épargna l'ennui de payer de sa personne.

Barbizon, lui aussi, avait deviné le projet d'Adrien. Il connaissait ce monde-là, et il savait que les messieurs de l'ancienne bande à Margot étaient capables de tout.

Il descendit de son comptoir avec la majesté calme d'un président qui descendrait de son siége pour s'interposer entre deux plaideurs prêts à se prendre aux cheveux, et il vint poser sa main droite sur l'épaule de la plaignante, pendant que de sa main gauche il contraignait le mari à se rasseoir.

— Faut filer, la petite mère, dit-il de sa grosse voix, je ne veux pas de disputes dans mon établissement. Votre homme n'aurait qu'à vous cogner ici... ça ferait du *pétard,* et je n'en veux pas chez moi. Mais il ne cognera pas non plus sur le boulevard, parce qu'il ne sortira pas sans ma permission. Allez vous coucher tranquillement, et, une autre fois, lavez votre linge sale en famille.

La malheureuse se retourna, et elle aperçut Carnac, qui ne cachait plus son visage, et qu'elle n'eut pas de peine à reconnaître; son premier mouvement fut de courir à lui pour réclamer sa protection, mais l'élève de Gerfaut mit un doigt sur ses lèvres.

L'homme ne vit pas le geste; la femme le vit, et comprit.

— Soit! dit-elle, je m'en vais... tes enfants sauront que tu n'as pas de cœur.

— Ça, je m'en bats l'œil! grommela l'ignoble Adrien.

Barbizon coupa court à ces adieux peu tendres. Il prit Moumoute par le bras et la conduisit à la porte, qu'il referma sur elle après l'avoir doucement poussée dehors.

Carnac aurait volontiers étranglé le lâche gredin qui se gobergeait au café pendant que sa femme et ses enfants en étaient réduits à demander l'aumône, mais il était bien forcé de le ménager, car il se proposait de ne pas le lâcher pendant qu'il le tenait, et il eut le courage de prendre texte, pour lier connaissance avec lui, de la scène à laquelle il venait d'assister.

— Est-ce qu'elle vous en fait souvent comme ça? lui cria-t-il, en ricanant, et en quittant sa place pour se rapprocher de lui.

— Non, c'est la première fois .. et faudrait pas qu'elle recommence. Je me suis tenu... à cause de vous... mais je taperais dessus.

— Je crois que j'ai bien fait de ne pas me marier. Les légitimes ne sont bonnes qu'à la maison pour tremper la soupe. Et quand elles se mêlent de ce qui ne les regarde pas, on a le droit de les envoyer *dinguer*.

Comme si un homme ne pouvait pas *rigoler* de temps en temps, je vous demande un peu!

— C'est pas elle qui m'en empêchera, de *rigoler*. Père Barbizon, un verre de dur pour me remettre les boyaux.

— Trois verres! s'écria Carnac en s'attablant en face d'Adrien. C'est moi qui paye.

— Comme vous voudrez, dit Adrien d'un air bourru. Je ne refuse pas une politesse quand j'ai de quoi la rendre.

Et il frappa sur la poche de sa culotte de peau.

— Vous me la rendrez. Vous m'avez l'air d'un bon zig. Vous allez à l'Élysée... moi aussi... Comment ça se fait que les amis ne sont pas là?

— Quels amis?

— Ceux qui venaient avec vous quand vous dansiez les clodoches habillé en mariée.

— Vous m'avez vu?

— Cinquante fois, mon vieux. Je ne sortais pas des bastringues, dans ce temps-là. Et quand Margot en était, on s'amusait mieux qu'à présent.

— Margot! Vous connaissez Margot! s'écria l'homme.

— C'est-à-dire... je la connaissais, répondit Carnac, et encore... je ne la connaissais que de vue, car je ne lui ai jamais parlé.

— Bon! mais... quelle Margot? demanda Adrien qui avait déjà eu le temps de se remettre et qui regrettait visiblement d'avoir posé la question. La petite rouge qui est blanchisseuse rue des Martyrs, et qui fait tant sa tête à la Reine-Blanche?

— Eh! non... l'autre... la balafrée... celle qui *esbrouffait* tout le monde à l'Élysée-Montmartre.

— Je ne me rappelle pas.

— Allons donc! vous étiez de son quadrille... même que vous aviez inventé le pas du *hanneton qui rue*... et chaque fois que vous le dansiez avec elle, on vous portait en triomphe tous les deux.

Qu'est-ce qu'elle est donc devenue depuis qu'on ne la voit plus?

— Je n'en sais rien. Si vous croyez que je m'occupe des *gonzesses* qui *rigolent* au bal! Je leur fais vis-à-vis, mais, après le carnaval, c'est fini de rire. Elles vont où elles veulent. Je ne m'en inquiète pas.

— Ça, je te crois, dit Barbizon. Mais, mon garçon, Margot n'était pas une femme comme les autres. Elle t'a si souvent payé à boire que tu n'a pas pu l'oublier. Moi non plus, je ne l'ai pas oubliée. En une soirée, elle faisait plus de dépense que toute sa bande n'en fait en trois mois, maintenant qu'elle est partie. C'est-il qu'elle est revenue que te v'la habillé en chicard?... car tu t'es terré aussi, toi. Et ta légitime a eu de la chance de te *piger* ici, vu qu'il y a des années que tu n'y mets plus les pieds. Quand tu as déboulé l'autre nuit, cinq minutes avant que je ferme ma *cambuse,* c'est tout au plus si je t'ai remis... et pourtant tu n'as pas une *binette* comme tout le monde, toi.

— De quoi, l'autre nuit? Je ne sais pas ce que vous voulez dire.

— Fais donc pas l'innocent. Avec ça que ce n'était pas toi, en blouse et en chapeau mou! Fallait couper ta barbe et changer ton nez, si tu ne voulais pas que je te reconnaisse, mon vieux. Dis donc, tu n'en menais pas large, cette nuit-là. T'avais l'air d'un homme *filé* par les *roussins* qui vient de courir pour leur échapper.

— C'te bêtise! je descendais du Moulin de la Galette; j'avais chahuté toute la journée, et j'étais *esquinté.* Je les crains pas, les *roussins*... Personne n'a rien à me dire. Je vis de mon état ; retenez bien ça, père Barbizon.

— Il est joli, ton état !

— Il n'y a pas de sots métiers, dit philosophiquement Adrien. Mais ce n'est pas tout ça... les camarades n'arrivent pas, et je perds mon temps ici. Je me suis assez *rincé la corne*, et le verre de dur que monsieur m'a offert serait de trop.

— Comment ! vous partez ? s'écria Carnac. Il n'est pas minuit.

— Ça n'y fait rien... faut que je m'en aille. V'là un louis, père Barbizon. Prenez là-dessus mon *mêlé cass*, dit l'homme au casque en se levant et en jetant sur la table une pièce d'or qu'il tira de sa poche, où elle n'était pas seule, quoi qu'il en eût dit à sa femme.

Ce brusque départ ne faisait pas du tout l'affaire de Carnac, mais comment retenir ce chenapan, qu'il aurait tant voulu faire parler sur la balafrée ? Et à quoi bon, d'ailleurs ? Ce drôle était déjà sur ses gardes, et l'élève de Gerfaut n'espérait plus tirer de lui un renseignement utile. Insister, c'eût été le mettre encore plus en défiance. Mieux valait, sans aucun doute, le laisser partir et le retrouver, plus tard, au bal de l'Élysée, l'y surveiller et y observer ses accointances.

Carnac, du reste, devait revoir le lendemain son obligée du mont-de-piété, qui ne refuserait certainement pas de lui apprendre le véritable nom de son brigand de mari et de lui raconter son histoire.

Barbizon ne tenait pas non plus à garder cette mauvaise pratique. Il rendit la monnaie du louis, et il s'en alla donner un coup d'œil dans la salle de billard, que venait d'envahir une bande tapageuse de pochards.

1.   8

Adrien remit son casque, orné d'un plumet gigan-
tesque, et décampa sans dire adieu à Carnac, qui n'était
plus dans ses bonnes grâces depuis qu'il avait évoqué le
souvenir de Margot.

Carnac ne tarda guère à en faire autant; il voulait
s'assurer que la Moumoute n'était plus là, exposée aux
violences du sacripant qui l'avait menacée.

Il eut la satisfaction de constater qu'elle ne l'avait pas
attendu, et qu'Adrien s'acheminait directement vers le
bal de l'Élysée, dont la façade illuminée au gaz flamboyait
tout près du *caboulot*.

Il l'y vit même entrer, et, avant de l'y suivre, il se mit
à se promener sur le boulevard pour se rafraîchir les
idées.

Depuis sa sortie de l'atelier, le hasard l'avait bien servi.
Madame de Caronge surprise dans le corridor du mont-
de-piété, un ancien clodoche du quadrille de la balafrée
rencontré à l'estaminet, la bague au chaton armorié
trouvée à la porte du bureau de prêt, tous ces incidents
s'étaient classés dans sa mémoire, et il cherchait à en
dégager des conclusions logiques.

Il n'avait eu garde de la laisser dans un tiroir, cette
précieuse bague, d'abord parce que, son mobilier étant
fort délabré, ses tiroirs ne fermaient point à clef, et ensuite
parce qu'un pressentiment vague l'avertissait qu'il pourrait peut-être en tirer parti avant de se présenter au
domicile de la grande artiste, récemment arrivée de
Russie.

Il la portait au petit doigt de la main gauche, et elle
lui allait comme un gant. Le père Barbizon l'avait
remarquée et lui avait même adressé à ce sujet diverses
questions auxquelles il s'était dispensé de répondre.

Il se proposait d'aller au bal, et si, contre toute probabilité, la problématique Margot y faisait sa rentrée cette
nuit-là, de l'examiner de près, d'essayer même de lier
conversation avec elle, et d'invoquer au besoin le témoi-
gnage de Graindorge qui devait être de service dans la
salle, afin de couler à fond cette question d'identité qui
le préoccupait tant.

Ce projet, d'une exécution facile, péchait par un seul
point.

Si le quadrille légendaire de Margot s'était reconstitué
après une dissolution qui avait duré plusieurs années,
évidemment l'homme au nez crochu devait y avoir repris
la place qu'il y occupait si brillamment jadis. Il ne portait
plus le même costume qu'autrefois, mais les mariées du
mardi gras sont un peu passées de mode, et il n'était pas
surprenant qu'il eût changé de travestissement.

Tout se renouvelle en ce monde, même les Clodoches.

Or, l'homme au nez crochu ne manquerait pas de
reconnaître Carnac qu'il venait de voir à l'estaminet du
père Barbizon.

Comment l'aborder et surtout comment se mêler à sa
joyeuse troupe, si Margot en faisait partie?

Adrien se défiait déjà ; il se défierait bien davantage, et
il avertirait Margot que cet intrus s'occupait d'elle tout
spécialement, puisqu'il cherchait à savoir ce qu'elle était
devenue, et puisqu'il mettait une insistance suspecte à se
renseigner sur son compte.

Carnac commençait à craindre que son plan ne s'en
allât à vau-l'eau, lorsqu'il eut une inspiration.

Il venait d'aviser une boutique encore éclairée, et cette
boutique était tenue par une marchande à la toilette qui
lui avait loué souvent des étoffes pour draper des modè-

les. Elle louait aussi des costumes de carnaval, et elle avait étalé derrière la vitrine de sa devanture des oripeaux de toute espèce.

— Si je me déguisais? se dit Carnac. La mère Langoumois me fera bien crédit. Elle est comme Barbizon, elle adore les artistes.

Et je ne serai pas embarrassé pour trouver dans son magasin de quoi me composer une tenue de bastringue qui me rende méconnaissable. Je sais me faire une tête et même une voix. Je parierais la Vénus de Millo contre un chien de faïence qu'Adrien lui-même s'y trompera.

Et comme l'élève de la nature suivait toujours son premier mouvement, il entra sans plus délibérer.

— Tiens! vous voilà, mauvais sujet! s'écria gaiement madame Langoumois, une bonne grosse femme qui avait été galante en ses jeunes ans, et qui était encore accommodante comme la madame Grégoire de la chanson de Béranger. Est-ce que vous allez pincer un petit cancan cette nuit?... Oui... alors, qu'est-ce qu'il vous faut?

— Montrez-moi tout ce que vous avez, maman, dit Carnac. Vous pensez bien que je ne vais pas me mettre en mousquetaire ou en seigneur espagnol. Je voudrais m'arranger moi-même une tenue de fantaisie... et m'habiller ici, me maquiller ici...

— C'est facile. Venez dans l'arrière-boutique; c'est le cabinet de toilette, et je connais pas mal de cabotins qui n'en ont pas un pareil. Regardez moi ça, mon petit Car-nac. Il y a des maillots, des bottes à chaudron, des perruques, du blanc, du rouge, du noir et des étoffes japonaises, à cinquante francs le mètre. Si vous n'étiez pas un ami, je ne vous laisserais pas vous habiller tout seul.

— Et la pudeur, maman Langoumois! Fermez la porte et laissez-moi faire. Vous me garderez mes frusques bourgeoises jusqu'à demain matin, et vous me ferez l'*œil* jusqu'à la fin de la semaine.

— Ça ne va donc pas, les statues?

— Ça va tout doucement. Mais je travaille aussi pour les charcutiers, et ça rapporte. Et puis, le père Gerfaut m'avancera mon mois quand je voudrai. J'ai encore cent sous pour payer mon entrée et rafraîchir ces dames. Avec votre protection, maman, je n'ai pas besoin d'autre chose ce soir. Maintenant, vite à c'te boutique!... je ne fais ma toilette qu'à huis clos.

La bonne marchande s'en alla attendre la pratique qui ne donnait guère, et vingt minutes après, Carnac reparut complétement transfiguré, le corps moulé dans un maillot couleur de chair, les jambes emprisonnées dans des molletières de cuir, les pieds chaussés de mocassins comme un Indien d'Amérique, et les épaules couvertes d'une peau de jaguar.

Il s'était dessiné sur la figure des tatouages du plus haut goût. Il avait le front bleu, le menton rouge et les joues tricolores. Un vrai chef-d'œuvre de peinture. Ses cheveux passés à la colle se tenaient droits comme les poils d'un de ces balais à toiles d'araignée qu'on appelle vulgairement têtes de loup.

Il était hideux et méconnaissable. La mère Langoumois faillit s'évanouir de peur en le voyant.

Il la calma, et après avoir pris congé d'elle, en lui baisant la main pour la faire rire, il sortit bravement sur le boulevard.

— Maintenant, il ne s'agit plus que de me rappeler

8.

comment on exécute un cavalier seul en marchant sur les
mains, disait-il tout bas. S'il y a un quadrille de Margot,
je suppose qu'on n'y admet pas le premier venu. Il faut
faire ses preuves comme danseur. On les fera.

C'était l'heure où les premiers sujets de la danse font
leur entrée.

Les soirs de bal masqué, l'Élysée-Montmartre ouvre ses
portes beaucoup plus tôt; mais là, comme dans le grand
monde, il est de bon ton d'arriver tard, et les célébrités
chorégraphiques tiennent à fendre la foule afin de produire plus d'effet. Il y a même pour elles une manière
de la fendre qui se trouve décrite tout au long dans la
Vieillesse de Brididi — un vaudeville de Henri Rochefort.

Carnac, au contraire, aimait mieux passer inaperçu,
mais c'était assez difficile, car son costume attirait
l'attention, et il n'eut qu'à traverser le boulevard pour
être suivi par une troupe de gamins qui saluaient du cri
traditionnel des jours gras ce masque fantaisiste.

Les abords du grand bastringue populaire étaient
encombrés de fiacres, d'ouvreurs de portières, de ramas-
seurs de bouts de cigares et de simples flâneurs, venus
là pour jouir du coup d'œil de la cohue bigarrée qui se
pressait sur le grand escalier par lequel on monte à
l'Élysée.

L'élève de la nature était grand et robuste. Il se fraya
un chemin à coups de coudes, paya au guichet le prix
convenu, et pénétra dans la salle : — un vaste carré long,
avec un rocher au bout, un rocher artificiel qui sert
d'estrade à l'orchestre.

Des deux côtés s'étendent deux longues rangées de
tables où l'on boit. Les billards anglais et les toupies
hollandaises sont à gauche en entrant. Au fond, à droite,

il y a un estaminet où se tiennent de préférence les habitués qui ne dansent pas.

Les cuivres tonnaient une polka. D'innombrables couples tournaient en sautillant, presque tous à contre-mesure. Le vin bleu coulait à flots dans les saladiers de faïence, et la fumée des pipes formait comme un nuage grisâtre au-dessus des consommateurs.

La première figure que Carnac aperçut, ce fut celle de Graindorge. Il avait réendossé son uniforme, et il se tenait tout près de la porte, en dedans, flanqué de son camarade Colache.

Carnac s'arrêta, tout exprès, en face de lui, en prenant plusieurs poses plastiques qui lui valurent un : Passez votre chemin ! lancé d'un ton bourru par l'intraitable Colache. Graindorge se contenta de rire, sans adresser la parole à ce sauvage, qu'il croyait n'avoir jamais vu.

L'expérience était décisive. Si Graindorge ne reconnaissait pas Carnac, c'est que Carnac, sous son barbouillage multicolore, était absolument méconnaissable.

Enhardi par ce premier essai, l'apprenti sculpteur s'avança un peu dans la salle, et avisa l'homme au casque mélancoliquement adossé à un pilier, les yeux tournés vers l'entrée.

— Il attend sa bande, se dit Carnac. Je suis arrivé à temps.

La polka finissait, et un garçon de service venait d'afficher sur la base du rocher un écriteau portant le mot : « Quadrille », imprimé en grosses majuscules.

— Voilà le moment de montrer mon savoir-faire, se dit Carnac. Il s'agit de me pourvoir d'une danseuse capable de me donner la réplique.

Il n'avait que l'embarras du choix, car le ban et

l'arrière-ban des drôlesses du quartier avaient donné cette nuit-là. Poseuses de profession, blanchisseuses en goguette, rouleuses ex-pensionnaires de Saint-Lazare, grouillaient sur le parquet poudreux. Il y avait même des ouvrières honnêtes venues là pour s'amuser, sous la surveillance de leurs parents attablés dans la galerie.

On s'amuse où l'on peut, et elles ne sont pas moins vertueuses que les demoiselles bien élevées qui vont danser aux bals de bonne compagnie.

Les costumes étaient généralement d'une fraîcheur douteuse, et n'avaient pas coûté cher à celles qui les portaient. Une bande cousue au bas d'un jupon de flanelle, raccourci pour la circonstance, un pantalon emprunté à un frère ou à un amoureux, il n'en faut pas davantage pour faire une laitière ou un gamin très-présentables à l'Élysée-Montmatre. On y voit plus de bas de coton que de bas de soie, et plus de grosses bottines que de petits souliers Louis XV.

Carnac jeta son dévolu sur une grande gaillarde habillée en *bébé*, qu'il venait de voir polker avec une désinvolture et des déhanchements qui promettaient. Il lui semblait l'avoir déjà rencontrée dans un des bastringues où il entrait volontiers lorsqu'il avait cent sous, mais il ne craignait pas qu'elle se souvînt de lui, car, ayant renoncé à la danse depuis un ou deux ans, il ne l'avait jamais abordée.

Il l'invita avec la politesse gouailleuse qui a cours dans le demi-quart de monde, et les accords furent bientôt faits. Séduite par le costume de l'élève de la nature, la dame accepta avec enthousiasme et se chargea même de trouver des vis-à-vis.

— Oh! hé! Adrien! cria-t-elle d'une voix perçante. Viens-tu en pincer un avec nous?

L'homme au casque lui fit signe que non, et s'en alla du côté de la porte.

— Va donc, muf! reprit le bébé. On se passera de toi, vieux daim.

Cette personne bien embouchée s'était composé un costume qui n'était pas de si haute fantaisie que celui de Carnac, mais qui ne manquait pas d'originalité. Coiffée d'un bonnet de six sous, entortillée dans un sarrau de toile à voiles agrémenté d'une espèce de surplis fabriqué avec les petits rideaux de mousseline de sa mansarde, et chaussée d'espadrilles usées, elle méritait bien l'honneur de figurer à côté d'un cavalier tatoué comme un Peau-Rouge.

Une formidable fanfare éclata dans la salle, et à l'appel des trombones la foule répondit par des hurlements de joie.

Les quadrilles se formèrent rapidement, et plutôt que de manquer cette première occasion de montrer ses talents, Carnac se contenta de vis-à-vis sans importance.

Il était de première force sur les exercices de dislocation qui constituent le cancan moderne, et, dès la première figure, il se surpassa lui-même. Il exécuta des contorsions, des sauts de carpe et des grands écarts qui lui valurent les applaudissements des connaisseurs, et qui le classèrent du premier coup parmi les maîtres du genre.

Le bébé faisait tourner comme une fronde un robinet de fontaine suspendu à son cou en guise de hochet, et se livrait sur place à une danse moins violente, mais plus crapuleuse.

En un clin d'œil, ils furent entourés. Les amateurs

formèrent le cercle, et ne s'éloignèrent plus de ce couple d'élite.

A ce moment, une immense rumeur s'éleva derrière eux, et Carnac, qui ne perdait pas la tête, entendit voltiger ces mots :

— La bande à Margot !

Le nom était resté, mais rien ne prouvait que Margot fût là.

Sept masques excentriques, y compris Adrien qu'ils avaient recruté à la porte, bousculaient les groupes pour qu'on leur fît de la place, et poussaient des cris qui dominaient le vacarme de l'orchestre.

Il y avait un gendarme, un conscrit, une pêcheuse de crevettes, une nourrice, un Turc, un guerrier casqué et un Bohémien, accoutré à la façon des gueux de Callot.

La pêcheuse de crevettes et la nourrice appartenaient visiblement au sexe fort, et Carnac commençait à croire que la plus belle moitié du genre humain ne serait pas représentée dans ce quadrille d'honneur, lorsqu'il vit apparaître une femme, une vraie femme celle-là, déguisée en Bohémienne espagnole : une Bohémienne comme on n'en voit guère.

Elle portait une casaque de velours, une courte jupe de moire antique, des bas de soie, des souliers de satin, un peigne d'écaille blonde fiché dans les cheveux et des perles noires aux oreilles.

Le costume avait dû coûter vingt-cinq louis, sans compter les perles qui valaient bien dix mille francs, si elles n'étaient pas fausses.

Seulement, le corsage avait été tailladé en dix endroits avec des ciseaux, la jupe par places pendait en loques, les bas étaient troués, les souliers crevés, le peigne ébréché, et l'on voyait du premier coup d'œil que toutes ces déchirures étaient dues à la main exercée d'une habile couturière.

La Bohémienne avait sacrifié quelques mètres d'étoffes précieuses pour représenter exactement une gueuse en haillons.

Cette fantaisie coûteuse sentait sa Margot d'une lieue. Carnac en jugea ainsi, et ce qui le confirma dans cette idée, c'est que la dame était masquée, et masquée jusqu'aux dents, exclusivement.

Un loup de velours noir, solidement attaché par derrière, lui couvrait la moitié du front, les yeux et les trois quarts des joues.

Les habituées de l'Élysée-Montmartre ne prennent pas la peine de cacher leur visage, attendu qu'elles viennent là pour tout autre chose que pour intriguer.

La dame avait donc une raison particulière pour ne pas laisser voir ses traits, et cette précaution indiquait assez qu'elle n'était pas du même monde que les drôles qui composaient son cortége.

Son cavalier était naturellement le Bohémien, un grand gars bien découplé, et accoutré avec une recherche artistique; plume rouge au chapeau, chausses savamment déguenillées, bas en spirale, et brette en verrou : la tenue du capitaine Fracasse.

Toute cette bande s'était placée en prolongement du quadrille où figurait Carnac, et s'organisait par couples avant d'entrer en action, car elle arrivait au milieu d'une contre-danse commencée.

L'orchestre, après la pause réglementaire, tonna de plus belle, et l'élève de Gerfaut pensa que c'était le moment de développer tous ses moyens, à seule fin d'attirer l'atten-

tion de la Bohémienne masquée. Il risqua un en avant-
deux de sa composition qui aurait fait pâlir de jalousie
les chicards, les balochards et autres illustrations dan-
santes du temps passé, et qui arracha au public des cris
d'admiration.

Le *bébé* lui-même en fut émerveillé, et il obtint sans
doute aussi l'approbation de l'Espagnole au peigne cassé,
car elle s'arrangea pour se placer presque en face de ce
sauvage qui exécutait avec tant de brio des pas d'une
civilisation très-avancée.

Carnac put donc l'examiner tout à son aise, pendant
les instants de repos. Il ne craignait pas que madame de
Caronge le reconnût, si c'était elle, car elle l'avait à peine
regardé lorsqu'elle l'avait vu dans l'atelier de Gerfaut,
et d'ailleurs son maquillage le transfigurait complète-
ment. Mais était-ce madame de Caronge? Il en doutait
très-fort.

La Bohémienne lui semblait plus mince, et elle avait
les cheveux d'un noir de jais, tandis que la chanteuse
retour de Russie était blonde. Il est vrai qu'on peut se
teindre ou mettre une perruque. Elle lui avait aussi paru
un peu plus grande. Mais la Bohémienne avait, comme
elle, les lèvres rouges et les dents blanches.

Était-ce même la fameuse Margot, la reine des bals
d'autrefois? Masquée comme elle l'était, elle ne montrait
pas sa balafre.

— Je ne peux pourtant pas lui arracher son loup,
pensait Carnac. Je n'ai qu'un moyen, c'est de tâcher de
lui faire voir ma bague. Si c'est madame de Caronge,
elle la reconnaîtra bien, et elle me demandera où je l'ai
prise.

L'orchestre attaquait les premières mesures de la

seconde figure du quadrille, et Jean Carnac se préparait
à se distinguer.

— Si mademoiselle Brunier me voyait! pensait-il. C'est
pour le coup qu'elle aurait une jolie opinion de moi. Je
serais coulé à tout jamais, et il ne serait plus question de
notre promenade au Louvre. Heureusement, elle ne saura
pas que je me suis habillé en sauvage, quelques heures
après l'avoir quittée. Et puis, c'est dans l'intérêt de son
amie que je travaille. La fin justifie les moyens.

Cette maxime, chère aux Jésuites, mit en repos la
conscience de l'élève de Gerfaut, et il partit avec un
entrain qui acheva de le classer parmi les danseurs hors
ligne. Chacun de ses pas fut un tour de force, et il termina
en marchant sur les mains.

Tout près de lui, se trémoussaient les nouveaux venus,
et certes ils étaient dignes de lui faire concurrence.

Le gendarme imitait à ravir la danse des ours; la
pêcheuse de crevettes avait une façon incongrue de
remonter d'un coup de reins sa hotte sur ses épaules;
la nourrice levait la jambe plus haut que sa tête, et jon-
glait avec la poupée de carton qui figurait son nourrisson;
le Turc exécutait des salamalecs qui mettaient en évidence le fond de son large pantalon blanc sur lequel se
détachait en noir l'empreinte d'une semelle de botte; le
conscrit multipliait les flics-flacs et les jetés-battus, et
finalement sautait sur les épaules de l'homme au casque,
Adrien, qui semblait s'être réservé la spécialité des exercices de force.

Le Bohémien, et surtout la Bohémienne, se con-
tentaient d'admirer les autres. Leurs évolutions se
bornaient à quelques balancements sur place, suivis de
quelques tours de valse. Mais on devinait sans peine

qu'il ne tenait qu'à eux d'éclipser leurs camarades.

Même quand l'oiseau marche, on sent qu'il a des ailes.

Ce vers très-connu s'appliquait parfaitement à cette femme, à cette fausse déguenillée qui intriguait tant Carnac. Elle avait des mouvements onduleux des hanches et des frétillements du pied qui promettaient merveilles.

Si elle se contenait, c'était sans aucun doute qu'elle se réservait pour la grande figure où brillent les chefs d'emploi, celle où chaque sujet, sans distinction de sexe, doit danser seul et accaparer un instant l'attention de tous les spectateurs, de même qu'à l'Opéra, après une variation exécutée par des coryphées, la première danseuse, l'étoile, vient déployer ses talents dans un pas composé exprès pour elle.

A l'Élysée, c'est mieux encore, puisque tout est laissé à sa fantaisie. Elle règle son pas comme elle l'entend, et rien ne lui est interdit. Toutes les hardiesses sont applaudies, et il faut qu'elles aillent bien loin pour que l'autorité y mette le holà.

Carnac attendait le moment avec impatience, car il avait cru s'apercevoir que la Bohémienne le regardait, et il aurait voulu lui montrer la bague qu'il portait au doigt ; mais une améthyste ne brille pas comme un diamant, et il était trop loin de la femme masquée pour qu'elle remarquât cette pierre terne enchâssée dans un anneau d'or qui n'avait rien de particulier. Il aurait fallu la lui mettre sous les yeux, et, pour y parvenir, il ruminait un plan assez ingénieux.

Il était placé à côté de la nourrice et du gendarme qui faisaient vis-à-vis au couple bohémien. A la fin de la troisième figure, après le cavalier seul, on se prend par la main, et l'on danse en rond. Les trois qui sont au repos tournent avec celui qui vient de gigotter devant eux. C'est à tour de rôle. Un couple d'abord; l'autre ensuite. Il y en a pour tout le monde. Et les couples placés sur la même ligne partent en même temps.

Carnac comptait sur ce programme invariable, et se proposait de se joindre à la ronde de ses voisins au moment où la gueuse en loques de soie y entrerait.

On ne se gêne pas à l'Élysée, et entre joyeux drilles, ces libertés-là ne tirent pas à conséquence. On fraternise, et tout est dit. C'est plus simple que de s'engueuler sans se fâcher, comme on le faisait au temps de la fameuse descente de la Courtille.

Il n'attendit pas longtemps. Les cuivres sonnèrent une fanfare endiablée, et les danseurs se mirent en branle sur un air à faire gambader un paralytique.

C'était à la rangée où se trouvait Carnac de commencer; à lui par conséquent, et au gendarme, son voisin immédiat, de faire le cavalier seul. Il s'en tira mieux que le gendarme qui était un ignoble drôle, trapu et cagneux, avec un muffle de bouledogue. La figure se répète deux fois, et à la seconde, ce fut le tour du bébé et de la nourrice, qui firent assaut de trépignements grotesques et de gestes indécents.

Dans ces premières évolutions, l'Espagnole au peigne cassé ne jouait qu'un rôle passif, et Carnac dut se borner à lui lancer de côté des œillades qu'elle lui rendit à travers son loup.

Elle les lui rendit même d'une façon si accentuée qu'il se demanda si elle ne le connaissait pas.

Peu lui importait, d'ailleurs, car il était décidé à aller jusqu'au bout.

Il regagna sa place avec le *bébé* qui soufflait comme un phoque, tant elle s'était dégingandée, et qui n'était pas fâchée de se reposer un instant pour reprendre haleine.

Les vis-à-vis se lancèrent, et Carnac ne s'occupa guère du sien. Mais ce ne fut pas la Bohémienne qui partit. Son cavalier entra en danse le premier et se distingua modérément. On eût dit qu'il cherchait à ménager un triomphe à sa compagne.

Enfin, ce fut à elle, et dès les premiers pas, elle montra qu'elle n'avait pas de rivale dans un art dont la pratique exige une foule d'aptitudes.

Le cancan a dû naître aux Porcherons, où les gardes françaises faisaient sauter les ravaudeuses; il s'est beaucoup perfectionné depuis son origine, et il a passé par des phases diverses.

Encore aujourd'hui, il y a plusieurs écoles : le cancan gracieux et le cancan violent.

Le dernier a prévalu, et les maîtres du genre à la mode se désossent maintenant comme des clowns.

La femme masquée tenait pour l'ancienne méthode, et elle y excellait. Sa danse était tout un poëme.

Elle ne se privait pas de lever la jambe, mais comme on la lève en Espagne, au cliquetis des castagnettes, et non pas à la façon des saltimbanques. C'était un fandango ou une cachucha, avec la grâce française en plus. Le ragoût lascif des Andalouses et l'esprit des Parisiennes.

Carnac n'avait jamais rien vu de pareil dans les bals publics. Il était émerveillé, et il se disait :

— Si c'est la chanteuse, elle a plus d'une corde à son arc. On l'engagerait n'importe où pour lui faire exécuter ce pas-là. Mais ce n'est pas elle. On ne peut pas avoir tous les talents.

Ses réflexions ne lui faisaient pas perdre de vue son projet, et lorsqu'au bruit des bravos, elle tendit la main au gendarme pour la ronde, ce fut l'élève de la nature qui prit cette main blanche et fine.

Il avait eu soin d'offrir la sienne — la droite — au *bébé,* qui saisit sans se faire prier celle du gendarme, et ils tournèrent tous ensemble, au grand mécontentement de leurs vis-à-vis que cette défection laissait seuls.

La Bohémienne n'avait pas cherché à se dérober, et paraissait même prendre plaisir à prolonger ce tournoiement final.

Carnac s'était arrangé pour mettre sa bague en évidence, et il lui sembla que la dame la remarquait. Il crut même sentir une certaine pression de ses doigts qu'il ne tenait qu'à lui de prendre pour une avance. Mais elle ne lui dit pas un mot, et le cercle se rompit forcément après quelques tours.

Pendant que la Bohémienne regagnait sa place, il y eut deux ou trois cris de : Vive Margot! mais ils partaient de la foule amassée autour du quadrille.

Les gens de sa bande se turent, et Carnac supposa que ce silence était l'effet d'une consigne donnée par la dame, qui les avait sans doute payés pour l'escorter au bal.

— A qui en ont-ils donc avec leurs : Vive Margot! dit le *bébé,* jalouse de ce triomphe.

— Faut demander ça à Adrien, répliqua l'élève de Gerfaut.

— Merci! j'y tiens pas.

— T'as peur de lui?

— Moi! Ah! je voudrais bien voir qu'il me touche... je te lui enverrais une *baigne* sur le museau!... mais je ne parle pas à des crapules comme ça.

— Il est pourtant de la bande à c'te femme-là qu'est rudement *chic*... elle a des pendants d'oreilles en perles...

— En toc, grande bête. J' te dis que c'est une traînée, et si c'est celle-là qu'ils appellent Margot... eh ben! Margot ne vaut pas cher.

Carnac n'insista pas. Évidemment, il n'y avait rien à tirer de cette fille qui n'avait jamais entendu parler de la balafrée et qui, très-probablement, ne savait sur Adrien que ce que Carnac savait déjà.

Mieux valait lâcher le *bébé* après la danse et s'attacher aux pas de la femme masquée, afin d'essayer de lier conversation avec elle.

Le quadrille s'acheva sans incident.

— Il fait soif ici. Payes-tu à boire? lui demanda sa danseuse.

— Pas le sou, ma fille, répondit-il en prenant un air piteux. J'ai oublié mon porte-monnaie.

— Alors, bonsoir. J'aime pas les *panés*.

Elle s'en alla, et c'était justement ce que voulait Carnac. Il venait de voir la Bohémienne et sa troupe se ruer vers la salle du fond où se trouve le café-estaminet annexé à l'établissement, et il se demandait comment il allait s'y prendre pour la rejoindre et l'aborder.

Ce n'était pas commode, car elle était fort entourée, et ses gardes du corps ne devaient pas être disposés à faire bon accueil aux intrus qui chercheraient à se faufiler parmi eux pour avoir part aux largesses de cette princesse du cancan.

Et pourtant il voulait à toute force savoir à quoi s'en tenir.

L'idée lui vint alors d'interroger Graindorge, qui se tenait de planton à la porte, qui avait vu passer la bande et qui devait avoir reconnu Margot, si elle en était.

Mais Graindorge n'était pas seul. Graindorge avait Colache avec lui, et Carnac ne se souciait pas de s'expliquer devant un sergent de ville qu'il ne connaissait pas.

Il allait s'y décider, cependant, et il s'acheminait déjà vers l'entrée de la salle, lorsqu'une main se posa sur son bras.

Il se retourna vivement, et il se trouva en face de la Bohémienne, qui lui dit :

— Toi, mon grand, tu danses bien, tu me plais, et je te retiens pour une valse. En attendant, viens prendre un verre de punch.

La voix de la femme masquée était douce, mais elle avait des intonations graves que Carnac n'avait pas remarquées lorsqu'il avait entendu parler la grande chanteuse présentée par madame Stenay dans l'atelier de Gerfaut.

— Décidément, ce n'est pas elle, pensait-il.

— Allons, viens! reprit la Bohémienne en s'accrochant à son bras.

— Merci, répondit l'élève de la nature. Je n'ai pas soif.

— Ça n'y fait rien. Il n'y a pas besoin d'avoir soif pour avaler un verre de punch. Viens donc.

— Je ne bois pas quand je n'ai pas de quoi payer.

— Es-tu assez bégueule! Je n'aurais pas cru ça de toi. Eh bien, tu ne boiras pas. Moi, je boirai, et nous causerons.

Évidemment, la Bohémienne avait une arrière-pensée en proposant un tête-à-tête, et si Carnac eût été fat, il ne tenait qu'à lui de croire que sa personne et ses pas de caractère lui valaient cette bonne fortune; mais il se défiait, et ses hésitations le reprirent.

— Si c'était elle, pourtant? se disait-il. M'a-t-elle reconnu sous mon tatouage, ou est-ce ma bague qu'elle a remarquée? Dans tous les cas, je serais bien sot de ne pas profiter de l'occasion pour lever mes doutes.

Et comme il ne bougeait pas, la femme reprit :

— Je te répète que tu me plais et que je veux faire ta connaissance. Il n'y a ici que nous deux qui sachions *chahuter.*

— Si tu disais qu'il n'y a que toi, tu serais dans le vrai. Moi, je cabriole. Toi, tu danses. On jurerait que tu as appris à Séville ou à Malaga.

— J'en arrive peut-être.

— C'est donc ça qu'on ne t'a pas vue depuis si longtemps.

— Tu m'as vue autrefois? demanda vivement la Bohémienne.

— Oui... c'est-à-dire, je n'en suis pas sûr. Tout à l'heure, on criait : Vive Margot!... et ça m'a rappelé une nommée Margot qui venait souvent à l'Élysée, il y a sept ou huit ans. Je la reconnaîtrais bien. Elle avait une balafre sur la joue. Mais tu es si bien masquée que je ne peux pas savoir si c'est toi.

— Grand malin, va!... tu voudrais que j'ôte mon masque pour voir si je suis jolie... eh! bien, on l'ôtera, mais pas ici. C'est un endroit trop canaille, et je ne tiens pas à me galvauder. A souper, je ne dis pas non. Et je te montrerai que je ne suis pas marquée. Tu me prends pour une autre, mon cher. Ta Margot d'il y a huit ans serait vieille, et moi, je ne suis pas encore majeure. Mon petit nom, c'est Pépita... et si tu veux venir avec moi, je te raconterai mon histoire. D'abord, je ne te lâche pas. J'ai retenu une table au fond du café, et le punch est servi.

— Pour toi et ta bande. Je n'en suis pas.

— Pour nous deux, nigaud. Je n'ai pas de bande. J'ai rencontré à la porte les voyous qui dansaient à côté de toi tout à l'heure, et je me suis mise avec eux, parce que je les croyais drôles. J'ai été volée... tous des brutes et des pochards. Mais je suis venue seule, et je m'en irai seule... à moins que tu ne veuilles souper au Helder ou à l'Américain... je ne suis pas du quartier, et je ne vais pas dans les *caboulots*.

— Je t'ai déjà dit que je n'ai pas le sou.

— Oh! tu vas encore me la faire à la pose! Monsieur est fier; monsieur ne veut pas qu'une femme le régale. Bête! ça ne t'engagera à rien. Tu es dans la *dèche* aujourd'hui, mais tu n'y seras pas toujours, et tu me rendras ma politesse une autre fois. Et d'ailleurs, on ne pourra pas dire que je t'entretiens, car tu n'es pas mon amant, et tu ne le seras pas, mon petit. Nous souperons en camarades, et après nous nous quitterons bons amis. Chacun chez soi.

Cette morale n'était pas précisément du goût de Carnac, qui ne vivait aux crochets de personne; mais cette femme l'intriguait plus que jamais. Il voulait voir comment finirait l'aventure, et la curiosité l'emporta.

— Allons-y, dit-il. Où est-elle, ta table?

La Bohémienne l'entraîna, et il se laissa conduire à l'estaminet. On s'y disputait les places, et le quadrille des Chicards s'y était rué après la contredanse. Ils étaient tous là, buvant et criant. Ils avaient même recruté des drôlesses, et le grand gars qui avait servi de cavalier à la femme masquée tenait une Pierrette sur ses genoux. L'homme au casque était occupé à écraser du sucre avec une cuiller d'étain dans un saladier de vin chaud.

9.

La Bohémienne passa tout près d'eux, et ils ne se dérangèrent pas plus que s'ils ne l'avaient jamais vue.

Carnac commençait à croire qu'elle n'avait pas menti et qu'elle ne connaissait pas ces vilains messieurs.

Elle le mena dans un coin où fumait sur la table un bol de punch gardé par un garçon de café qui avait dû recevoir d'avance un fort pourboire et qui s'éloigna dès que le couple fut assis.

La soi-disant Pépita remplit les deux verres, et dès que Carnac eut vidé le sien :

— A la bonne heure ! s'écria-t-elle, tu ne poses plus. Mais ne va pas te figurer que je t'en veux de t'être fait prier. Je n'aime pas les poseurs, mais j'aime encore moins les Alphonses. J'ai vu tout de suite que tu n'étais pas de cette clique-là. Et je vois maintenant que tu es un homme d'esprit. Tu as deviné que je n'étais pas la première venue. Et pour te récompenser d'avoir eu confiance en moi, je veux bien t'apprendre que je suis première danseuse au grand théâtre de Cadix.

— Je m'en doutais, dit en riant Carnac. Mais tu n'es pas Espagnole. Tu parles trop bien le français.

— Je suis de Paris près Pantin, mon petit. Et j'y reviens quelquefois, mais je suis en train de faire fortune là-bas, et j'ai encore un engagement de six mois. Après, je lâcherai les hidalgos, et je vivrai de mes rentes dans la ville où j'ai vu le jour. Si je danse, ce sera pour mon agrément, comme cette nuit. J'en ai assez, des planches, et je m'embête à Cadix.

— Je comprends ça.

— Alors, l'hiver prochain, si je te retrouve, nous *rigolerons* ensemble.

— Je ne demande pas mieux... quand même tu serais Margot.

— Ah! mais tu m'ennuies avec ta Margot. C'est un tic que tu as. Faut soigner ça, mon garçon. Tu la regrettes trop, cette fille-là! Est-ce qu'elle était avec toi?

— Jamais de la vie. Seulement, elle dansait bien.

— Aussi bien que moi?

— Oh! non, par exemple. D'abord, ce n'était pas le même genre.

— Ça, je te crois. Je la vois d'ici, ta Margot. Elle devait faire le grand écart et se tenir debout sur une seule jambe. Moi, je laisse ces exercices-là aux acrobates. Qu'est-ce qu'elle est devenue, ta sauteuse?

— Ah! voilà!... on n'en sait rien. Faudrait demander ça à cet escogriffe barbu qui dansait à côté de toi tout à l'heure. Il était de son quadrille dans le temps. Je l'ai reconnu, et c'est pour ça que je me suis imaginé que tu étais Margot. D'autres que moi l'ont cru, puisqu'on criait son nom.

— Les imbéciles! mais je m'en moque. Et je n'ai pas la moindre envie d'aller demander de ses nouvelles à cet animal qui a un nez de vautour et qui s'est déguisé en arracheur de dents. Rien qu'à cause de son bête de costume, je ne voudrais pas lui parler. Ce n'est pas comme le tien. Il est réussi, celui-là... et pas commun. Où as-tu pris cette peau de jaguar et ces chaussures de Peau-Rouge? Et la tête que tu t'es faite!... un bourgeois n'aurait pas trouvé celle-là. Parions que tu es artiste.

Carnac rougit, mais son maquillage cacha sa rougeur, et il eut la présence d'esprit de répondre :

— C'est vrai. Je suis au théâtre.

— Bah! alors nous sommes camarades. Comme ça se trouve! Où joues-tu?

— Un peu partout. Je débute. J'espère que j'arriverai, mais on ne m'a pas encore donné de rôle. En attendant, je me contente de jouer les *utilités,* pour m'habituer aux planches.

— Tu as raison. J'ai bien commencé par être *marcheuse* aux Bouffes-du-Nord. Mais avant de cabotiner, qu'est-ce que tu faisais?

— Rien. J'étais chez mes parents. Ils se sont ruinés, ils sont morts, et maintenant je suis un pauvre orphelin.

— Mais tu n'es pas un *pignouf...* ça se voit. Comment t'appelles-tu?

— Ernest, de mon petit nom... comme toi Pépita.

— Tu me diras ton nom de famille quand nous nous connaîtrons mieux... et je te dirai le mien. A ta santé, Ernest!

Carnac avança son verre pour trinquer, et la Bohémienne s'écria :

— Oh! la jolie bague! Montre un peu que je la voie de près.

Il se laissa prendre la main très-volontiers. Il en était venu à ses fins. La bague avait attiré l'attention de la problématique inconnue. Seulement, il n'en était pas beaucoup plus avancé. Toutes les femmes regardent une bague. Les bijoux les intéressent toujours, et rien ne prouvait que la Bohémienne eût des raisons personnelles pour demander à examiner l'anneau trouvé dans le corridor de la succursale du mont-de-piété.

— Tiens! s'écria-t-elle. Il y a des armes gravées sur la pierre. Tu es donc noble, toi?

— Non, c'est une bague qui me vient de ma grand'mère maternelle, répondit, après avoir un peu hésité, l'élève de Gerfaut.

— C'est la même chose. Si ta grand'mère était noble, ta mère l'était aussi, et tu l'es, mon gars.

— Par les femmes, dit Carnac avec un sérieux parfait.

— N'importe. Tu l'es. Je savais bien que j'étais tombée sur un homme *chic*. J'aime ça, moi, les armoiries. Mais dis donc... qu'est-ce qu'elles représentent, les tiennes? demanda la dame sans lui lâcher le doigt.

— Je ne sais pas trop. Dame! tu comprends... je n'ai pas étudié le blason... pour ce que j'en ferais au théâtre... j'aime mieux étudier mes rôles... quand j'en aurai.

— C'est drôle... il y a des petites bêtes... avec des ailes...

— Des oiseaux, parbleu!... Mais lesquels?... Je ne suis pas assez fort pour te le dire... Ça ressemble à tout ce qu'on voudra...

— Bon! mais je vois aussi une couronne... et des lettres qui forment une devise. Tu dois la connaître, ta devise... la devise de tes ancêtres!

— Ma foi! non. J'ai essayé de la lire. Je n'ai jamais pu. C'est trop fin.

— Et tu n'as pas interrogé ta maman? Diable! tu n'es guère curieux. Moi, si j'avais une devise, je la saurais par cœur... et je la ferais broder sur mon linge.

Il y eut un silence.

Carnac sentait qu'il pataugeait dans ses explications, et il préférait se taire pour voir venir.

La Bohémienne avait cessé de lui tenir la main, et le regardait fixement avec une persistance qui le déconcertait.

— Veux-tu que nous fassions une affaire? lui demanda-t-elle tout à coup.

— Ça dépend.

— Ta bague me plaît énormément. Vends-la-moi.

— Te vendre ma bague! s'écria Carnac. Ah! mais non. Je ne suis pas brocanteur.

— Alors, donne-la-moi, dit la femme masquée.

— Pas possible, ma chère. Elle me vient de ma mère, et j'y tiens.

— Blagueur, va! Avoue donc que tu n'as pas envie de me faire cadeau d'un bijou qui vaut au moins cent francs. Je comprends ça. Tu ne me connais pas, et nous ne nous reverrons peut-être jamais. Tu l'offrirais à une maîtresse dont tu serais toqué, et si je voulais, je l'aurais pour rien, car il n'est pas encore fondu, l'homme qui ne deviendra pas amoureux de moi, quand il me plaira de lui tourner la tête. Mais je suis honnête, et j'aime mieux t'offrir dix louis de ta bague que de t'inspirer une passion.

— Tu m'en offrirais vingt-cinq louis que tu ne l'aurais pas. Et pourtant je ne suis pas riche.

— Et si j'allais jusqu'à trente? demanda vivement la soi-disant Pépita, qui avait pris la réponse de Carnac pour une ruse de marchand madré.

— Tu ne l'aurais pas davantage. Personne ne l'aura.

— Es-tu bête! tu viens de me dire que tu ne connaissais seulement pas tes armes, et tu refuses six cents francs d'une chevalière sur laquelle, au *grand clou,* on ne te prêterait pas seulement cinquante balles! Après ça, tu crois peut-être que je ne les ai pas, les trente louis... Veux-tu les voir? dit la Bohémienne en faisant le geste de fouiller dans son corsage.

— C'est pas la peine, répondit l'élève de la nature. Je vois bien que tu es *calée,* mais je ne me déferai jamais de cet anneau. C'est un souvenir de famille.

— Encore! Ah ça, tu crois donc que je gobe l'histoire que tu viens d'inventer? Un cabotin n'a pas d'ancêtres. Est-ce que j'en ai, moi? Les miens étaient portiers. Les tiens étaient peut-être des bourgeois, mais des nobles!... faudrait pas me la faire, celle-là, parce que je la trouve mauvaise.

— Mais, sapristi! si la bague n'avait pas pour moi une valeur toute particulière, je ne demanderais pas mieux que de te la céder au prix que tu me proposes. Six cents francs!... Je vivrais six mois avec six cents francs.

— Et tu ne veux pas. Alors, c'est que la bague n'est pas à toi. On te l'a prêtée, et, comme tu n'es pas un filou, tu tiens à la rendre. Eh bien! dis-moi à qui elle appartient. A une femme, pas vrai, qui l'a *levée* à son amant... à moins qu'elle ne l'ait trouvée dans la rue... Donne-moi son nom et son adresse. J'irai la voir, et je m'arrangerai avec elle, je t'en réponds.

Carnac eût été bien empêché de la satisfaire. Il eut l'habileté de faire attendre sa réponse, et la dame put croire qu'il hésitait à accepter ses offres, alors qu'au contraire il se préparait à lui pousser une botte qu'elle ne prévoyait pas.

— Tu te trompes, dit-il. Je suis le maître de disposer de la bague, mais je la garde pour les raisons que je t'ai dites. Maintenant, pourquoi donc tiens-tu tant à l'avoir?

La Bohémienne tressaillit. Carnac avait touché juste.

— Ça, mon petit, dit-elle d'un ton sec, ça ne te regarde pas.

Puis, s'apercevant de l'effet produit par ce refus de répondre :

— Tu es trop curieux, reprit-elle plus doucement. Je devrais t'envoyer paître avec tes questions, mais je suis bonne fille, et je veux bien t'avouer que j'ai la manie des bijoux anciens. Ton anneau m'a donné dans l'œil, et je me moque de l'argent lorsqu'il s'agit de satisfaire un caprice. Celui-là me passera, puisqu'il n'y a pas moyen de s'entendre avec toi, et nous n'en resterons pas moins bons amis. J'entends les premières mesures de la valse des *Roses* de Métra. C'est celle que je préfère. Viens valser avec moi. Nous irons souper après.

— Je veux bien valser, mais il est trop tôt pour aller souper.

— Tu t'amuses donc ici, toi?

— Non, pas précisément, mais je ne fais que d'arriver, et je voudrais pincer encore un ou deux quadrilles pour gagner de l'appétit.

Carnac avait d'autres raisons pour rester. D'abord, il tenait à consulter Graindorge, afin de savoir s'il reconnaissait Margot sous le masque de la Bohémienne. Ensuite, et surtout, il s'étonnait que cette énigmatique créature eût si brusquement renoncé à une fantaisie qui lui tenait si fort au cœur. Il se demandait si cette invitation à souper ne cachait pas un piége et si la prétendue Pépita ne méditait pas de se procurer par des moyens violents l'anneau qu'elle n'avait pu ni acheter, ni se faire offrir.

Les chenapans qui l'escortaient au moment de son entrée n'étaient pas loin, et rien ne l'empêchait de leur désigner le sauvage et de leur offrir une prime pour lui arracher la bague.

— Ah! c'est comme ça! dit-elle avec colère. Eh bien, mon cher, je me priverai de ta compagnie. Je m'aperçois que, décidément, tu n'es qu'un sot, et je n'aime pas les sots. Je souperai seule, et je vais trouver un autre valseur. Amuse-toi bien, Ernest, et prends garde de perdre la bague de tes aïeux.

Elle était déjà debout et, selon l'usage du lieu, elle avait payé d'avance le punch que Carnac et elle avaient à peine goûté. D'un bond, elle sauta au milieu du café, avisa l'homme au casque achevant de vider son saladier, lui posa la main sur l'épaule et l'entraîna vers la salle de danse.

Le reste de la bande avait déjà décampé en vociférant et en bousculant les tables.

Carnac, assez penaud, quitta aussi la place, et un instant après, il put voir le sacripant barbu et la gueuse habillée de soie, enlacés étroitement et tournoyant avec furie.

Les autres valsaient aussi dans les mêmes parages. Ils s'étaient accouplés entre eux, dédaignant les valseuses étrangères à la troupe.

L'élève de Gerfaut, confondu dans la foule des spectateurs que dominait sa haute stature, se mit à suivre des yeux la femme qui le préoccupait de plus en plus, et il remarqua fort bien que tout en pirouettant, sans manquer la mesure, elle entretenait avec son déplaisant cavalier une conversation vive et animée.

Il remarqua même qu'en décrivant leur orbite sur le parquet, les autres couples échangeaient au vol quelques mots avec elle, chaque fois qu'ils se trouvaient à portée de communiquer par la parole, sans crier trop haut.

Ses derniers doutes s'envolèrent, et il se dit :

— C'est bien Margot et sa bande. Elle prétendait tout à l'heure ne pas connaître ces gens-là, et voilà qu'elle leur donne à tous un mot d'ordre en valsant. Quel mot d'ordre? Elle leur commande probablement de me filer à la sortie et de me tomber dessus dans la rue. Il est temps que je prenne mes précautions.

Et il s'achemina vers la porte, où il espérait trouver Graindorge.

Il essayait de résumer les incidents qui venaient de survenir et d'en tirer des conclusions sensées.

— Elle ne m'a invité que pour tâcher de me soutirer la bague, c'est clair comme le jour, pensait-il en fendant les groupes. Pourquoi tenait-elle si fort à l'avoir? Évidemment, parce qu'elle lui appartient. Or, cette bague, c'est la grande chanteuse qui l'a perdue en sortant du *clou* de la rue Fromentin. Je devrais donc conclure que Margot la balafrée et l'amie de madame Stenay ne font qu'une seule et même coquine. Mais, d'autre part, si cette femme masquée était madame de Caronge, elle aurait mieux aimé abandonner sa bague que d'essayer de me l'acheter beaucoup plus cher qu'elle ne vaut, car elle doit supposer que je l'ai trouvée dans un endroit où elle ne conviendrait pas volontiers qu'elle est allée, et elle m'a déjà vu aujourd'hui à l'atelier. Il faudrait donc admettre qu'elle ne m'a pas reconnu...

Et, après tout, c'est bien possible qu'elle ne m'ait pas reconnu. Elle n'a fait que m'entrevoir chez Gerfaut, et je suis si bien déguisé que Graindorge lui-même m'a pris pour un autre.

Mais, en conscience, je ne sais pas si c'est elle. Je crois même être sûr que ce n'est pas sa voix.

Et elle aurait dû aussi reconnaître Graindorge, car il était encore chez le patron tantôt, quand elle est arrivée, et il a raconté devant elle l'histoire de la femme qu'on a pendue... après ça, elle n'a peut-être pas fait attention à lui... et puis, en uniforme, tous les sergents de ville se ressemblent.

C'est égal... je suis curieux de savoir ce qu'il dira

quand je lui montrerai la Bohémienne et l'homme que le père Barbizon nous a signalé au *caboulot* comme étant de l'ancienne bande à Margot.

La foule s'était encore épaissie, et il était très-difficile de circuler. A force de pousser et de louvoyer, Carnac finit cependant par rejoindre l'auxiliaire qu'il cherchait, et il eut la chance de le trouver seul. Colache s'était un peu éloigné pour aller voir ce qui se passait dans le coin réservé aux jeux d'adresse.

— Graindorge, mon vieux, dit l'élève de la nature en abordant carrément le sergent de ville, je crois bien que la Balafrée est ici.

— Comment, c'est vous ! s'écria Graindorge stupéfait. Si vous ne m'aviez pas parlé, je veux que le diable me brûle si je vous aurais reconnu. Vous êtes joliment bien déguisé.

— Oui, je sais me faire une tête, mais il ne s'agit pas de ça. Avez-vous vu la bande à Margot?... la nourrice, le gendarme, le jeanjean, la pêcheuse de crevettes?

— Vous croyez que c'est les anciens Clodoches?

— J'en suis à peu près sûr, mais c'est la femme qui les mène que je voudrais vous faire voir.

— La femme masquée. Je l'ai vue. Margot ne se masquait jamais.

— Autrefois. Mais maintenant elle doit avoir des motifs pour cacher sa figure, surtout si, comme je le crois, elle se fait appeler madame de Caronge.

— La dame de chez M. Gerfaut. C'est ça qui serait drôle. Si elle levait cette nuit la jambe un peu trop haut, j'aurais du plaisir à la conduire au poste.

— Si vous pouviez faire ça...

Graindorge n'eut pas le temps de répondre. Une formidable poussée venant du fond de la salle jeta sur lui et sur l'apprenti sculpteur un groupe, en tête duquel apparaissaient le gendarme et l'homme au casque.

En un clin d'œil, Carnac fut entouré, jeté contre la muraille et pressé jusqu'à perdre la respiration.

En même temps, il sentit qu'on le saisissait par les bras et qu'une main empoignait les siennes.

— Ah! les gredins! murmura-t-il, c'est à la bague qu'ils en veulent.

Instinctivement, Carnac ferma les poings. C'est le meilleur moyen de défendre une bague passée au doigt. Et Carnac avait les poings solides. La main qui cherchait à lui arracher l'anneau y perdit ses peines.

Mais la poussée redoubla de violence. Collé, la face au mur, l'élève de Gerfaut commençait à perdre la respiration, et ce qui le vexait encore davantage, c'est qu'il ne pouvait pas se retourner pour dévisager les gens qui le serraient de près.

Il était arrivé ce qui arrive toujours en pareil cas. Le branle avait été donné par une bande de chenapans mal-intentionnés, et la foule était venue se joindre à eux, sans savoir pourquoi.

Les curieux poussaient par derrière ceux qui poussaient l'apprenti sculpteur; et le pauvre garçon se trouvait en grand danger d'être écrasé.

C'est le procédé qu'emploient dans les cours de prison les condamnés qui veulent se défaire d'un gardien. Ils l'entourent, ils l'étouffent, et personne ne pourrait désigner un coupable. Ils le sont tous.

Graindorge aussi se trouvait pris dans cet étau humain, et, pendant que Carnac résistait de son mieux, Graindorge criait : A moi! de toute la vigueur de ses poumons.

Heureusement, le camarade Colache n'était pas loin, et il y avait dans la salle d'autres sergents de ville, sans compter des gardes de Paris.

L'appel fut entendu, et ils arrivèrent tous à la rescousse. Il était temps, car les deux victimes étaient à bout de forces.

Graindorge, aplati, ne pouvait plus émettre un son, et Carnac, arc-bouté contre la muraille dans la pose de Milon de Crotone, cherchant à se dégager de la fente de l'arbre où il a les mains prises, le robuste Carnac fléchissait sous le poids qu'il supportait héroïquement depuis une minute.

Il ne voyait pas les assaillants, pas même celui qui le touchait, mais un panache lui frôlait le cou, et ce panache était certainement planté sur le casque d'Adrien, l'homme au nez crochu, le mari de la Moumoute, et, sans aucun doute, le principal exécuteur des hautes œuvres de Margot la Balafrée.

L'élève de la nature se donna le plaisir de lui lancer quelques ruades dans les jambes, et résista aux efforts que faisait le coquin pour le contraindre à desserrer les poings.

Il allait pourtant succomber, lorsque l'armée de secours le dégagea fort à propos.

Chargés en queue par la petite troupe d'agents de l'autorité qu'amenait Colache, les badauds se dispersèrent, et les étouffeurs, ne se sentant plus soutenus, mollirent et commencèrent à s'esquiver.

Il y eut un instant de bousculade générale, et, au milieu de la confusion, les agents empoignèrent, au hasard, tout ce qui leur tomba sous la main.

Mais ils étaient cinq ou six contre une masse, et beaucoup d'assaillants leur échappèrent. Les plus coupables furent les plus prompts à se dérober, et les innocents payèrent pour les autres, ainsi qu'il est d'usage.

Carnac, délivré, perdit quelques secondes à reprendre haleine, et quand il se retrouva en état de prêter assistance aux gardiens de la paix, ses libérateurs, l'homme au casque n'était plus là. Il avait déjà fait sa trouée dans la foule. Ses compagnons du quadrille suspect avaient aussi rompu le cercle, et comme, à ce moment, l'orchestre appelait les amateurs à la contredanse, ils gigottaient déjà, en poussant des cris assourdissants.

En fait de prisonniers, il ne restait que de pauvres diables de flâneurs qui s'étaient laissé entraîner par le torrent, et qui protestaient énergiquement contre une arrestation imméritée.

Pendant qu'ils discutaient avec Colache et ses auxiliaires, Graindorge, revenu à lui, s'accrochait à l'élève de Gerfaut et lui disait d'une voix essoufflée :

— Vous aviez raison. Margot est ici. C'est un de ses coups. Autrefois, elle n'en faisait jamais d'autres.

— Bon ! alors, vous allez la fourrer au poste, s'écria Carnac.

— Un peu. Et ça ne va pas traîner. Où est-elle, la gueuse ?

— Cherchons-la. Pourvu qu'elle n'ait pas profité de l'occasion pour décamper !... elle ne figure pas au quadrille.

— Voyons au café.

Ils y allèrent, et ils n'y trouvèrent pas la Bohémienne. Ils revinrent, en faisant le tour de la salle, et ils ne l'aperçurent nulle part.

— Elle est partie pendant la bagarre. Je m'en doutais, grommela Carnac, très-désappointé. Et l'homme du caboulot a filé aussi.

— C'est pourtant vrai. Il n'est plus là, dit Graindorge.

— Ah! le gredin! Il a essayé de m'étouffer... et de me voler. Je n'ai pas pu lui casser la figure, mais je le repincerai.

— Vous voler?... Il y a donc des poches à votre maillot?

— Suffit! Je m'entends. Ce n'est pas de l'avoir manqué que je rage le plus... c'est d'avoir manqué Margot.

— Bah! elle reviendra bien à l'Élysée. Le carnaval n'est pas fini, et si elle est rentrée à Paris, ce n'est pas pour s'embêter. Elle ne ratera pas un bal masqué, et vous n'avez qu'à vous trouver ici jeudi prochain.

— Je crois que ce ne serait pas la peine. Je lui en ai trop dit. Elle va se défier. Mais je ne la lâche pas pour ça, et je crois que d'ici à jeudi, il y aura du nouveau.

En attendant, mon cher, vous et vos camarades, vous devriez bien coller toute sa bande au violon. On prendrait leurs noms; on saurait où ils logent, s'ils ne logent pas sous les ponts, et par eux on aurait l'adresse de la Balafrée.

— Je ne demanderais pas mieux, car c'est tous des fripouilles; mais il faudrait qu'ils fissent quelque chose pour ça, et ils ne seront pas si bêtes.

— Mais, sacrebleu! ils ont cherché à nous tuer, vous et moi. Ça ne suffit donc pas?

— Si l'on avait pu les prendre en flagrant délit, ils

seraient déjà coffrés. Maintenant, il n'y a plus moyen.
Ils diraient qu'ils n'ont rien fait, et, si nous voulions les
enlever, tout le monde nous tomberait dessus. Nous ne
sommes pas en nombre pour résister.

— Alors, si c'est comme ça, je n'ai plus qu'à m'en
aller, car ils pourraient bien recommencer, et, cette fois,
j'y resterais. Ils m'aplatiraient comme une simple feuille
de papier brouillard. Margot leur a donné le mot, et je ne
tiens pas à laisser mes os ici. Ils pourraient même avoir
l'idée de me suivre et de m'assommer sur le boulevard.
Je vais filer pendant qu'ils dansent. C'est plus sûr.

— Vous avez raison. Je vous conseille même de ne
pas flâner dehors. L'homme au caboulot n'est peut-être
pas loin...

— On ouvrira l'œil, soyez tranquille. Et à propos du
caboulot, vous savez... quand vous aurez besoin de me
parler, vous m'y trouverez tous les soirs... et ça me fera
toujours plaisir de vous offrir un bock.

Carnac n'attendit pas la réponse de Graindorge.
Colache, qui venait de relâcher les délinquants, s'appro-
chait, et Carnac ne tenait pas à faire sa connaissance. Il
trouvait que c'était assez d'être lié avec un sergent de
ville.

Il poussa la porte, et il se mit à descendre l'escalier,
aux acclamations des *voyous* rassemblés sur le trottoir.

Son costume était de ceux qui attirent l'attention, et
il lui tardait de le quitter, car il ne voulait pas rentrer
chez lui habillé en sauvage. La question était de savoir
si la boutique de la mère Langoumois était encore
ouverte.

Le temps avait passé pendant cette chasse à la Balafrée. Il y avait encore des fiacres et des groupes devant

l'entrée du bal; les caboulots d'alentour n'avaient pas éteint leur gaz; mais sur le boulevard que Carnac devait traverser, les passants se faisaient rares.

Avant de s'y aventurer, l'élève de Gerfaut s'assura que la devanture du magasin était toujours éclairée, et que le plumet rouge d'Adrien n'émergeait pas au-dessus des chapeaux mous.

Après quoi, il fendit la foule qui le poursuivit de ses huées, et il se dirigea vers le phare allumé par la marchande à la toilette.

Il se proposait de reprendre ses habits, de regagner son domicile à pied, — et pour cause, — de se coucher, et après quelques heures d'un sommeil réparateur, de se lever matin et de se présenter avant midi chez madame de Caronge, à seule fin de lui demander si elle n'avait pas perdu une bague.

Sous les arbres, il avisa, assis sur un banc, un homme en blouse et en casquette qui avait l'air de dormir.

Carnac passa, mais il avait l'œil à tout, et il vit que l'homme, après lui avoir laissé prendre un peu d'avance, quitta son banc et se mit à le suivre.

Il crut voir aussi que cet homme portait des bottes d'égoutier, et l'idée lui vint qu'Adrien avait bien pu déposer son casque et passer un bourgeron par-dessus sa cuirasse.

— Oh! oh! dit-il entre ses dents, ça se corse. Je ne serais pas surpris que Margot fût cachée quelque part dans les environs. Carnac, mon ami, défends ta bague.

Il ouvrit la porte de la boutique et réveilla madame Langoumois qui sommeillait sur un vieux fauteuil, au milieu de ses étalages.

I.   10

— Déjà! s'écria-t-elle. Ce n'est donc pas gai, cette nuit, l'Élysée?

— Si, mais j'en ai assez, répondit Carnac. J'ai produit mon effet et j'aspire à rentrer dans ma pelure d'artiste. Où sont mes frusques?

— Dans l'arrière-boutique, mon garçon. Allez vous rhabiller; quand vous serez parti, je fermerai le magasin.

La pratique ne donne guère cette année, et à l'heure qu'il est, il ne viendra plus personne.

— N'ayez pas peur, maman, ce ne sera pas long.

Carnac s'enferma et procéda à une nouvelle transformation, mais il s'aperçut bientôt que ce n'était pas une petite affaire que de se débarbouiller de ses tatouages et de décoller ses cheveux gommés.

Avant d'entreprendre un lavage à fond, il fallait se déshabiller, et il commença par ôter l'anneau qu'il avait si heureusement sauvé des séductions de la Bohémienne et des violences de l'homme barbu.

La toilette fut pénible. Le maquillage tenait bon et les cheveux résistaient. Enfin, il en vint à bout, et après une demi-heure de travail, il reprit sa figure naturelle.

Le veston remplaça la peau de jaguar; les bottines et le pantalon à carreaux remplacèrent les mocassins et le maillot.

Carnac éprouva un certain plaisir à se regarder dans une glace, et il allait remettre sa bague, lorsqu'il remarqua un objet placé sur la table où il l'avait posée.

— Tiens, une loupe! murmura-t-il. Ça se trouve bien. Je vais m'en servir pour déchiffrer la devise gravée sur l'améthyste. Ça complétera mes renseignements. Et quand je saurai ce qu'elle dit, cette devise, je la retiendrai bien mieux que ces armoiries auxquelles je n'entends rien.

Voyons un peu le cri de guerre des aïeux de M. le comte.

Carnac se plaça sous le bec de gaz qui éclairait l'arrière-boutique, prit d'une main la bague, et de l'autre main le verre grossissant cerclé de bois noir que les presbytes emploient pour lire les écritures trop fines. Il le prit par le manche et l'interposa entre son œil droit et le chaton, convenablement présenté à la lumière.

Les lettres de la devise étaient gothiques et difficiles à déchiffrer. Il eut beaucoup de peine, même avec la loupe, à lire ces mots gravés en creux autour de l'écu :

Ny char, ny destrier. Rien que mon bras.

— Que diable ça peut-il bien vouloir dire? se demanda l'élève de la nature. Un destrier, c'est un cheval, si je ne me trompe... Un char, c'est un char, et un bras, c'est un bras. *Ni* est écrit avec un *y* pour donner à l'inscription un chic moyen âge... Mais le sens?...

Ça signifie peut-être que les aïeux de M. le comte n'allaient ni en voiture, ni à cheval... en d'autres termes, qu'ils n'étaient ni dans le train des équipages, ni dans la cavalerie. Ils combattaient à pied comme de simples pioupious. Alors, au lieu d'ajouter : *Rien que mon bras,* ils auraient dû ajouter : *Rien que mes jambes.* Non, ça n'aurait pas été assez noble... et puis, les jambes... on s'en sert pour se sauver... tandis qu'avec le bras on frappe...

C'est égal, reprit Carnac, après réflexion, il est bête, leur cri de guerre. Ce *char* vient là on ne sait pas pourquoi.

Puis, tout à coup, il s'écria :

— Mais c'est moi qui suis bête. C'est un calembour.
Du temps des croisades, on les adorait, les calembours...
Ny char ny destrier... on trouve là dedans *Charny*... le
nom du preux chevalier auquel fut octroyé ce blason...
l'ancêtre du Charny d'à présent...

C'est clair comme le jour. La bague appartient au joli
comte Philippe de Charny qui va épouser la fille du
patron.

En voilà une découverte !

En effet, elle était curieuse encore plus qu'inattendue,
et Carnac envisagea aussitôt toutes les conclusions qu'on
en pouvait tirer.

Cette bague avait été perdue, à la porte d'un bureau
auxiliaire du mont-de-piété, par madame de Caronge, ce
n'était pas douteux. Donc, madame de Caronge était liée
avec M. de Charny, et il fallait qu'elle le fût très-inti-
mement, puisqu'elle se chargeait de retirer un objet mis
en gage par ce gentilhomme. Et c'était bien madame de
Caronge que Carnac venait de voir au bal, conduisant à
la danse une bande de chenapans de la pire espèce. Une
autre qu'elle n'aurait pas offert trente louis d'un anneau
qui n'en valait pas dix, et n'aurait pas, pour se le procurer par la violence, lancé sur le possesseur de cet
anneau les drôles qui lui obéissaient.

Si madame de Caronge était une coquine, M. de Charny
ne pouvait être qu'un intrigant, car il faisait semblant
de ne pas la connaître, alors qu'il savait certainement
qu'on l'appelait autrefois Margot la Balafrée, qu'elle
avait rôti toute espèce de balais et qu'elle menait encore
en cachette une vie désordonnée.

— Et ce pauvre Gerfaut lui donnerait sa fille en
mariage ! murmurait Carnac. Je l'en empêcherai bien,

car je lui raconterai tout ce que j'ai appris cette nuit.
C'est tellement fort qu'il est capable de ne pas me croire ;
mais j'aurai bientôt des preuves. J'irai voir ce matin la
soi-disant chanteuse, et ce sera bien le diable si je n'aperçois pas la Balafrée. Je retrouverai Adrien, qui me fait
l'effet d'être son âme damnée. Moumoute me racontera
l'histoire de ce brigand. Quant au comte Philippe, je
prendrai des renseignements. Je saurai où il va et qui il
fréquente, quand je devrais le *filer* moi-même. Ce brave
Graindorge ne refusera pas de m'aider.

Mais il faut commencer par le commencement, c'est-à-
dire par m'assurer que les armes et la devise de M. de
Charny sont bien les mêmes que celles-ci... Ce ne sera pas
difficile. Mademoiselle Brunier ne refusera pas de prier
mademoiselle Gerfaut de demander à son futur comment
est fait le blason qu'il porte. Les jeunes filles sont curieuses. Le joli fiancé trouvera la question toute naturelle et
s'empressera d'y répondre, car elle flattera sa vanité.

Ce monologue fut interrompu par madame Langoumois, qui cria :

— Eh bien ! avez-vous fini votre toilette ?

— Voilà ! voilà ! dit Carnac en fourrant la bague dans
la poche de son gilet.

Il rentra dans la boutique, et il y trouva la grosse
marchande occupée à fermer à clef les tiroirs où elle
serrait sa recette.

— Vous devriez bien me donner un coup de main
pour mettre mes volets à la devanture, reprit-elle.

— Volontiers, maman. Vous me faites crédit ; c'est
bien le moins que je vous aide, répondit l'élève de la
nature.

Et il allait ouvrir la porte, lorsqu'il aperçut, collée

10.

contre les vitres, la sinistre figure de l'homme barbu.

Le drôle se retira vivement, et s'éloigna en tournant le dos au magasin ; mais Carnac, qui avait eu le temps de le reconnaître, s'approcha du vitrage, et, en regardant avec attention, il aperçut trois hommes se promenant sur l'esplanade plantée qui forme le milieu du boulevard. Ils allaient séparément, un à un, et Adrien se mit à faire comme eux.

Ils étaient trop loin, et l'on n'y voyait pas assez clair pour que Carnac pût distinguer leurs figures ; mais il ne douta pas qu'ils ne l'attendissent dans le dessein de le suivre et de l'assaillir en route.

Il ne pouvait pas monter en fiacre, puisqu'il n'avait pas de quoi payer la course, et son parti fût bientôt pris.

— Dites donc, madame Langoumois, demanda-t-il ; vous ne tenez pas à ce qu'on m'assomme, hein ?

— J'en serais bien fâchée, s'écria la commère.

— Eh bien, si vous me mettez dehors, je suis sûr de mon affaire. Il y a là-bas quatre individus qui m'ont cherché dispute au bal et qui me sauteront dessus au premier coin de rue. Ils m'ont vu entrer ici, et ils guettent le moment où je sortirai.

— C'est donc ça qu'ils sont venus rôder devant mon vitrage, pendant que vous changiez de costume. Ils ont de sales têtes. Je ne suis pas poltronne, et ils m'ont fait peur.

— Si vous les connaissiez comme je les connais, vous auriez encore bien plus le *trac*. Ils se soucient de tuer un homme comme de tordre le cou à un perroquet.

— Fichtre ! alors je ne reste pas ici. Ils n'auraient qu'à entrer.

— Pas de danger, maman. Il y a du monde et des

anges gardiens à la porte de l'Élysée-Montmartre. Et
puis, c'est pas à vous qu'ils en veulent.

— Possible. Mais ils s'arrangeraient bien de mes mar-
chandises. J'en ai pour de l'argent.

— Ils n'oseront pas piller votre boutique, à cinquante
pas de l'Élysée, et quand le bal finira, il fera presque
jour, tandis que moi, si je m'en vais d'ici, ils me suivront.

— Diable! je ne veux pas votre mort. Mais... comment
faire?

— C'est bien simple. Enlever le bec-de-cane de la
porte, et encore non, ce n'est pas la peine... nous n'avons
qu'à pousser les verrous en dedans. Ils n'oseront pas
enfoncer la devanture; ça ferait du bruit.

— Bon! et après?

— Après? Eh bien, maman, nous laisserons le gaz
allumé, et nous ferons un bésigue... vous devez avoir
des cartes dans votre magasin... à moins que vous
n'aimiez mieux causer. Je vous raconterai des histoires.

— Jusqu'à demain? merci! j'ai sommeil.

— Alors, vous dormirez dans votre fauteuil, pendant
que je monterai la garde. Et je vous réveillerai

Quand renaîtra la pâle aurore,

et je vous reconduirai jusqu'à votre porte. Vous serez
un peu fatiguée, mais vous avez toute la journée
pour vous reposer, et vous m'aurez tout bonnement
sauvé la vie.

— Si j'étais sûre que ces gueux-là veulent vous tuer,
je passerais deux nuits plutôt qu'une. Mais, vous autres
artistes, vous êtes si blagueurs...

— Je n'ai pas envie de blaguer dans ce moment-ci, et
je vous donne ma parole qu'il y va de ma peau.

— Qu'est-ce que vous leur avez donc fait? Ils n'ont pas pu vous prendre pour un millionnaire... et ils n'espèrent pas que vos poches sont bourrées de billets de banque.

— C'est une affaire de femmes. Avez-vous entendu parler dans le temps d'une nommée Margot?

— La Balafrée? Ah! je vous crois, que j'en ai entendu parler. Je lui ai vendu des dentelles, et elle me repassait toutes ses défroques.

— Quel métier faisait-elle?

— Elle était cocotte, parbleu! mais dans le grand genre. Et avec ça, *gouapeuse* finie. Elle serait riche maintenant, si elle n'avait pas eu un amant qui lui mangeait tout... un joueur. L'argent qu'elle lui donnait s'en allait dans les tripots.

— Comment s'appelait-il? demanda vivement Carnac.

— Je n'ai jamais su son nom. Il se cachait d'être avec elle. Du reste, ils ne sont plus ensemble depuis longtemps. Margot est partie cabotiner en province ou à l'étranger. Lui, il est resté à Paris. Je l'ai rencontré, il n'y a pas longtemps.

— Alors, vous le connaissez de vue?

— Parfaitement. C'est un blond, très-joli garçon et l'air très comme il faut. Mais pourquoi me demandez-vous tout ça?

— Oh! pour rien... parce que, à l'Élysée, il y avait une femme masquée que des imbéciles prenaient pour Margot. Mais je compte que vous n'allez pas me chasser, et je barricade votre boutique, maman. Là!... c'est fait... maintenant, nous soutiendrions un siége ici. Dormez en paix, madame Langoumois. Jean Carnac veille.

La brave revendeuse fit encore quelques objections, pour la forme; mais elle avait bon cœur, et elle ne voulait pas avoir à se reprocher la mort d'un artiste. Elle s'arrangea de son mieux dans son fauteuil, et elle finit par s'y assoupir.

Carnac se garda bien de troubler son repos, de même qu'il s'était gardé d'aller trop loin dans la voie des confidences. Il se réservait d'interroger à fond, plus tard, la marchande à la toilette, de l'interroger sur Margot et sur cet amant de cœur, blond comme M. de Charny. Pour le moment, il ne songeait qu'aux gredins qui battaient l'estrade sur le boulevard.

Il les vit prendre position isolément sur des bancs et feindre de s'y endormir. Il ne fut pas dupe de cette manœuvre, et il eut la patience d'attendre le jour, assis à califourchon sur une chaise, devant le comptoir de madame Langoumois. Il eut même le courage de ne pas allumer sa pipe, de peur d'enfumer l'excellente créature qui se gênait pour lui donner asile.

Pendant cette fin de nuit, l'ignoble Adrien vint encore deux ou trois fois montrer son museau au vitrage ; mais voyant que Carnac ne bougeait pas, il finit par se décourager, et il décampa. Ses acolytes en firent autant, les uns après les autres. A huit heures, lorsqu'il fit grand jour et que les passants commencèrent à circuler, Carnac réveilla la marchande, l'aida à clôturer sa boutique, lui donna le bras pour la reconduire chez elle rue des Martyrs, et entra dans un café qui venait de s'ouvrir. Il mourait de faim, et il s'offrit une tasse de chocolat, avant de regagner son domicile, où il voulait se reposer jusqu'à l'heure où il pourrait décemment se présenter chez madame de Caronge.

Il avait bien gagné ce déjeuner frugal, et il était enchanté de sa nuit.

IV

Les soirées se suivent et ne se ressemblent pas, — à Paris surtout.

On peut avoir dansé le cancan à l'Élysée–Montmartre et assister, peu de jours après, à une réunion musicale et bourgeoise dans un salon honnêtement fréquenté.

Jean Carnac, élève de la nature, se trouvait dans ce cas. Il avait accompagné son maître Gerfaut au concert de madame Stenay, et, comme le doge de Gênes à Versailles, ce qui l'étonnait le plus, c'était de s'y voir.

Pour qu'il se décidât à y venir, il avait fallu que Gerfaut l'y forçât, et lui fournît les moyens d'y paraître, en lui prêtant un vieil habit noir qui allait à peu près, car ils avaient presque la même taille et la même encolure.

Carnac, sur son mois d'appointements, avait libéralement prélevé de quoi s'acheter des gants; il possédait par hasard un gilet et un pantalon noirs. Sa garde-robe avait donc fourni le reste du triste costume imposé par l'usage aux messieurs qui vont dans le monde.

L'apprenti sculpteur le déplorait, cet usage. Il aurait voulu se produire habillé comme l'était Michel-Ange au seizième siècle, ou tout au moins en pourpoint de velours et en culotte gris perle, comme un acteur de mélodrame.

Mais, au temps prosaïque où nous vivons, il faut bien

subir la loi commune, et d'ailleurs Carnac avait plusieurs raisons pour faire le sacrifice de ses goûts artistiques.

Depuis la mémorable nuit du bal masqué, tous ses projets avaient avorté, les uns après les autres.

Après avoir dormi la grasse matinée, pour se reposer des heures passées sur une chaise dans la boutique de madame Langoumois, il s'était présenté rue d'Anjou, chez madame de Caronge. Reçu dans l'antichambre d'un assez bel appartement par une soubrette à l'œil éveillé, il avait demandé à voir la grande artiste, et la suivante lui avait répondu que madame ne recevait que les gens qu'elle connaissait.

Il ne se souciait pas de donner son nom que la dame avait pu entendre prononcer dans l'atelier. Il se contenta de dire qu'il venait rapporter un bijou qu'il avait trouvé et qui devait appartenir à madame de Caronge. La camériste, après lui avoir lancé un regard en dessous, était allée consulter sa maîtresse, qui avait fait répondre qu'elle n'avait rien perdu, et qu'elle priait le trouveur de la laisser en repos.

Carnac avait été obligé de battre en retraite piteusement, et il ne pouvait se dissimuler qu'il venait de faire une fausse démarche.

De deux choses l'une : ou madame de Carouge disait la vérité, par la bouche de sa femme de chambre, et dans ce cas, le plan de Carnac péchait par la base, puisqu'il n'y avait rien de commun entre cette grande artiste et Margot la Balafrée ; ou, au contraire, elle mentait, aimant mieux renoncer à la bague armoriée que d'avouer qu'elle l'avait laissée tomber en sortant du mont-de-piété, et alors la visite de Carnac était une faute grave, car il s'était montré avec sa figure naturelle, et la dame pourrait bien le reconnaître si elle revenait chez M. Gerfaut, comme on devait s'y attendre.

Rien ne prouvait qu'elle n'avait pas regardé le visiteur par un trou de serrure, et dans tous les cas la soubrette ne s'était certes pas privée de dire à sa maîtresse comment était fait ce monsieur qui rapportait si exactement les objets ramassés par lui dans la rue, sans savoir si la dame à laquelle il s'adressait les avait perdus.

Carnac, d'ailleurs, avait des doutes.

Après tout, il n'était pas certain que la bague n'appartint pas à une autre personne. Une allée de bureau de prêt est un passage très-fréquenté, et beaucoup de clients du mont-de-piété y avaient passé avant madame de Caronge, le jour de la trouvaille.

Il lui semblait aussi très-difficile que madame de Caronge eût osé sortir de chez elle et y rentrer sous les oripeaux de la Bohémienne en guenilles de soie. La maison meublée qu'elle habitait provisoirement était des plus respectables, et une artiste célèbre a des ménagements à garder, alors même qu'elle serait disposée à courir les bals de barrière en costume de carnaval.

Quoi qu'il en fût, il ne lui restait qu'à rengaîner, comme on dit, son compliment et à faire le mort, jusqu'à une meilleure occasion.

Il avait pris ce parti, et il attendit les éclaircissements qu'il espérait recueillir de différents côtés.

Ceux-là aussi lui manquèrent.

La femme qu'il avait assistée d'un louis était venue au rendez-vous qu'il lui avait assigné. Elle était arrivée à l'heure dite. Carnac s'y trouvait, et mademoiselle Gerfaut, sur sa recommandation, avait donné de l'ouvrage et un secours à la Moumoute, qui s'appelait, de son vrai nom, Jeanne Plantin, et qui méritait bien qu'on lui vînt en aide, car son histoire était touchante.

Elle n'en raconta, dans l'atelier, que ce que Camille en pouvait entendre ; mais lorsqu'elle partit, consolée, Carnac sortit avec elle et l'interrogea longuement sur le boulevard.

Il avait été témoin de la scène qui s'était passée entre elle et l'homme barbu au *caboulot* du père Barbizon. Elle ne pouvait donc pas nier que l'ignoble Adrien fût son mari, ni qu'il l'eût lâchement abandonnée, ni qu'il lui refusât du pain pour elle et ses enfants. Elle avait eu le malheur de l'épouser, une dizaine d'années auparavant, alors qu'il travaillait, ou faisait semblant de travailler, dans une maison de commerce, et la lune de miel n'avait pas été de longue durée. Six mois après la noce, la misérable la rouait de coups, et trois ans après il disparaissait en lui laissant un garçon et une fille sur les bras. C'était un miracle si elle n'était pas morte de faim.

Ce récit n'avait rien appris à Carnac. Il le prévoyait, et il s'était efforcé de tirer de son obligée des indications plus utiles. Mais il n'en avait rien obtenu. Elle répugnait à accuser son indigne mari, et, du reste, on voyait qu'elle savait fort peu de chose sur la vie qu'il menait depuis leur séparation. Elle ne le rencontrait presque jamais, et il lui cachait son adresse. Elle supposait qu'il logeait à Montmartre, mais elle n'en était pas sûre.

Carnac n'avait pas oublié de l'interroger sur Margot la Balafrée. Mais ce nom était totalement inconnu à Jeanne Plantin. Elle jurait n'avoir jamais entendu parler de cette femme, et elle était certainement de bonne foi.

Carnac, découragé, s'était rejeté sur Graindorge. Il

I.

11

s'arrangeait pour le rencontrer tous les jours, et il le
comblait d'invitations que Graindorge, empêché par son
service, acceptait rarement. Mais le sergent de ville ne
savait rien de nouveau. Après la bagarre où il avait failli
être étouffé, la bande des Clodoches s'était dispersée, et
le bal s'était terminé sans nouvel incident. Graindorge
demeurait persuadé que cette bande était dirigée par
Margot, la vraie Margot d'autrefois, mais il n'en avait
pas la preuve.

Et, à vrai dire, ce problème l'intéressait médiocrement.
Il avait signalé à l'élève de la nature la singulière ressemblance de madame de Caronge avec cette fille, mais il
n'y attachait pas beaucoup d'importance, et il s'abstenait
de revenir chez Gerfaut parce qu'il n'avait rien à lui
apprendre.

Sur les crimes commis dans le passage de l'Élysée des
Beaux-Arts, les choses en étaient toujours au même point.
La recherche des gens de l'ancien entourage de Marie
Bracieux, la femme pendue, n'avait pas abouti, et l'instruction n'avait pas avancé d'un pas. Après avoir reçu
la déposition de Gerfaut, celle du commissaire et celles
des sergents de vile, le juge n'avait plus personne à
interroger.

Et la seule des deux victimes qui fût en état de se
plaindre, puisque l'autre était morte, le malheureux sculpteur, aveuglé par une complice de l'assassin de Marie Bracieux, songeait bien moins à se venger qu'à assurer le
bonheur de sa fille.

M. de Charny avait enlevé d'emblée le consentement
du vieil artiste; les accords étaient faits, le mariage et le
départ pour l'Orient fixés à une date très-rapprochée.

Camille était heureuse, et son père se trouvait heureux

aussi, en dépit de la terrible catastrophe qui l'avait privé de la vue.

Naturellement, le fiancé était admis dans la maison sur un pied d'intimité complète, et il en résultait qu'on abandonnait un peu l'atelier.

Mademoiselle Gerfaut s'était aperçue qu'on y était trop exposé aux visites importunes. Madame Stenay et son amie Marguerite de Caronge n'y avaient pas reparu, mais il y venait presque tous les jours des artistes, apportant à un camarade blessé des compliments de condoléance plus ou moins sincères.

En revanche, Annette Brunier s'y faisait plus rare, et son frère Marcel n'y paraissait plus.

Camille regrettait leur absence, et Carnac en était navré. Seulement, Carnac ne pouvait pas quitter son poste sur l'escabeau, près de la statue à laquelle le maître l'avait chargé de donner les derniers coups de ciseau, tandis que Camille s'était établie dans la chambre de Gerfaut. Elle y passait de longues heures, entre son père et son amoureux, à causer de leur prochain voyage et de leur future existence au retour.

Carnac eût été de trop. Il s'ensuivait qu'il restait assez isolé, et cet isolement, dont M. de Charny était la cause, n'avait fait qu'augmenter l'antipathie que lui inspirait ce gentilhomme.

Il lui gardait une dent, et il aspirait plus que jamais à le convaincre d'accointances avec Margot la Balafrée ou tout au moins avec l'équivoque madame de Caronge

Gerfaut, qui avait un cœur excellent, s'était aperçu de la mélancolie de son cher élève. C'était pour le distraire qu'il avait imaginé de l'emmener d'autorité à la soirée musicale de madame Stenay.

Et si Carnac s'était laissé entraîner, c'est qu'il nourrissait le secret espoir d'y éclaircir quelques-uns des mystères qui le préoccupaient au point de lui faire momentanément oublier mademoiselle Annette.

La promenade au musée du Louvre avait été remise à un autre dimanche, pour cause d'indisposition de Marcel Brunier, qui était véritablement assez souffrant; Carnac était allé s'en assurer chez le concierge de la maison de la rue Labat, et savait que ce n'était pas une défaite.

Il aurait voulu en finir avec le comte et la chanteuse avant de se remettre à poursuivre un projet qui lui tenait bien plus au cœur et afin de pouvoir, quand viendrait ce dimanche tant désiré, annoncer à Annette que Camille Gerfaut venait d'échapper à un piége habilement tendu par des intrigants, et que ce piége avait été éventé par l'élève de son père.

Madame de Caronge devait chanter chez madame Stenay, et c'était la première fois que Carnac allait se trouver face à face avec elle depuis la visite que cette *prima donna* avait faite à Gerfaut — à moins que ce ne fût depuis le bal de l'Élysée-Montmartre.

Madame Stenay avait été mariée, sans aucun doute, mais elle était veuve depuis si longtemps que personne ne se souvenait d'avoir connu feu M. Stenay.

On racontait qu'il avait été banquier; quelques-uns prétendaient qu'il faisait seulement des affaires, comme tant d'autres, c'est-à-dire qu'il spéculait à la Bourse, ou qu'il servait d'intermédiaire à de gros capitalistes, ou encore qu'il prêtait à usure. Le titre de faiseur d'affaires est élastique et sert d'étiquette à l'exercice d'une foule de métiers plus ou moins avouables.

Ce qui paraissait certain, c'est que ce personnage avait

laissé à sa femme une fortune assez ronde. Madame Stenay occupait dans une belle maison de la rue de Madrid un appartement de quatre mille francs et vivait sur le pied d'une femme qui possède au moins quarante mille livres de rente.

Certaines gens insinuaient qu'elle augmentait ses revenus en cultivant une spécialité très-répandue à Paris, où pullulent les agences matrimoniales; non qu'elle tint boutique de renseignements sur les héritières disponibles, comme M. de Foy et ses successeurs des deux sexes; mais parce qu'elle se prêtait vo'ontiers à négocier des unions bien assorties entre les messieurs et les demoiselles qui se rencontraient dans son salon.

Elle ne s'en cachait pas, du reste; mais elle se serait fâchée tout rouge si on lui avait dit qu'elle prélevait une commission sur les dots des jeunes personnes que ses protégés épousaient, grâce à elle.

On citait nombre de mariages conclus par ses soins. Ces mariages avaient tous bien tourné, et aucun des conjoints ne s'était jamais plaint d'avoir payé un courtage pour être heureux.

Madame Stenay n'opérait pas dans le très-grand monde. Son mari n'avait pas de relations dans l'aristocratie, ni même dans la haute finance, et depuis son veuvage, elle n'avait pas pu s'en créer. Elle recevait surtout des bourgeois aisés et des artistes. Elle semblait s'être donné pour mission de fusionner ces deux classes qui n'ont aucune affinité entre elles, et elle y réussissait souvent, car elle avait déjà marié à des filles de commerçants deux peintres, trois pianistes, un baryton et quatre ténors.

C'était du reste comme ténor et non pas comme gentilhomme que M. de Charny était reçu chez elle, et comme elle lui portait un vif intérêt, elle avait toujours rêvé de le caser avantageusement.

Aussi choyait-elle d'une façon toute particulière Camille Gerfaut, qui devait apporter plus d'un million à l'homme qu'elle choisirait pour époux, et si le comte avait plu à la fille du sculpteur, madame Stenay n'avait pas nui à son succès, car elle ne perdait aucune occasion de vanter ses mérites et de le mettre à même de montrer son talent de chanteur.

Elle avait été ravie d'apprendre que le mariage était décidé, et, le soir où madame de Caronge devait se faire entendre pour la première fois dans le salon de la rue de Madrid, elle accueillit avec de grandes démonstrations de joie M. et mademoiselle Gerfaut, monsieur surtout, qui n'y était jamais venu et qu'elle espérait y retenir en l'amusant.

Gerfaut était de meilleure composition que la cousine Brigitte, une vieille fille revêche qui avait toujours battu froid à Philippe de Charny et qui, depuis que son élève était fiancée à ce beau seigneur, s'était retirée sous sa tente.

Madame Stenay s'accommodait beaucoup mieux de Carnac, qui lui paraissait être un bon garçon sans conséquence.

Elle lui avait fait fête à son arrivée et, en maîtresse de maison intelligente, elle s'était empressée de le mettre en rapport avec un peintre nommé Fertugue, qui ne manquait pas une de ses soirées et que l'élève de la nature connaissait un peu.

Gerfaut et sa fille s'étaient placés tout près du piano, et naturellement Philippe de Charny ne les quittait pas.

Carnac était donc libre de ses mouvements, et il avait

profité de cette liberté pour se cantonner dans un coin
où l'on pouvait causer sans troubler les exécutants, qui
s'efforçaient tour à tour de charmer les invités, jusqu'à
l'arrivée de la grande artiste, qu'on attendait encore à
dix heures du soir.

On avait déjà subi un solo de violoncelle et un quatuor
d'amateurs massacrant ce qu'on est convenu d'appeler
de la musique de chambre. Un pianiste fougueux marte-
lait une sonate de sa composition et faisait un tel vacarme
que Gerfaut n'entendait pas un mot de la conversation
que Camille tenait avec son fiancé. L'aveugle était tenté
de se boucher les oreilles, mais il se croyait obligé d'ap-
plaudir de temps en temps par politesse.

— Mon cher, dit le peintre Fertugue à l'élève de Gerfaut, j'admire votre maître. Il meurt d'envie de dormir.
Voyez-le dodeliner de la tête. Et il tient bon. Il résiste
au sommeil. Il a même le courage de donner des signes
d'approbation, chaque fois que cet enragé tape à casser
toutes les cordes de son instrument.

— Il me paraît que vous n'aimez pas beaucoup la
musique, interrompit l'apprenti sculpteur.

— Moi! je trouve que c'est le plus désagréable et le
plus cher de tous les bruits. Le chant passe encore! mais
le piano!... c'est à devenir fou.

— Alors, pourquoi diable venez-vous ici?

— Peuh! je suis venu ce soir pour entendre cette
Marguerite de Caronge, que madame Stenay patronne
et dont elle dit merveilles.

— Vous ne la connaissez pas?

— Non. Elle arrive de Russie. Et je parierais que nous
allons être volés. Je me défie des grandes artistes qui
n'ont jamais chanté à Paris.

— Moi aussi. Je me suis laissé traîner ici par le père Gerfaut, et si je ne vous avais pas rencontré, je m'ennuierais à mort. Mais vous êtes un fidèle des mercredis, vous.

— Voulez-vous savoir pourquoi? C'est tout simplement parce que j'ai envie de me marier? Je gagne largement ma vie, mais je ne suis pas riche, et autrefois, il y avait toujours ici des collections d'héritières. Je me demande même où cette grosse mère Stenay les pêchait. Maintenant, elles sont toutes casées. Il n'y a plus rien à faire.

— Il en reste au moins une.

— Qui ça? la fille de Gerfaut. Ah! je m'en serais bien arrangé, de celle-là, et je crois que je ne lui déplaisais pas trop. Malheureusement, quelqu'un m'a coupé l'herbe sous le pied. Vous le savez bien, vous qui êtes l'unique élève du papa.

— Oui, elle va épouser le comte de Charny. C'est décidé, je crois.

— Parbleu! ça se voit de reste. Il la serre d'assez près. On jurerait qu'il cherche à l'afficher. Et, entre nous, Gerfaut a tort de souffrir ça. Il est vrai qu'il est aveugle.

— Oh! ce joli monsieur a entortillé sa fille, et sa fille le mène par le bout du nez. Je conviens que le Charny n'est pas mal, et pourtant il me déplaît.

— Et à moi donc! Mais c'est un homme à femmes. Il a des yeux langoureux, et il roucoule des romances sentimentales. Il n'en faut pas davantage pour prendre les jeunes niaises. Je crois que mademoiselle Gerfaut se repentira de l'avoir épousé.

— Est-ce qu'il y a quelque chose à dire contre lui? demanda vivement Carnac, qui ne cherchait qu'à se renseigner.

— Oh! répondit Fertugue, en haussant les épaules, il n'a ni volé, ni assassiné... du moins, que je sache. Mais sa situation ne me parait pas nette.

— Serait-ce un faux comte?

— Non. Il est d'une bonne famille, et son titre lui appartient par droit de naissance. Mais il ne fréquente pas ses égaux, et c'est toujours mauvais signe. Le monde où il va n'est pas celui où il devrait aller.

— Il est riche pourtant. Gerfaut assure qu'il a vingt mille francs de rente.

— Il les a eus, peut-être. Mais vous devriez conseiller à Gerfaut de faire vérifier par son notaire la fortune actuelle de son futur gendre.

— M'autorisez-vous à répéter au patron ce que vous me dites là?

— Parfaitement; mais vous vous imaginez peut-être que c'est le dépit qui me fait parler. Eh bien! si vous voulez, je vous mènerai, en sortant d'ici, dans un endroit où vous pourrez voir par vous-même que l'existence du comte de Charny manque de régularité.

— Quel endroit?

— Je vous le dirai après la soirée. Le piano se tait. Nous n'avons qu'à faire comme le piano, car voici la chanteuse... la célèbre Marguerite dont je n'avais jamais entendu parler il y a quinze jours.

C'était bien madame de Caronge qui faisait son entrée en grande toilette : portant haut la tête et se présentant avec la dignité un peu hautaine qui convient à une diva.

Ses yeux étincelaient, sa chevelure rutilait, et sa robe très-décolletée laissait voir ses épaules qui étaient superbes.

Madame Stenay s'empressait à la recevoir. Un mur-

11.

mure d'admiration courait parmi les invités. On sentait
que la reine du salon venait prendre possession de sa
royauté, et les musicastres devinaient qu'il n'allait plus
être question d'eux.

Carnac l'examinait, au grand jour des bougies, et se
disait :

— Non, décidément, ce n'est pas Margot. Celle-ci a
l'air d'un Titien échappé de son cadre. Ses mouvements
sont lents. Sa physionomie est calme. Jamais pareille
femme n'a *chahuté* à l'Élysée-Montmartre.

Il la vit tendre la main à Camille, rendre avec un
air de réserve polie le salut empressé que lui adressa
M. de Charny, et combler Gerfaut de marques d'intérêt qui semblaient toucher profondément le sculpteur
aveugle.

— Eh bien! qu'en pensez-vous? demanda l'élève de la
nature au peintre, dont mademoiselle Gerfaut avait dédai-
gné les hommages.

— Je pense, répondit Fertugue, que c'est une beauté...
attendez un peu... le mot ne me vient pas... Ah! je l'ai
trouvé... une beauté frappante.

— Oui... elle ne ressemble à personne.

— Je ferais volontiers son portrait.

— Et moi son buste. Le père Gerfaut ne l'admire que
de confiance, puisqu'il n'a plus d'yeux, mais sa fille lui
en a tant dit sur madame de Caronge qu'il voudrait
modeler les traits de la dame après les avoir tâtés avec
ses mains... il le lui a proposé, mais elle n'a pas mordu
à la proposition.

— Ce n'est donc pas la première fois que vous la voyez?

— Non, elle est venue l'autre jour à l'atelier.

— Alors, présentez-moi.

— Pas possible. Je l'ai vue, mais je ne lui ai pas dit un mot. Elle ne sait pas même mon nom.

— Eh bien, madame Stenay va nous présenter tous les deux. Je suis curieux de contempler de plus près cette princesse du chant.

Carnac ne demandait pas mieux, car il lui restait des doutes, et il lui tardait de mettre madame de Caronge à l'épreuve.

— Si c'est Margot, pensait-il, elle reconnaîtra au moins ma voix, et il faudrait qu'elle fût bien forte pour que son visage ne trahit aucune émotion quand elle m'entendra parler.

La scène était de celles qui se répètent fréquemment dans les salons où il n'y a qu'un nombre d'invités assez restreint.

L'entrée de la chanteuse, impatiemment attendue, avait fait sensation. Tout le monde était debout. Les messieurs sans importance chuchotaient dans les coins, et madame de Caronge était le centre d'un groupe où figuraient au premier rang Gerfaut, sa fille et son futur gendre.

Madame Stenay se tenait à côté d'elle et paraissait toute fière de la produire. Elle avait l'air satisfait d'un montreur qui exhibe pour la première fois un phénomène, et l'on voyait qu'elle se tenait à quatre pour s'abstenir de crier : Messieurs, voici l'incomparable virtuose, récemment arrivée de Russie. Vous allez l'entendre. Admirez sa beauté avant d'admirer son talent.

Fertugue, moins émerveillé que bien d'autres, et pas du tout intimidé, s'avançait traînant à sa suite Jean Carnac qui, n'ayant pas l'aplomb de ce peintre de genre, se tenait modestement à l'arrière-garde.

Madame Stenay devina leurs intentions et prévint leur désir.

— Ma chère Marguerite, dit-elle, permettez-moi de vous présenter deux artistes distingués : M. Fertugue et M. Carnac.

— Je connais de réputation M. Fertugue, répondit gracieusement madame de Caronge, et j'ai déjà eu le plaisir de voir M. Carnac dans l'atelier de M. Gerfaut.

Je suis charmée de rencontrer ici ces messieurs, et j'espère qu'ils voudront bien en user avec moi comme avec une camarade.

En parlant ainsi, elle leur tendait ses deux mains.

Fertugue baisa galamment celle qu'on lui offrait; Carnac se contenta de serrer l'autre, et Gerfaut, qui venait d'entendre nommer son élève, s'écria :

— Est-il heureux! il vous voit, lui. Allons, Carnac, tourne un compliment à madame, ou bien je croirai que tu n'apprécies pas ton bonheur.

Et comme Carnac, absolument décontenancé, se taisait :

— Bon! tu ne sais pas complimenter... je m'en doutais... au moins, remercie-moi de t'avoir forcé à venir ici.

— Je vous remercie, maître, balbutia l'élève de la nature.

— Il est sec, ton remercîment. Je te tends la perche, et tu ne la saisis pas. Il fallait dire pourquoi tu me remercies. Dans ces cas-là, on développe, mon garçon. Tu n'as pourtant pas ta langue dans ta poche, ordinairement.

Excusez-le, madame; c'est un sauvage, et son silence est un hommage rendu à votre beauté, qui lui fait perdre la tête.

— Un hommage qui me flatte beaucoup plus que de

belles phrases, répondit en riant madame de Caronge. Mais j'espère que nous ferons plus ample connaissance, et que M. Carnac recouvrera l'usage de la parole.

Carnac ne le recouvra point immédiatement. Un mot prononcé par son maître avait achevé de le troubler. Gerfaut, en le traitant de sauvage, venait de lui rappeler son déguisement du bal de l'Élysée, et cette allusion involontaire n'avait évidemment rien rappelé du tout à la grande artiste, car elle continuait à sourire, et son visage ne trahissait pas la plus légère émotion.

— Chère madame, dit Fertugue, qui se familiarisait très-vite, vous devriez bien ne pas chanter ce soir.

— Pourquoi? demanda madame de Caronge, un peu étonnée.

— Parce que je suis peintre et pas du tout musicien. Vous avez une tête que je ne me lasserai jamais d'admirer. J'aimerais mieux la contempler toute la soirée que de vous entendre. On m'a tant vanté votre talent que j'ai peur de me laisser aller à vous écouter au lieu de vous regarder.

— Bouchez-vous les oreilles et ouvrez les yeux, dit gaiement la dame.

— Non, j'ouvrirai tout... même mon cœur.

— Ouvrez... je n'entrerai pas. Je craindrais d'y trouver trop nombreuse compagnie, et je n'aime pas la foule.

— Fertugue, mon cher, s'écria Gerfaut,. vous marivaudez trop, et Carnac ne marivaude pas assez. Ça fait compensation, mais vous retardez mon plaisir. N'oubliez pas que je suis aveugle, et que je n'ai pas comme vous le bonheur de voir madame de Caronge. Laissez-la me charmer par sa voix, puisqu'elle veut bien chanter pour un profane comme moi.

— Dites donc deux profanes, cher maître. Je ne suis pas plus musicien que vous, hélas! Et il faut que je le sois bien peu, puisque je ne connaissais même pas de réputation une grande artiste dont la renommée est européenne.

Cette réplique cachait une arrière-pensée d'interrogation que madame de Caronge comprit, car elle répondit aussitôt :

— Personne ne me connaît à Paris. J'ai quitté la France très-jeune, et mon éducation musicale s'est faite à l'étranger... à Vienne, où je me suis mariée, et que j'habitais lorsque j'ai eu le malheur de perdre mon mari, qui s'était ruiné dans des entreprises de construction de chemins de fer. On m'assurait que j'avais quelque talent. J'ai songé à en tirer parti, et je suis allée donner des concerts en Russie, où j'ai réussi au delà de mes espérances. Je n'ambitionnais que l'indépendance : je l'ai, et je ne chanterai plus que pour mes amis.

— Heureusement, nous sommes dans les privilégiés, grâce à madame Stenay, dit Fertugue, qui tenait à pousser l'enquête jusqu'au bout.

Cette fois encore, madame de Caronge saisit l'intention.

— Madame Stenay m'a connue quand j'étais enfant. Sa famille était alliée à la mienne, et quoique le hasard nous ait séparées longtemps, nous n'avons jamais cessé de nous aimer... et de nous écrire, ce qui est plus méritoire.

Ce fut dit avec tant de naturel que les derniers soupçons de Carnac s'envolèrent. Le ton, le choix des termes, l'attitude, tout contrastait avec le langage et la tenue de la Bohémienne racontant l'histoire invraisemblable de Pepita, première danseuse au théâtre de Cadix. La voix

non plus n'était pas la même. Il y manquait une sorte
d'enrouement que l'élève de Gerfaut avait remarquée
en causant avec la drôlesse masquée. Et il avait beau
regarder de tous ses yeux madame de Caronge, il n'apercevait pas la moindre balafre sur la joue gauche. D'ailleurs, madame de Caronge n'avait pas bronché en le
voyant, ni en l'écoutant, quoiqu'il fit exprès de ne pas
déguiser son organe.

Il en conclut que madame de Caronge n'était pas
Margot.

Restait l'affaire de la bague. C'était bien madame de
Caronge qu'il avait entrevue dans l'allée du bureau auxiliaire de la rue Fromentin. Il la reconnaissait parfaitement, et il était certain de ne pas s'être trompé. Mais
cette rencontre ne prouvait rien contre elle. Ne venait-
elle pas de dire, sans fausse honte, qu'après la mort de son
mari, elle s'était trouvée dans la gêne? Elle avait bien
pu rentrer à Paris avant d'aller en Russie, et engager
ses bijoux qu'elle s'empressait de retirer du mont-de-
piété, après fortune faite.

Un seul point restait à éclaircir. Si la bague appartenait au comte de Charny, il n'en résultait pas que
madame de Caronge entretînt avec lui des relations
secrètes, puisqu'elle avait nié, par la bouche de sa femme
de chambre, avoir perdu une bague; mais le comte de
Charny était évidemment lié avec la fausse Espagnole,
c'est-à-dire, selon toute probabilité, avec Margot, et c'en
était assez pour qu'il devînt suspect à l'élève dévoué de
Gerfaut.

Comment s'assurer du fait? Carnac la portait dans sa
poche, cette pièce à conviction, faute de pouvoir la porter à son doigt comme à l'Élysée-Montmartre, où l'on

danse les mains nues. Pour venir à la soirée de madame
Stenay, il avait été obligé de mettre des gants qui le
gênaient beaucoup, mais qu'il n'osait pas ôter.

Et il osait encore moins interpeller M. de Charny pour
lui demander quelles étaient ses armes et sa devise. Il le
connaissait à peine, et une pareille question aurait eu
l'air d'une mauvaise plaisanterie, — presque d'une pro-
vocation. Vraisemblablement, d'ailleurs, le comte se serait
dispensé d'y répondre, et Carnac, en la posant, n'aurait
abouti qu'à blesser mademoiselle Gerfaut et à s'attirer
lendemain une verte réprimande de son cher maître.

Il fallait donc attendre une occasion plus favorable.

Le cercle qui s'était formé autour de la grande artiste
s'était rompu.

Elle avait pris place entre Camille et M. de Charny.
Gerfaut et madame Stenay étaient assis près d'eux, et
l'on causait, car on ne pouvait pas décemment conduire
madame de Caronge directement de la porte au piano,
comme une virtuose qu'on paye tant par soirée.

Le peintre Fertugue n'avait eu garde de s'éloigner du
groupe où figurait la belle rousse dont il aurait bien
voulu faire le portrait. Mais Carnac, moins hardi, avait
regagné son coin et s'était remis à réfléchir solitairement.

Il pensait à Annette Brunier, et il se disait :

— Que fait-elle, en ce moment? Elle travaille à la
clarté d'une pauvre lampe, et elle n'a d'autre distraction
que de penser au plaisir qu'elle prendra dimanche, si
son frère veut bien le lui permettre. Et pendant qu'elle
se fatigue les yeux à confectionner des fleurs artificielles, madame de Caronge exhibe ses épaules sous le
lustre de cette grosse madame Stenay qui ressemble à

l'épouse de mon charcutier. Marcel Brunier broie du
noir. Il est amoureux fou de Camille, qui ne s'est même
pas aperçue qu'il l'aime. Il vaut pourtant mille fois
mieux que ce comte de Charny, dont Fertugue me
paraît avoir une triste opinion. Pourquoi Camille pré-
fère-t-elle à un brave garçon qui la rendrait parfaitement heureuse, un bellâtre qui, je le parierais, ne
l'épouse que pour lui manger sa fortune. Est-ce parce
qu'il a de longues moustaches blondes, ou parce que ses
ancêtres ont pris Jérusalem, il y a huit cents ans? Ma
parole d'honneur, c'est trop bête. Et dire qu'elle est la
fille d'un artiste!... et que son père s'est laissé enjôler
aussi par ce gommeux blasonné! Ah! si je pouvais les
empêcher de faire une sottise qui leur coûtera cher!...
Il faut qu'en sortant d'ici, je prie Fertugue de me conduire dans ce lieu où le Charny fait ses farces. Je ne me
doute pas de ce que ça peut être, mais si je surprends
un côté honteux dans la vie qu'il mène en cachette, je
ne me priverai pas d'avertir Gerfaut. Il y a des cas où il
est permis de démasquer un Tartufe.

Pendant que l'élève de la nature déclarait mentalement la guerre au descendant des croisés, madame de
Caronge se disposait à chanter. Des musiciens officieux
étaient venus prendre ses ordres et cherchaient, parmi
les partitions emmagasinées dans un meuble à cet usage,
le morceau qu'elle avait choisi.

Carnac suivait de l'œil ces préparatifs et fut un peu
surpris de voir M. de Charny se lever en même temps
que madame de Caronge et se diriger avec elle vers le
piano. Tout présageait qu'ils allaient chanter un duo.

Un silence attentif s'était fait dans le salon. Madame
de Caronge, qui aimait mieux s'accompagner elle-même,

venait de s'asseoir au piano, et M. de Charny, debout près d'elle, se dégantait pour tourner plus aisément les pages du cahier de musique ouvert devant la chanteuse.

—Il a une bague au petit doigt, murmura Carnac qui l'observait, une chevalière, avec des armes gravées dessus... comme l'autre que j'ai dans ma poche... seulement, celle qu'il porte est tout en or.

Carnac avait des yeux excellents, mais sa vue n'était pas assez perçante pour reconnaître de si loin les armes gravées sur la bague qui brillait au doigt de Philippe de Charny.

Il aurait bien voulu s'approcher, mais il n'osait pas. Sous quel prétexte serait-il venu se placer près du piano? Pas sous le prétexte de tourner les pages, car il ne connaissait pas une note de musique. Et d'ailleurs, le fiancé de mademoiselle Gerfaut s'acquittait fort bien de cet office.

Carnac était assez près pour distinguer que le chaton plat qui couronnait l'anneau n'était pas uni, et même qu'il portait mieux que de simples initiales. Cela n'avait rien que de très-naturel, puisque M. de Charny était réellement comte. Fertugue, qui ne l'aimait guère, venait de certifier l'authenticité de sa noblesse. Mais quant à vérifier si les armoiries étaient les mêmes que celles qui figuraient sur l'améthyste trouvée à la porte du mont-de-piété de la rue Fromentin, Carnac n'y pouvait pas songer, quoiqu'il en mourût d'envie.

C'était le pendant du supplice de Tantale.

Il se rejeta sur les raisonnements accessoires. Il se disait :

— Un homme comme il faut n'a pas des collections de chevalières armoriées. Ce sont les nobles de contre-

bande qui étaient partout leur blason... sur leurs bijoux,
sur leurs mouchoirs et sur leurs chaussettes. Le Charny
n'est pas de ceux-là, il se contente d'une seule bague, la
bague de ses pères. Donc, l'améthyste ne lui appartient
pas.

Ses réflexions furent interrompues par le duo qui commençait. Madame de Caronge n'aimait pas la petite
musique, et elle avait choisi un morceau du *Prophète,* de
Meyerbeer, qui convenait à sa voix et à la voix de M. de
Charny.

Elle possédait un superbe organe de contralto, et elle
aurait pu chanter, sans faire sourire les abonnés de l'Opéra,
le rôle de Fidès, créé autrefois par madame Viardot.

Le comte était un ténor, et le rôle de Jean de Leyde,
écrit pour Roger, semblait avoir été écrit pour lui.

On eût dit que madame de Caronge avait deviné l'air
qui leur allait le mieux à tous les deux, et c'était d'autant
plus extraordinaire qu'elle ne devait pas avoir encore
entendu M. de Charny, et qu'il ne paraissait pas qu'elle
l'eût consulté sur le choix du morceau.

Ils s'en tirèrent à merveille, quoiqu'il fût difficile.
Madame de Caronge montra ses qualités d'artiste. Elle
les avait toutes, la puissance, l'élan, l'expression et même
les gestes; elle mimait comme une actrice expérimentée
cette scène émouvante où une mère adjure son fils de ne
pas sacrifier à une folle ambition l'amour de sa fiancée.

M. de Charny chantait en homme du monde qui ne
tient pas à imiter la pantomime d'un acteur célèbre; mais
sa voix avait le charme et presque l'étendue de la voix
de ce pauvre Roger, dont les femmes de cinquante ans
n'ont pas perdu le souvenir.

Camille n'était pas d'âge à faire la comparaison, mais

on voyait bien que ces accents passionnés allaient droit à son cœur. Elle dévorait des yeux le beau Philippe, elle buvait, pour ainsi dire, ses paroles, et par moments elle frissonnait d'émotion comme une harpe éolienne vibre au souffle du vent qui se lève au matin d'une belle journée de printemps.

— Elle est prise, pensait Carnac, qui ne la perdait pas de vue, quoiqu'il s'occupât beaucoup moins d'elle que des deux virtuoses. Marcel a bien fait de ne pas venir. Il souffrirait trop. Et dire qu'elles sont toutes comme ça... et que pour se faire aimer d'elles, il suffit d'avoir un rossignol dans le gosier.

Ah! si j'étais ténor, j'irais toutes les nuits donner des sérénades sous les fenêtres de mademoiselle Brunier.

Malheureusement, je ne suis bon qu'à chanter au lutrin dans une église de campagne. J'ai un creux, mais ce n'est pas l'organe qui plaît aux jeunes filles. Après ça, mademoiselle Brunier n'est peut-être pas comme les autres.

Toute l'assistance était sous le charme. Gerfaut exprimait sa satisfaction en battant la mesure sur son genou, et en hochant la tête à chaque trait brillant. Madame Stenay semblait prête à se pâmer. Et les instrumentistes amateurs, qui se sentaient éclipsés, échangeaient entre eux des regards où on lisait tout à la fois l'admiration et l'envie.

Le duo s'acheva et fut couvert d'applaudissements. Carnac lui-même battit des mains, quoiqu'il goûtât peu la musique sérieuse.

— Que dites-vous de ce couple chantant? lui demanda Fertugue, qui s'était rapproché de lui tout doucement.

— Je dis qu'ils ont tous les deux beaucoup de talent, répondit l'élève de la nature. Ce comte chante comme s'il n'avait fait que ça toute sa vie ; et quant à madame de Caronge, on voit bien qu'elle est du métier.

— Vous croyez ? Eh bien ! moi, je suis d'un avis tout opposé. Celui des deux qui sait chanter, c'est Charny. Il aurait monté sur les planches dans le temps, que ça ne m'étonnerait pas. Quant à madame de Caronge, elle ne se doute pas de ce que c'est que le chant. Elle est musicienne d'instinct, et elle a un très-beau contralto. Mais je parierais qu'elle connaît à peine ses notes, et je suis sûr qu'elle ignore absolument l'art de conduire sa voix. Elle a ce qu'on appelle des coups de gueule, mais elle en abuse. Une véritable artiste se ménage, et celle-ci donne à tout bout de champ la note de force. Ah ! par exemple, elle aurait un succès énorme dans les cafés-concerts. Elle ne ferait pas oublier Thérésa, mais elle me la rappelle un peu.

— C'est déjà quelque chose, murmura Carnac, qui n'était pas en état de discuter. Thérésa n'a jamais été remplacée.

— Non, mais je pense que madame de Caronge ne serait pas flattée de la comparaison. Elle a des prétentions plus hautes.

— Des prétentions justifiées par les triomphes qu'elle a obtenus en Russie. Elle y a fait fortune en moins de deux ans.

— En êtes-vous bien sûr ? Depuis que je l'ai entendue, les triomphes me paraissent problématiques... et la fortune aussi. Je suis très-sceptique de ma nature, et je ne serais pas surpris qu'il n'y eût pas un mot de vrai dans les histoires que la dame nous a racontées.

— Comment se ferait-il alors que madame Stenay la patronnât ? Elle doit savoir à quoi s'en tenir sur son compte, madame Stenay.

— Ce n'est pas certain. Et d'ailleurs, cette brave mère Stenay n'est pas d'un rigorisme exagéré. Pourvu que les apparences soient convenables, elle n'y regarde pas de trop près avec ses amies. Elle a d'ailleurs la toquade de les marier. Elle rêve peut-être de faire épouser à quelqu'un de nous la belle Marguerite.

— Pas à moi, j'espère. Je n'en voudrais pas.

— Moi, si... comme modèle... et même comme maîtresse, quoique je la soupçonne d'être d'une fréquentation... difficile. M. de Charny aurait pu lui convenir, quoiqu'il soit un peu jeune pour elle, mais il est casé. Et du reste, je crois que si ce ténor et ce contralto s'épousaient pour faire un mariage riche, ils seraient volés tous les deux.

— Oui, si, comme vous me l'avez dit, la situation financière de M. de Charny n'est pas nette.

— Je vous l'ai dit et je vous ai offert de vous mettre à même d'en juger. Tenez-vous beaucoup à rester ici jusqu'à la fin du concert?

— Non. Mais je suis venu avec Gerfaut, et...

— Eh bien, il n'a pas besoin de vous. Sa fille et son futur gendre sont là pour le reconduire. Je suppose d'ailleurs qu'il ne s'en ira pas à pied.

— Oh! non. Ça lui a trop mal réussi, une nuit qu'il avait diné au Grand-Hôtel avec des camarades.

— Le fait est qu'il n'a pas eu de chance. On m'a conté sa triste aventure. Recevoir dans les yeux du vitriol lancé par une coquine qu'on ne connaît pas, c'est le comble de la *guigne*. Une maîtresse qui se venge parce qu'on l'a lâchée, ça se voit souvent. Mais le père Gerfaut n'avait pas de maîtresse... même depuis qu'il est veuf. Au fond c'est un bourgeois. Enfin, il a des rentes, et il vaut mieux que ce malheur soit arrivé à lui qu'à un autre artiste. Moi, si je devenais aveugle, je n'aurais plus qu'à m'établir sur un pont avec un chien et une clarinette.

— Ce n'est pas gai tout de même pour ce pauvre père Gerfaut, qui ne peut plus finir sa statue pour le Salon... et Dieu sait qu'il comptait sur un succès ! Il faut lui rendre justice, il supporte crânement son malheur.

— Oui, c'est un vieux de la vieille... Il aurait blagué pendant la retraite de Russie. Il est resté gai. Je l'admire. Seulement, je trouve qu'il a tort de marier sa fille à M. de Charny.

— Moi aussi, je le trouve. Mais que voulez-vous? Ce ténor a donné dans l'œil à la petite.

— Ah! le voilà qui recommence avec madame de Caronge. Trop de vocalises à la clef! Qu'est-ce qu'ils vont nous chanter, cette fois?... Bon! de l'italien... c'est encore plus embêtant. Voulez-vous que nous filions, à l'anglaise, avant la fin du morceau? Ils sont tous en extase... personne ne s'apercevra que nous partons sans tambours ni trompettes.

Carnac ne répondit pas immédiatement. Il n'avait pas cessé de regarder le comte de Charny, et il venait de remarquer une particularité qui lui avait échappé jusqu'alors.

La bague brillait comme brille un bijou en or qu'on n'a presque pas porté. Évidemment, elle était toute neuve.

— L'aurait-il fait faire pour remplacer l'autre... celle qui était au *clou?* se demanda Carnac. En apprenant que l'ancienne venait d'être perdue, il aurait commandé celle-ci... il ne faut pas beaucoup de temps pour graver des armes... et il me semble bien qu'il n'avait pas d'anneau au doigt, la dernière fois que je l'ai vu à l'atelier...

s'il en avait eu un, ça m'aurait frappé, car je me rappelle très-bien qu'il a ôté un de ses gants pour donner la main à Gerfaut et à sa fille... Était-ce le gant de la main droite ou celui de la main gauche?... je ne pourrais pas le dire... il faudra que je demande à mademoiselle Brunier si elle y a pris garde.

— Mon cher, reprit Fertugue, vous êtes libre de rester pour vous enivrer de mélodie pendant une heure de plus. Moi, j'en ai assez. Je suis gavé... et je m'en vais.

— Mon Dieu! murmura Carnac, je ne tiens pas précisément à m'éterniser ici, et si vous me répondez que notre départ ne fera pas mauvais effet, je vous suivrai nolontiers.

Au fond, ce n'était pas la crainte d'être impoli qui le faisait hésiter.

Il espérait vaguement qu'une occasion se présenterait d'en finir avec les incertitudes qui le tourmentaient.

— Alors, venez, dit le peintre. Il est admis maintenant qu'on ne prend pas congé... il n'y a plus qu'en province qu'on salue à la ronde avant de sortir... Et si vous ne me lâchez pas à la porte, je vous ferai voir des choses qui vous intéresseront. Rappelez-vous ce que je vous ai promis.

Carnac se la rappelait fort bien, cette promesse de lui montrer M. de Charny sous un aspect nouveau, et elle le décida.

Les deux artistes se glissèrent hors du salon, et quand ils furent hors de la maison, l'apprenti sculpteur demanda au peintre :

— Où les voit-on, ces choses curieuses?

— Si je vous le disais maintenant, répondit Fertugue, vous refuseriez peut-être de m'accompagner, car vous me faites l'effet d'avoir encore des préjugés.

— Moi! s'écria Carnac. On voit bien que vous ne me
connaissez pas. Je vais partout où vont les hommes. Et
je ne m'embête que chez madame Stenay. Je vous conduirais, les yeux fermés, dans tous les bouges du boulevard extérieur.

— Merci! c'est inutile. Je ne m'y amuserais pas, et nous
n'y rencontrerions pas M. de Charny. Ce gentilhomme a
de la tenue. Mais il y a bouges et bouges, comme il y a
fagots et fagots. Laissez-vous conduire, si vous tenez à
être édifié sur la vie qu'il mène.

— Eh bien, conduisez-moi. Je ne suis pas bégueule, quoi
que vous en pensiez... et pour savoir ce que vaut le futur
gendre de ce brave Gerfaut, je consentirais à finir ma
nuit dans un caboulot fréquenté par des voleurs et des
assassins.

— Il ne s'agit ni de caboulots, ni d'assassins, dit le
peintre. Nous allons passer une heure ou deux dans un
lieu magnifiquement meublé, où les rafraîchissements
ne coûtent rien.

— Ça me va, car je ne roule pas sur l'or, quoique j'aie
touché mon mois ce matin. Il me reste soixante francs
pour faire le garçon jusqu'au 1er mars. J'en ai reçu cent,
mais le reste a passé à payer des dettes.

— Tant mieux! Si vous aviez beaucoup d'argent dans
votre poche, je vous conseillerais de rentrer chez vous
tranquillement.

Mais, à propos d'assassins, dites-moi donc si l'on a pris
ceux de la femme qu'on a pendue dans une maison du
passage de l'Élysée des Beaux-Arts, et que ce pauvre
Gerfaut a si bêtement consenti à porter sur un brancard.
Sa complaisance lui a coûté cher.

I.   12

— Ah! vous savez les détails de son aventure?

— Parfaitement. C'est le commissaire de police du quartier qui me les a racontés. J'ai fait dans le temps le portrait de sa fille, et il cause avec moi quand nous nous rencontrons dans la rue. Il m'a même dit qu'on avait songé un instant à arrêter Gerfaut comme complice.

— Ça, c'eût été trop roide. Il a perdu ses yeux.

— A quelque chose malheur est bon. Si on ne lui avait pas jeté du vitriol à la figure, il était coffré.

— Il aurait préféré être coffré... d'autant qu'il n'aurait pas eu de peine à se justifier. Il est connu... on sait qu'il ne ferait pas de mal à une mouche.

— J'en suis convaincu. Et, pour mon compte, j'aimerais mieux passer dix ans en prison que d'être aveugle à perpétuité. Je plains Gerfaut de tout mon cœur, et si je vous demande des nouvelles de l'affaire, c'est que j'ai une raison particulière pour m'y intéresser.

Je demeure boulevard de Clichy, tout au fond d'une maison qui a trois ou quatre cours, à la suite les unes des autres, et j'ai des fenêtres qui donnent juste sur la cassine abandonnée où l'on a fait le coup.

— Le commissaire sait-il ça?

— Oui, je le lui ai dit; mais je n'ai rien pu lui dire de plus, attendu que je n'ai jamais vu personne dans cette baraque depuis cinq ans que j'habite à côté. Je n'y ai même jamais vu de lumière. La nuit où le crime a été commis, je n'ai pas couché chez moi. Par exemple, j'ai rencontré souvent à Montmartre la pauvre diablesse qu'ils ont pendue. Je lui donnais des pièces de dix sous, et il m'arrivait quelquefois de bavarder avec elle. C'était un type très-curieux.

— Il paraît qu'elle avait été actrice.

— Oui, et cocotte, bien entendu. Je m'amusais à lui faire raconter son histoire... qui est vraiment drôle.

— Narrez-la-moi.

— Volontiers. Ça nous occupera pendant le trajet... qui ne sera pas long, du reste. Nous allons à pied, n'est-ce pas?

— Parbleu! Quand je prends un fiacre, c'est que je ne peux pas faire autrement. Vous disiez donc que cette femme...

— Était un type. Oui, mon cher... un type qui devient de plus en plus rare, car à présent les filles entretenues ne pensent qu'à acheter des obligations et à se faire bâtir des hôtels. Celle-là avait eu tout ça, et elle s'était ruinée à blanc pour une canaille d'amant. C'était une martyre de l'amour. Et en mendiant son pain, elle adorait encore le drôle qui l'avait lâchée après l'avoir mise sur la paille.

— Je sais cela. Vous connaissez le commissaire; moi, je connais un des sergents de ville qui ont arrêté le père Gerfaut.

— Ce sergent de ville vous a dit ce qu'il savait, après l'enquête qu'on a faite dans le quartier. Mais il n'a pas pu vous dire que cette malheureuse rêvait encore de se remettre avec son amoureux, attendu qu'elle n'a fait de confidences qu'à moi, je le parierais bien. Elle espérait toujours le rencontrer, et c'était dans cet espoir très-fallacieux qu'elle rôdait sans cesse par les rues.

— Puisqu'elle avait confiance en vous, elle a dû vous apprendre comment s'appelait ce gredin-là.

—Ah! bien, oui! On voit que vous n'avez pas étudié les filles amoureuses. Dès qu'un homme leur a mis le grappin dessus, cet homme devient sacré pour elles. Il

peut les voler et les battre, elles ne le trahissent jamais.
Elles se laisseraient tuer par lui plutôt que de le dénon-
cer. Ainsi, j'ai demandé vingt fois à la mère Bracieux le
nom de son Alphonse. Savez-vous ce qu'elle m'a toujours répondu?

— Je m'en doute.

— Elle me répondait invariablement : — Il a eu
des torts, mais ça ne regarde que moi, et je ne me plains
pas de lui. D'ailleurs, je suis sûre qu'il me reviendra,
et je ne veux pas qu'il puisse me reprocher de l'avoir
déconsidéré aux yeux du monde.

— Déconsidéré est un chef-d'œuvre. C'est à mettre
dans une pièce.

— On n'y croirait pas. On prendrait ça pour un mot
d'auteur. Mais si la mère Bracieux était discrète à l'endroit
de ce coquin, en revanche, elle ne se gênait pas pour se
répandre en imprécations contre une certaine Margot
qui le lui avait enlevé, à ce qu'il paraît.

— Margot! s'écria Carnac, stupéfait. Margot la
balafrée?

— Je ne sais pas si la donzelle en question était
balafrée, comme le duc de Guise... la mendiante ne l'a
jamais dit... mais je sais que la mendiante la cherchait
pour lui arracher les yeux. Naturellement, elle ne la
trouvait pas, et il fallait l'entendre se lamenter et la
vouer aux dieux infernaux. « Qu'elle ne me tombe jamais
sous la main, la gueuse! criait-elle en gesticulant comme
une folle, je lui ouvrirais la poitrine avec mes dents pour
voir si elle a un cœur. »

C'était du pur mélodrame de la grande époque roman-
tique.

Et quand je la poussais un peu, elle ajoutait : « Elle se

cache, l'infâme... elle a peur de moi... Mais le jour de la vengeance arrivera... je la tiens... j'ai des preuves... je la dénoncerai comme voleuse et faussaire... si je ne l'ai pas encore dénoncée, c'est que mon amant adoré a eu le malheur de la connaître, et que je crains de le compromettre, quoiqu'il n'ait pas trempé dans les vilenies qu'elle a faites. »

— Avez-vous raconté ça au commissaire? interrompit Carnac, que ce récit avait mis dans un état de surexcitation extraordinaire.

— Ma foi! non, répondit Fertugue. A quoi bon lui répéter les propos d'une folle?... la mère Bracieux l'était à moitié, et, de plus, je soupçonne qu'elle buvait .. elle parlait ainsi surtout lorsqu'elle avait sifflé un verre d'eau-de-vie de trop. Et puis, je n'aime pas beaucoup à me mêler des affaires criminelles. Si un juge m'interroge, je dirai ce que je sais, mais j'attendrai la citation.

— L'idée ne vous est pas venue que c'est cet amant anonyme et cette Margot qui ont tué la mendiante, pour l'empêcher de montrer ces preuves qu'elle se vantait d'avoir?

— Non. Je n'ai pas du tout l'instinct policier. Mais vous pourriez bien avoir raison. Alors, ce serait la Margot qui aurait brûlé les yeux au père Gerfaut?

— Dame!... puisque le vitriol a été jeté par une femme!... on en est sûr, car on a trouvé un morceau de sa robe pris dans la porte de l'allée où elle s'était embusquée.

— Je conçois maintenant que les renseignements que je viens de vous donner vous intéressent. Vous tenez à venger ce brave Gerfaut. Moi, je ne demande pas mieux que de vous y aider. Voulez-vous que j'aille trouver le

12.

commissaire et que je lui fasse spontanément ma déposition? J'ai peur qu'elle ne serve pas à grand'chose, mais enfin, si vous pensez le contraire...

— Je pense qu'il faudrait d'abord retrouver Margot.

— Vous en parlez bien à votre aise. Où diable voulez-vous chercher une femme que personne ne connaît?

— Il y a des gens qui la connaissent.

— Bah! Où sont-ils, ces gens-là?

Carnac hésita à répondre. Il avait bien envie de répéter à Fertugue les récits de Graindorge, de lui raconter sa nuit passée à l'Élysée-Montmartre et de lui faire part de ses soupçons; mais toutes réflexions faites, il lui sembla que ce serait trop grave et surtout prématuré. Fertugue, d'ailleurs, ne prenait jamais rien au sérieux, et avec la légèreté de son caractère, il était très-capable de risquer une démarche qui empêcherait d'aboutir l'enquête ouverte secrètement par l'élève de la nature.

— Je veux dire qu'il y a des gens qui l'ont connue, reprit-il. Elle a disparu depuis plusieurs années; mais elle a laissé des souvenirs dans les bals de barrière. J'y traîne quelquefois mes guêtres, et si elle y revient, je le saurai.

— A la bonne heure! j'aime autant que ce soit vous qui vous chargiez de la retrouver, car ça ne m'amuserait pas de la chercher. J'ai autre chose à faire. Mais si, plus tard, vous avez besoin de moi, je serai à votre disposition... et j'irai de bon cœur. Une drôlesse qui aveugle un artiste!... rien que par esprit de corps, je voudrais qu'on la brûlât à petit feu.

En attendant que vous la teniez, je tiens à vous éclairer sur M. de Charny. Ce sera toujours un service rendu au père Gerfaut, qui a eu l'imprudence de lui accorder la main de sa fille.

Et nous voici à la fin de notre voyage

Carnac ne comprenait pas. Ils venaient de descendre, par la rue de Rome, des hauteurs de la rue de Madrid. Ils avaient pris à gauche le boulevard Haussmann, et ils étaient arrivés derrière l'Opéra.

— Où allons-nous donc? demanda le sculpteur.

— Là-bas, répondit Fertugue en désignant du doigt une des rues qui longent l'énorme édifice construit par M. Garnier.

— Au boulevard, alors?

— Non. Pas si loin. Voyez-vous d'ici cette porte cochère brillamment illuminée?

— Oui. Les lanternes m'éblouissent.

— Eh bien! c'est là.

— Comment! vous m'aviez parlé d'un bouge...

— Et la maison que je vous indique a une apparence très-respectable. C'est vrai, mon cher, mais il ne faut pas se fier aux apparences. Vous connaissez le proverbe : Tout ce qui reluit n'est pas or.

— Je sais qu'à Paris ce proverbe trouve souvent son application, dit Carnac, mais je ne devine pas ce qu'annoncent ces candélabres étincelants.

Un théâtre peut-être? un théâtre dont M. de Charny fréquente les coulisses.

— Si ce n'était que cela, je ne vous y conduirais pas pour vous édifier sur son compte, répliqua Fertugue. Il n'est pas encore le gendre de Gerfaut, et il aurait bien le droit d'avoir une liaison avec une actrice. Un garçon n'est pas hors de concours parce qu'il a couru les cabotines. Mais ce n'est pas là que le bât blesse le beau

Charny. Je ne suis pas renseigné sur ses mœurs, et je
suppose que s'il a une maîtresse, il se garde bien de
l'afficher. Il a d'autres vices, et je lui en connais un.

— Lequel?

— Il est joueur. Et vous?

— Moi!... je joue aux dominos et au piquet à trois...
Mais je n'ai jamais joué que la consommation... et je ne
la paye pas souvent, car je suis très-veinard.

— Alors, vous ne courez aucun danger en montant au
Claquedent. On n'y cultive que le baccarat.

— Au *Claquedent?* répéta Carnac, qui ne comprenait
pas.

— Je veux dire : au tripot. Je croyais que vous connaissiez l'argot du *high-life*.

— Comment! il y a un tripot dans cette magnifique
maison!

— Un tripot de première classe. Seulement lorsqu'on
veut être poli, on appelle ça un Cercle... officiellement,
le cercle de la Concorde... et plus familièrement, le
cercle des *Truqueurs*.

— Et le comte de Charny en est?

— Depuis la fondation. Il y vient même toutes les
nuits, à moins qu'il ne soit tout à fait à sec.

— C'est donc qu'il y rencontre des gens de son
monde?

— Je n'en sais rien, car j'ignore à quel monde il
appartient au juste. Mais je suis sûr qu'il est là comme
chez lui. Il y a de tout au Cercle des truqueurs : des
bookmakers, des boutiquiers, des gentilshommes, voire
même des personnages politiques. C'est le rendez-vous
des déclassés.

— Vous oubliez que vous en faites partie.

— Oh! moi, j'y viens pour observer... quoique j'aime assez à cartonner. Je ne perds que ce que je peux perdre sans me gêner, et je m'amuse infiniment à étudier les décavés. Ce qu'ils sont drôles, quand ils s'arrachent les cheveux en maudissant le sort!

— Je n'en doute pas, et je ne serais pas fâché de voir ça. Mais je ne suis pas membre de cette brillante réunion. Donc, je n'ai pas le droit d'entrer.

— Je devrais vous répondre : D'où sortez-vous avec vos scrupules? Mon cher, on entre ici à peu près comme les ânes au moulin... à condition d'être amené par quelqu'un. Vous allez inscrire votre nom sur un registre; je signerai au-dessous de votre nom pour attester que je réponds de vous... et vous serez de la maison. Ce n'est pas plus difficile que ça. Moi-même j'ai été présenté le mois dernier par un graveur qui, la veille, y avait mis les pieds pour la première fois.

— Je croyais qu'il fallait un vote.

— Dans les clubs sérieux, oui; mais ici l'on ne réclame jamais la cotisation annuelle, et l'on nourrit les pontes pour presque rien... on les nourrit même très-bien. Vous en jugerez, si vous venez y dîner avec moi, un de ces jours.

— Mais alors on les vole.

— Pas beaucoup plus qu'ailleurs. Je ne dis pas qu'on n'y ait jamais filé la carte, mais j'y ai vu souvent les banquiers sauter d'une grosse somme, à telles enseignes que quelques-uns s'y sont ruinés. C'est la cagnotte qui fait marcher le cercle.

— La cagnotte?... murmura Carnac tout ahuri.

— Êtes-vous assez naïf! Tout joueur qui prend la banque paye un louis au gérant, et comme il y a souvent trente ou quarante banques par vingt-quatre heures, les recettes sont splendides.

— Et qui est-ce qui l'a nommé, le gérant?

— Il s'est nommé lui-même. Un monsieur influent lui a fait obtenir l'autorisation, et il a ouvert son établissement comme il aurait ouvert un bazar quelconque. Vous le verrez, et vous verrez aussi l'homme influent. Deux types à mettre sous verre et à montrer pour de l'argent.

— Mais, d'après ce que vous me dites, il me semble qu'on paye assez cher pour les voir.

— Non, car on n'est pas forcé de jouer. Je vous engage même à vous en priver.

— Soyez tranquille. Ce n'est pas pour jouer que je suis venu.

— Non, c'est pour connaître les dessous de ce M. de Charny qui fait le bon apôtre chez Gerfaut et qui passe des nuits à jouer un jeu d'enfer... il a fait souvent des différences de cinquante mille.

— Et il raconte à Gerfaut qu'il se livre avec ardeur à des recherches historiques!

— En fait de recherches, il cherche le paroli, et il ne le trouve pas toujours. Je l'ai vu souvent réduit à ponter la pièce de cent sous Depuis quelques jours, il est en veine... et en fonds. Il étale des billets de banque plein son portefeuille. Mais il a eu si souvent des hauts et des bas qu'il inspire peu de confiance aux garçons de jeu. Ils ne lui prêteraient pas dix louis, s'il en avait besoin. Son mariage arrivera tout à point pour relever son crédit.

— Et la dot de Camille Gerfaut dansera sur le tapis vert une sarabande enragée! Ah! mais non, pas de ça! J'avertirai le patron. Et je vous remercie de m'avoir amené, car je veux pouvoir lui dire que j'ai vu, de mes yeux vu, tripoter la dame de pique, par ce bon jeune homme qui chante si bien et qui est censé partager son temps entre la musique vocale et les archives nationales.

Pourvu qu'il vienne ce soir?

— N'en doutez pas, mon cher. La soirée de la mère Stenay finira vers minuit. M. de Charny sera au cercle à minuit et demi. C'est son heure, et il restera jusqu'à demain. C'est un joueur qui ne s'arrête jamais, ni en gain, ni en perte.

— Mais... j'y pense... s'il m'aperçoit, il s'abstiendra de jouer.

— Pourquoi? Il joue bien devant moi, quoiqu'il me rencontre souvent chez madame Stenay. Il joue partout, toujours et quand même.

— Devant vous, ce n'est pas la même chose. Il me connaît, il sait que je suis l'élève de Gerfaut, et que je vis dans la familiarité du père et de la fille. Et pour peu qu'il ait du flair, il doit se douter que je lui suis hostile. J'en conclus qu'il décampera, dès qu'il me verra.

— Dans tous les cas, vous aurez la satisfaction de constater sa présence au cercle des *truqueurs,* car il ne soupçonne certainement pas que je vous y ai conduit en sortant du concert, et il ne manquera pas de venir pousser sa veine. Vous pourrez raconter au père Gerfaut tout ce que je viens de vous dire... et tout ce que vous allez entendre. Ici, on célèbre tous les soirs les exploits de son vertueux gendre... les petits joueurs ne parlent que de Charny. J'espère même que vous assisterez à une banque taillée par ce noble seigneur, car il y aura beaucoup de monde, comme toujours, et il vous sera facile de vous dissimuler. Vous vous placerez derrière ceux des joueurs qui pontent debout.

Nous voici à la porte. Entrez, mon cher. Et de l'aplomb! ne vous laissez pas intimider par les dorures des salons... dites-vous bien que vous êtes dans un mauvais lieu, et que, vous et moi exceptés, il n'y a là-haut que de la canaille... plus ou moins vernie, mais c'est toujours de la canaille.

Carnac n'avait pas besoin que son introducteur le chapitrât. Il était d'un naturel assez fier, et il détestait les aigrefins bien mis. Autant il se montrait bon enfant au caboulot du père Barbizon, autant il était disposé à traiter dédaigneusement les prétendus mondains qui fréquentaient ce tripot déguisé.

Guidé par Fertugue, il traversa un vestibule gardé par un portier majestueux, monta un escalier imposant, et, arrivé dans l'antichambre, remit son chapeau et son pardessus à des valets de pied en culotte courte, avec autant de désinvolture que s'il eût été accoutumé à être servi par des laquais galonnés.

Le gérant se tenait dans une galerie qui précédait les salons de jeu, et, après que la formalité obligatoire de l'inscription eut été remplie, il accueillit ces messieurs par un : « Maintenant, vous êtes chez vous », qui donna à Carnac la mesure des facilités accordées au premier venu pour engraisser la cagnotte.

Ce gérant était un petit vieillard, rond comme une boule et ridé comme une pomme cuite, qui passait pour avoir fait la traite des nègres au Brésil et pour avoir tenu un enfer en Californie.

— Eh bien, mon cher Cambron, lui demanda Fertugue, la partie marche-t-elle, ce soir?

— Tout à la douce, grommela Cambron, en regardant Carnac du coin de l'œil, pour jauger sa valeur financière.

Les pontes sont un peu écœurés. Le prince les a ratissés hier dans les grands prix, et ils n'osent plus trop aller de l'avant, mais ça va reprendre. Charny viendra. Il a gagné toute la semaine, et quand il est en fonds, il tape dur. Je ne vous souhaite pas bonne chance, ni à votre ami non plus. On dit que ça porte malheur.

Fertugue passa, et Carnac suivit, passablement étonné des façons familières de ce vieux forban.

— Il vient donc des princes ici? demanda-t-il à son compagnon.

— Celui que Cambron vous a cité est un épicier en retraite, ricana le peintre. On lui a décerné le titre de prince parce que c'est le plus gros joueur de la société. Vous allez le voir. Il est infect.

Les deux artistes pénétrèrent ensemble dans un grand salon tendu de soie rouge au centre duquel était dressée une immense table de forme oblongue.

Douze pontes étaient assis autour de cette table, et une vingtaine d'autres jouaient debout.

Un croupier de piètre mine siégeait en face du banquier, un gros homme rougeaud et commun qui taillait d'un air nonchalant afin de marquer sans doute le mépris qu'il faisait d'enjeux indignes de lui.

Des jetons de diverses couleurs et de dimensions variées émaillaient le tapis, mais les mises n'étaient pas fortes, et la palette du croupier les enlevait à chaque coup.

— Le voilà, le prince, dit Fertugue à Carnac; il s'appelle Piochard ou Pitanchard... je ne sais plus trop.

— Et il a la distinction d'un marchand de contre-marques, murmura l'élève de Gerfaut.

— Voyez-vous là-bas, adossé à la cheminée, cet individu qui ressemble à un suisse de cathédrale, quoiqu'il

I. 13

ait des moustaches en brosse, et qu'il porte à sa bouton-
nière une rosette où brillent toutes les nuances de l'arc-
en-ciel? C'est le major La Bernache, qui a fait obtenir à
Cambron la patente en vertu de laquelle il exerce sa
malfaisante industrie. La Bernache a gagné tous ses
grades dans les tables d'hôte, et il occupe ici une haute
situation : logé, nourri, chauffé, éclairé, blanchi, aux
frais des imbéciles qui hantent l'établissement. Je ne
parle pas des petits profits.

Il cause en ce moment avec le jeune Vermandois, un
des plus brillants racoleurs du Cercle dit « de la Concorde »... probablement parce qu'on s'y querelle tous les
soirs.

— Qu'est-ce que c'est qu'un racoleur?

— Charny pourrait vous expliquer ça, car il l'a été, à
ce qu'on prétend.

C'est par ce nom de racoleur que, dans le langage des tripots, on désigne un monsieur chargé de
recruter des joueurs riches et de les amener à la
partie, absolument comme, sous l'ancien régime, les
sergents payés pour faire ce métier recrutaient sur le
quai de la Ferraille de jeunes badauds pour le service
du Roi.

L'emploi n'est pas facile à remplir. Il y faut beaucoup
de finesse et de tact, car le gibier qu'il s'agit de pousser
dans le panneau est défiant, et se dérobe aussitôt qu'il
flaire le piége qu'on lui tend.

Il faut surtout que le racoleur ait ou ait eu une situation dans le monde, et qu'il ait conservé des relations
avec des gens qui ont de l'argent et qui aiment le jeu.
Il faut qu'il puisse les rencontrer comme par hasard sur
le boulevard ou ailleurs, leur prendre familièrement le

bras et leur dire : « Mon cher, pourquoi donc n'êtes-
vous pas du cercle de la Concorde? Il y a une partie
superbe. Hier encore, trois banques ont sauté, et les
pontes se sont partagé une centaine de mille francs.
Comme composition, c'est peut-être un peu mêlé, mais
je vous garantis qu'on ne triche pas. Quand voulez-vous
que je vous présente? »

Le joueur alléché se laisse faire, et le tour est joué.

— Bon! je comprends, dit Carnac. Et quel bénéfice
retirent les racoleurs des importants services qu'ils
rendent?

— D'abord, ils déjeunent et ils dînent gratis, et la cuisine du cercle est excellente. Ensuite, quand le gérant
est content d'eux, il paye leur note de cigares... quelquefois même leurs billets en souffrance. De plus, ils font
la cour aux gros gagnants, et ils leur empruntent de l'argent. Le gérant lui-même les y pousse, car il a étudié
les joueurs, ce vieux sacripant de Cambron, et il sait que
c'est le meilleur moyen de les retenir.

On a vu des gens qui avaient ramené vingt mille
francs à la partie, et qui ne demandaient qu'à garder
leur gain, revenir au cercle pour rentrer dans un prêt
de cinq louis fait à un racoleur, et reperdre tout leur
bénéfice, voire même se ruiner complétement.

Les joueurs, au fond, sont avares, et le père Cambron
les connaît si bien, qu'il leur emprunte quelquefois lui-
même des sommes dont il n'a aucun besoin. Et dans le
seul but de les river à son tripot, il leur fait attendre le
remboursement le plus qu'il peut.

Ainsi, je parierais volontiers qu'il doit à Piochard, le
prince du jour.

— Quel drôle de monde! s'écria Carnac. J'aime mieux

les habitués des caboulots du boulevard Rochechouart.
Votre gérant est plus canaille qu'un usurier, et vos racoleurs sont de simples pique-assiettes.

Et vous dites que le comte de Charny a pratiqué cette
industrie malpropre?

— Je le dis parce qu'on me l'a affirmé, mais je ne l'ai
jamais vu dans l'exercice de ses fonctions de parasite. Il
n'y a guère plus d'un mois que je viens ici, et il paraît
que sa fortune s'est relevée dans ces derniers temps. Il
porte haut la tête maintenant, et les petits joueurs sont
à plat ventre devant lui, mais les anciens du cercle
affirment que, l'année dernière encore, il faisait concurrence à Vermandois pour lever des pontes. Ce
Vermandois que je viens de vous montrer est, comme
M. de Charny, un garçon bien né qui a mangé sa fortune
au jeu, et ils se détestent réciproquement... jalousie de
métier, sans doute.

— C'est bon à savoir, murmura Carnac. Ce Vermandois pourrait peut-être me renseigner sur le passé du
futur gendre de Gerfaut.

— Probablement, répondit Fertugue, mais je ne vous
mettrai pas en rapport avec lui, car je ne lui parle pas.
Je ne tiens pas à me lier avec des gens de cet acabit.
C'est bien assez de venir ici risquer quelques louis et
observer les différentes variétés de champignons véné-
neux qui pullulent dans cette caverne.

Faites comme moi, mon cher, en attendant que le
comte paraisse.

Tenez ! voici encore un personnage curieux : ce grand
gaillard en culotte noire qui apporte à l'illustre Piochard
une lettre sur un plateau en ruolz. C'est Auguste, le banquier des pontes.

— Comment ! le banquier ? il a une livrée de valet de chambre !

— C'est son état, mais il en a un autre... infiniment plus lucratif. Il prête aux décavés... pas à la petite semaine, mais à la journée... pour mille francs qu'il avance, on lui rend mille vingt francs le lendemain... quelquefois avant la fin de la nuit, si l'emprunteur a gagné... et dans ce dernier cas, la gratification qu'il empoche est toujours beaucoup plus forte. Auguste fait souvent des recettes de dix louis. Il est en train de devenir capitaliste, et dans quelques années il montera en grade... il prendra, comme Cambron, la gérance d'un tripot.

— Est-ce que ses débiteurs ne lui font jamais banqueroute ?

— Oh ! ce serait trop beau. Il lui arrive parfois d'être pincé dans une débâcle... un ponte qui fait la culbute et qui disparaît... tous les banquiers sont exposés à ces mésaventures-là... Mais pour Auguste, c'est très-rare. Il connaît à fond son personnel, et il ne se laisse pas prendre. Je ne serais pas étonné qu'il tînt des registres, où la solvabilité de chaque joueur est cotée, jour par jour. Tel qui a aujourd'hui ses poches bourrées de billets de banque n'aura plus demain de quoi se payer un fiacre. Et Auguste doit avoir aussi, en dehors du cercle, une police qui le renseigne sur les antécédents de ses pratiques, leurs tenants et aboutissants. Il sait ceux qui ont des terres ou des titres en portefeuille, et ceux qui vivent d'expédients. En voilà un qui pourrait, s'il voulait, vous en dire long sur M. de Charny !... Mais il ne voudrait pas... en ce moment du moins... Charny a la veine, Charny gagne, et Auguste le respecte... il ne lui parle qu'à la troisième personne... jusqu'au jour où, la chance ayant tourné, il le tutoiera.

— Alors, pour l'interroger, j'attendrai.

— Oh! même si cela arrivait, vous n'en tireriez rien. Auguste a la prudence du serpent. Il sait que le comte peut se remettre à flot, et il a tout intérêt à ne pas s'en faire un ennemi. D'ailleurs, il doit avoir eu vent du projet de mariage avec la fille de Gerfaut.

— C'est probable. M. de Charny escompte sans doute déjà la dot de Camille. Et, malheureusement, je ne parviendrai pas à l'empêcher de la dévorer.

— Qui sait? Vous n'avez pas besoin de questionner Auguste, que je crois, du reste, très-capable de vous donner, exprès, de faux renseignements. Vous n'avez qu'à dire au père et à la fille que M. de Charny est un joueur de profession, et qu'il passe ses nuits au baccarat.

— Ils sont si entichés de lui qu'ils ne me croiront pas.

— Alors, vous leur fournirez des preuves. Je vous y aiderai, si vous le désirez, car ils m'intéressent. Et nous en trouverons, des preuves. Quand a lieu la noce?

— La semaine prochaine.

— Diable! il n'y a pas de temps à perdre. Agissez de votre côté. Moi, je m'informerai, et je vous ferai part de ce que j'aurai appris. Cette nuit même, nous aurons peut-être du nouveau. L'heure s'avance. Charny ne tardera guère à paraître.

Ah! voilà le prince qui s'approche de la table. La taille vient de finir... Une partie de quatre sous... les pontes frétillent d'aise à la pensée que Piochard va mettre une forte somme sur la table. Les imbéciles! il va les manger. Il a cent fois plus d'argent qu'eux, et au jeu, la victoire reste toujours aux gros bataillons.

Le banquier s'était levé pour céder la place au prince du baccarat, et le croupier, après avoir ramassé les cartes, les présentait successivement à chacun des deux tableaux, sans attendre que l'ancien épicier fût assis, tant on était sûr qu'il allait prendre la banque.

En effet, il s'assit lourdement, ouvrit avec ostentation un volumineux portefeuille et en tira trois liasses de billets de banque qu'il étala sur la table, en disant d'un air insolent :

— Personne ne fait *banco*, je suppose? Alors, faites vos jeux. Je ne tiens pas moins de cent sous.

Il y avait sur le tapis beaucoup plus de jetons de cent sous que de plaques de cent francs, et les trente mille francs de Piochard ne couraient pas grand risque.

Il daigna cependant donner les cartes, et dès les premiers coups la veine se dessina en sa faveur; une veine effrayante, qui ne laissait pas aux pontes le temps de reprendre haleine.

Les abatages succédaient aux abatages avec la régularité d'un marteau-pilon mis en mouvement par la vapeur.

Carnac et Fertugue s'étaient rapprochés des joueurs qui entouraient la table, et s'amusaient à regarder la partie sans y prendre part.

Carnac n'avait du baccarat qu'une idée très-approximative, et il ne comprenait pas toujours pourquoi tel des deux tableaux avait gagné ou perdu, mais il prenait quelque plaisir à examiner les attitudes et les figures des pontes exaspérés par la persistance de la *guigne*.

Il entendait voltiger les mots de : *banque rasoir,* assaisonnés de jurons et d'injures à l'adresse du banquier, qui ne s'en préoccupait guère. Deux pontes plus mal-

heureux que les autres, ou plus irascibles, avaient déjà
déchiré leurs cartes. Tous jouaient nerveusement, la
main crispée sur leurs jetons et les yeux fixés sur la
plate physionomie de Piochard, dans l'espoir de deviner
s'il avait un beau point ou un mauvais.

La fumée des cigares formait au-dessus de la table
comme un dais flottant, et l'on respirait dans ce salon her-
métiquement clos un air lourd et empesté. En dépit des
rideaux de soie et des tapis de Smyrne, cela sentait le
tripot. Carnac, écœuré, faisait mentalement des compa-
raisons avec les estaminets qu'il fréquentait, et concluait
en faveur des estaminets.

Les figures qu'il passait en revue exprimaient toutes
la cupidité la plus basse et une sorte d'abrutissement
féroce. Ces gens-là étaient ivres, de l'ivresse du jeu, la
pire de toutes.

— Au moins, là-bas, se disait l'élève de la nature, les
pochards ne pensent qu'à cuver leur vin. Ici, on jurerait
que les pontes pensent à étrangler le banquier et à voler
leurs voisins.

Et il n'était pas du tout tenté de les imiter en aventu-
rant les soixante francs qu'il avait en poche.

— Qu'est-ce que vous dites de ça? lui demanda Fertugue.

— Je dis que c'est bête et laid, répondit Carnac. Je
n'ai pas grand'chose à perdre, mais je vous jure que je
ne me ruinerai pas au cercle des truqueurs. J'aimerais
mieux perdre deux cents bocks au café que cinq francs
sous ces lambris dorés. Moi, je n'ai pas, comme M. de
Charny, des goûts distingués.

— Ça viendra peut-être. Il ne faut jurer de rien, dit
d'un ton railleur le sceptique Fertugue.

La taille tirait à sa fin, et le prince donnait les cartes d'un air ennuyé.

— Si vous continuez sur ce pied-là, messieurs, je vous préviens que je vais vous lâcher, dit-il grossièrement. Je n'ai pas envie de me fatiguer pour ramasser six ou sept louis à chaque coup.

— Faudrait peut-être que tout abatage vous rapportât une inscription de six mille livres de rente sur le grand-livre, grommela un ponte.

— Chargez les tableaux, ou je lève la banque. C'est une partie de bouchon que nous jouons.

— Cinq cents louis qui tombent, dit une voix.

Carnac était placé de telle sorte qu'il tournait le dos à la porte du salon de jeu. Il ne pouvait donc pas voir les gens qui entraient, et ils ne pouvaient pas le voir; mais il avait parfaitement reconnu la voix de M. de Charny, et il eut la présence d'esprit de ne pas faire volte-face.

Le comte, en se trouvant nez à nez avec l'élève de Gerfaut, n'aurait probablement pas manqué de battre en retraite, et l'occasion de le surprendre en flagrant délit de baccarat eût été perdue pour toujours.

Carnac se dissimula du mieux qu'il put derrière les pontes qui jouaient debout, et Fertugue, après lui avoir donné un coup de coude pour l'avertir, s'éloigna tout doucement de la table. Il ne tenait pas non plus à être aperçu, car il sentait bien que sa présence pourrait empêcher M. de Charny de se livrer à son vice favori.

Le naïf sculpteur se demandait ce que pouvait signifier cette phrase : cinq cents louis *qui tombent*. Il en eut bientôt l'explication.

Philippe de Charny passa tout près de lui, sans le remar-

13.

quer, allongea le bras et jeta sur le tapis un paquet de dix billets de mille francs.

— Très-bien! pensa Carnac, ça veut dire : qui tombent... dans la poche du banquier. Mâtin! il n'y va pas de main morte, ce ténor léger.

— Ah! c'est vous, mon cher, grommela Piochard, déconcerté par cette attaque imprévue. Vous arrivez un peu tard. J'en ai assez de travailler pour le roi de Prusse, et j'allais brûler la politesse aux pontes de carton.

Est-ce que vous croyez que vous me faites peur avec vos cinq cents malheureux louis?

— Je vous demande si vous les tenez, répondit le comte avec un calme olympien.

— Parbleu! et après que vous aurez perdu ceux-là, j'en tiendrai cinq cents autres... s'il vous en reste.

— Eh bien, donnez les cartes.

Piochard, évidemment, ne tenait le coup que par amour-propre. Il exécrait ce gommeux, qui le traitait souvent du haut en bas et qui, depuis quinze jours, était en veine de lui enlever son titre de prince du baccarat. Il le redoutait au jeu, mais il ne voulait pas avoir l'air de reculer devant un défi, en présence des pauvres diables qu'il venait de dépouiller.

Il haussa les épaules, et il commença à donner lentement.

Le silence s'était fait autour de lui, et on l'entendait souffler comme un phoque. Il haletait d'anxiété.

Charny, que Carnac observait à la dérobée, restait impassible, quoique la perte d'une grosse somme eût assurément plus d'importance pour lui que pour ce capitaliste de l'épicerie.

— Huit! cria Piochard, en abattant son jeu.

Le comte ne broncha point. Il n'avait pas pu prendre les cartes parce qu'il n'était pas assis. Il attendit avec un calme parfait que le ponte qui avait la main eût regardé son point, et pas un muscle de son visage ne tressaillit lorsque ce ponte, affolé de joie, annonça : *Neuf!*

Piochard lança un juron retentissant et frappa la table d'un coup de poing qui la fit trembler.

— Prenez garde. Vous allez vous faire mal, dit ironiquement son voisin de droite, un négociant qui en était à sa troisième faillite.

— Vous, vociféra Piochard, vous m'embêtez. Est-ce que vous croyez que c'est amusant de perdre sur un seul coup le double de ce qu'on a gagné dans une taille à des carotteurs comme vous?

— Assez! vous retardez la partie, crièrent en chœur les pontes.

— Mon cher, dit le major La Bernache, qui s'était mêlé aux spectateurs, je vous invite à être moins vif. Nous ne sommes pas ici au cabaret... et le jeu ne serait plus possible si l'on tolérait vos violences. Quand on ne sait pas perdre galamment, on s'en va.

— Je m'en irai si je veux... et je n'ai que faire de vos leçons.

— Tenez-vous le reste à la banque? demanda froidement le comte, sans ramasser sa mise et les dix billets que le croupier venait de lui passer.

— Oui, hurla Piochard, et quand il n'y en aura plus, il y en aura encore.

— Très-bien. Banco!

— Je ne joue que contre argent sur table.

— Il ne vous reste pas vingt-cinq mille francs, dit

M. de Charny, après avoir évalué d'un coup d'œil la masse
étalée devant le banquier.

Les voici, ajouta-t-il en jetant cinq billets de plus sur
le tapis.

Carnac, placé à l'arrière-plan, assistait à cette scène
avec une stupeur mêlée d'un peu d'admiration pour le
sang-froid dont le beau Philippe faisait preuve.

— Ah çà! il a donc des millions? pensait le naïf sculpteur. Et il est en train de gagner une fortune. Si
j'avais les dix mille francs qu'il vient de soutirer à cette
brute de bourgeois, c'est moi qui me sauverais pour
aller bien vite demander à Marcel Brunier la main de sa
sœur.

Le coup fut joué. Cette fois, Piochard eut baccarat,
et le tableau sur lequel jouait M. de Charny amena le
point de *un*.

Le résultat était le même que celui du premier abatage, et l'échec de Piochard se changeait en déroute
complète.

Les pontes vengés triomphèrent bruyamment, et le
prince détrôné se leva dans un état de fureur indescrip-
tible.

— Je suis trop bête, dit-il d'une voix étranglée. Je
joue ici un jeu de dupe.

— Qu'entendez-vous par ces paroles, monsieur Piochard? lui demanda le comte en le regardant entre les
deux yeux.

— J'entends que je lâche la banque. Je suis las de
vous enrichir.

— Vous vous lassez vite. Je la prends.

— Prenez-la. Vous n'aurez plus de mon argent. Je ne
ponterai pas contre vous.

— Tant mieux! Je ne tiens pas à jouer avec des gens mal élevés.

Piochard avala cette insulte. Elle le touchait beaucoup moins que le désastre qu'il venait de subir.

— Je crois, messieurs, qu'il conviendrait de mettre la banque aux enchères. C'est le règlement du cercle, dit le major, qui était à cheval sur les principes.

— Allons donc! répliquèrent les petits pontes. Il n'y a personne pour enchérir, puisque Piochard n'en veut plus.

— Si telle est l'opinion de la majorité, je n'insisterai pas, prononça gravement La Bernache.

M. de Charny occupait déjà la place abandonnée par l'ancien épicier, et comptait son gain pendant que le croupier décachetait trois jeux de cartes neufs.

Carnac le dévorait des yeux, tout en se dissimulant du mieux qu'il pouvait. Le comte ne l'avait point encore découvert, et la bague en or brillait toujours à son doigt.

Fertugue vint tirer par la manche l'élève de Gerfaut, et lui dit tout bas :

— Je parie que le bel oiseau qui chante si bien va laisser des plumes sur le tapis vert. Il vient de gagner, et ça l'a grisé. Mais je le connais pour l'avoir vu opérer. Il s'emballe trop facilement, et il n'est heureux qu'à la ponte. Quand nous le verrons en pleine déveine, ça sera le moment de nous montrer... vous surtout. Il fera une tête!...

— Je veux bien, mais je ne veux pas jouer, et pour me pousser au premier rang, je ne peux pas déranger ceux qui jouent.

— Bah! risquez un louis.

— Jamais de la vie. Je n'en ai que trois.

— Je vous en prêterai, et, d'ailleurs, je vous réponds que vous gagnerez. Je vous indiquerai le bon moment.

Carnac ne dit mot, mais il était tenté de suivre le conseil du peintre. Il eut du moins la sagesse d'attendre, et bien lui en prit, car la banque de M. de Charny débuta par une série de victoires.

Les pontes, écrasés par les abatages, s'apercevaient un peu tard qu'en saluant de leurs acclamations le remplacement de l'odieux Piochard par l'aimable Philippe, il avaient été aussi sots que *les grenouilles qui demandent un roi,* dans une fable de la Fontaine.

C'était à chaque coup un concert d'imprécations, et l'épicier en retraite faisait chorus, car, en dépit de son serment, il s'était remis à jouer des billets de mille francs qui s'en allaient, un à un, grossir la masse accumulée devant le banquier.

— Dites donc, cher ami, murmura Carnac à l'oreille de Fertugue, il me semble que vos pressentiments ne se vérifient guère.

— La taille n'est pas finie, répondit Fertugue, sur le même ton. En attendant que la chance tourne, prenez ces deux jetons rouges qui représentent deux louis. Je viens de les échanger contre de l'or à la caisse du cercle, et je me mets de moitié avec vous, mais j'entends que ce soit vous qui pontiez... quand je vous le dirai. Je suis certain que nous gagnerons. La fortune favorise toujours les débutants.

Pour le moment, la fortune continuait à protéger M. de Charny. Piochard avait achevé de vider son portefeuille, et il paraissait avoir complétement perdu la tête, car il se mit à crier :

— Auguste! passez-moi cinq mille.

— Voilà, mon prince, répondit avec empressement le garçon, qui savait fort bien que le prêt serait remboursé le lendemain. Le temps de passer à la caisse, et je reviens.

Le comte, toujours imperturbable, continuait à tailler avec le même succès, et tous les membres du cercle des truqueurs étaient venus grossir la galerie pour suivre les péripéties de ce duel entre la noblesse et la roture.

Vermandois, l'élégant racoleur signalé par Fertugue, était là, jugeant et commentant les coups, sans prendre part à la partie, de peur de mécontenter Cambron, qui ne souffrait pas que ses agents secrets se mêlassent de jouer.

Vermandois était du parti de Piochard, auquel il devait de l'argent, et il voyait avec chagrin son prince s'enfiler dans les grands prix.

— Quel chançard que ce Charny! dit-il tout haut. En a-t-il des mains! il devrait bien changer la devise de ses ancêtres.

A ce propos inattendu, Carnac ouvrit les oreilles, et M. de Charny répondit :

— Laissez donc mes ancêtres en repos. Je ne m'occupe pas des vôtres, car je ne me suis jamais inquiété de savoir si vous descendiez des anciens comtes de Vermandois qui étaient de race royale.

— Oh! ne vous fâchez pas, mon cher. Vous aurez beau blaguer mon nom, vous ne m'empêcherez pas de répéter que votre devise étant : *Ny char, ny destrier ; rien que mon bras,* vous devriez en modifier la fin et faire graver sur votre bague : *Ny char, ny destrier ; rien que mes mains.*

Le comte pâlit de colère, et Carnac pâlit d'émotion.

— C'est un mot, ricana Vermandois.

— Fichez-nous la paix avec vos mots, et laissez-nous

jouer, dit brutalement Piochard, qui brandissait les billets de banque apportés par Auguste. Je fais cinquante louis sur chaque tableau.

— Voici l'instant, souffla Fertugue à son compagnon. Allez-y d'un jeton sur le tableau de droite... et montrez-vous en plein.

Comme Guzman, le Guzman de la romance, Carnac ne connaissait plus d'obstacles.

Pour démasquer le futur gendre de Gerfaut, il aurait volontiers perdu ses appointements d'une année. A plus forte raison se décida-t-il sans peine à risquer un des trois louis qui constituaient toute sa fortune.

Il se glissa entre deux décavés qui ne lui opposèrent aucune résistance, car ils n'avaient plus de quoi ponter, et il plaça sur le tapis un des jetons rouges que Fertugue venait de lui fourrer dans la main.

Sur quel tableau? Il n'en savait rien, car il l'avait posé au hasard à l'endroit qui se trouvait à sa portée. Peu lui importait, pourvu qu'il se montrât au comte de Charny.

La plaisanterie lancée par le racoleur Vermandois venait d'apprendre à l'élève de la nature que la bague ramassée par lui dans l'allée du bureau de prêt appartenait bien au beau Philippe, et le moment lui paraissait venu de frapper un grand coup, en se poussant au premier rang.

Les mises étaient faites, et son enjeu tombait le dernier. M. de Charny, qui se préparait à donner les cartes, aperçut Carnac, le reconnut du premier coup d'œil et pâlit visiblement.

— Le jeu est-il fait, messieurs? demanda-t-il pour cacher son émotion.

— Vous le voyez bien, répliqua durement Piochard.

Marchez donc. Nous ne sommes pas ici pour nous amuser.

Et comme le comte ne se pressait pas assez :

— On dirait que vous avez peur, ricana l'épicier retiré.

— De vous? oh! non, Vous ennuyez tout le monde, mais vous n'avez jamais fait peur à personne.

Et il distribua les cartes une à une.

Carnac remarqua fort bien que sa main tremblait, et ce n'était certes pas la crainte de perdre qui faisait trembler ce vétéran du baccarat.

Le coup fut disputé. Il y eut tirage partout, mais finalement, des deux côtés, le point des pontes l'emporta sur celui du banquier.

Piochard ramena deux billets de mille, et un jeton rouge tomba sur le jeton exposé par Carnac.

— Laissez les deux louis, lui souffla Fertugue. L'ennemi est entamé. Je sens la veine. Le dernier sou du sire de Charny va y passer.

Carnac ne songeait guère à retirer sa mise. Il ne songeait qu'à observer le fiancé de Camille, et il jouissait de constater que ce personnage équivoque se troublait de plus en plus.

Ses mouvements saccadés, sa pâleur, la contraction de ses traits, tout indiquait que M. de Charny n'était plus à son jeu et ne comprenait que trop les désastreuses conséquences de sa rencontre en pareil lieu avec un homme dévoué au sculpteur dont il convoitait la fortune.

Cette fois encore, le banquier perdit, et Piochard ayant fait paroli, la perte était sérieuse.

On eût dit que l'apparition de Carnac avait porté malheur au brillant Philippe, et les joueurs, qui sont superstitieux, eurent tous à la fois la même pensée. Ils se mirent à le regarder avec amour, et ils l'auraient maudit s'il s'était désintéressé de la partie.

Mais Carnac avait déjà oublié qu'il avait de l'argent sur la table, et persistait à dévisager le comte de Charny.

Fertugue comptait sur lui, en vertu d'un principe admis par les vieux routiers du jeu, lesquels croient fermement que la première fois qu'on joue, on gagne toujours; et Fertugue se gardait bien d'appeler son attention sur une mise qu'il espérait décupler.

Charny, à ce moment, eut un éclair de raison. Lui aussi, il croyait au succès infaillible des nouveau-venus au tapis vert, et il se disait qu'il ferait sagement d'abandonner la lutte, alors qu'il lui restait encore un très-beau bénéfice.

Les yeux inquisiteurs de l'élève de la nature le gênaient, et il n'aspirait qu'à se soustraire à ce contrôle incessant, dont il prévoyait les suites.

— Messieurs, dit-il, l'obstination est le plus funeste des défauts. Je ne m'entêterai pas contre la déveine, et je lève la séance. A un autre!

— Ah! ah! vous *canez,* ricana Piochard. Et ça pour deux méchants coups que nous vous avons gagnés. Ce n'était pas la peine de faire tant d'embarras. Et je vous déclare que jamais de la vie je ne ponterai contre vous. Si j'étais assez idiot pour risquer mon argent contre une banque volante qui ne tient pas cinq minutes, c'est alors que je jouerais vraiment un métier de dupe.

Le comte, piqué au vif, se redressa et dit d'un ton sec :

— Maître Piochard, s'il n'y avait ici que vous et moi, vos impertinences grossières ne m'empêcheraient pas de vous planter là, ne fût-ce que pour me débarrasser de votre déplaisante compagnie. Mais je ne veux pas priver ces messieurs de la possibilité de se rattraper, et je continue.

Faites-vous banco?

— Nous verrons ça tout à l'heure, répliqua le prince des *truqueurs*.

Pour le moment, je me contente de faire paroli. Les quatre mille sur le tableau de droite!

C'était sur celui-là que le hasard, beaucoup plus que la recommandation de Fertugue, avait fait tomber le premier jeton de Carnac. Et le hasard avait bien guidé la main de l'élève de Gerfaut, car ce tableau gagna, tandis que l'autre perdit.

Le comte paya sans sourciller. Il était résolu à aller jusqu'au bout, sans plus se préoccuper de ce que Carnac pourrait raconter à son maître. Le démon du jeu l'avait ressaisi.

Carnac n'en revenait pas de le voir se ruiner avec cette superbe indifférence, et il se surprenait à le plaindre, — presque à l'admirer.

— Il joue comme si son argent n'était pas à lui, pensait-il.

— Ne bougez pas. Nous le tenons, lui dit tout bas Fertugue.

— Bravo! cria Vermandois. Voilà ce qui s'appelle être beau joueur. Et c'est comme ça qu'on ramène la fortune. En avant le cri de guerre des Charny : *Rien que mes mains!*

Le comte lança au racoleur un regard haineux, et Piochard grommela :

— Vous, mon cher, vous feriez bien de vous taire.

Est-ce que Charny vous a payé pour chanter ses louanges?

— Laissez-moi donc faire, dit tout bas Vermandois. Vous ne voyez donc pas que c'est pour l'*aguicher ?* Il est orgueilleux comme un paon, et par gloriole, il perdra ses culottes.

Carnac se reprit à penser à la bague qui brillait au petit doigt du comte et à celle que lui, Carnac, portait dans la poche de son gilet.

— Il ne se doute pas que j'ai là de quoi le confondre, se disait-il, et pas plus tard que demain, je demanderai au père Gerfaut ce que lui semble de ma trouvaille et des mœurs de son gendre. Si je puis le décider à flanquer à la porte ce coureur de tripots, ce sera le plus beau jour de ma vie. Mademoiselle Camille m'en voudra d'abord, mais elle finira par entendre raison, surtout si je parviens à lui démontrer que son Philippe a des accointances suspectes avec madame de Caronge. Et il y aura encore de l'espoir pour Marcel Brunier.

La partie continuait, avec des vicissitudes. Le tableau de gauche perdait assez souvent, et comme Piochard s'y mettait de temps à autre, la banque se soutenait encore.

Mais le tableau de droite restait invulnérable. On en était au neuvième coup de la taille, et il les avait gagnés tous.

Le jeton de Carnac avait fait des petits, et disparaissait maintenant sous un tas de billets que Fertugue voyait grossir avec une joie contenue et aussi avec des perplexités inexprimables.

Plus d'une fois déjà, il s'était demandé s'il fallait avertir l'artiste qui ne se doutait pas de son bonheur, et le prier d'empocher l'argent. Mais son instinct lui disait que la veine n'était pas encore épuisée, et qu'il fallait saisir aux cheveux l'occasion qui ne se représenterait plus.

Fertugue, quoiqu'il jouât rarement, possédait ce que les joueurs appellent un estomac d'enfer. Il était homme à pousser un paroli aux plus extrêmes limites du possible et même de l'impossible, parce qu'il avait toujours présente à l'esprit cette vérité incontestable qu'en perdant une somme formée par une longue série de coups heureux, on ne perd jamais que la mise primitive — un louis, dans le cas où il se trouvait avec son associé.

Cependant, après avoir passé neuf fois, il eut des scrupules. Personnellement, il était d'avis de laisser tout; mais avait-il bien le droit de priver Carnac du bénéfice acquis, alors que ce bénéfice représentait une petite fortune? Toutes réflexions faites, il n'osa pas prendre sur lui une si grosse responsabilité, et il allait consulter l'élève de Gerfaut, quand il vit la main du ponte qui tenait les cartes de leur côté essayer sournoisement de mêler à leur masse une douzaine de jetons à lui appartenant.

Fertugue devina sans peine ses intentions frauduleuses, et lui dit à haute et intelligible voix :

— Pardon, cette masse est à mon ami, et il ne tient pas à fusionner. Gardez vos jetons, et laissez les siens tranquilles.

Le vieux fripon aurait volontiers contesté, mais le major La Bernache prit la parole, et ses jugements faisaient loi.

— La masse appartient à monsieur, dit-il en désignant Carnac, qui ouvrit de grands yeux, comme un homme qui rêvait et qu'on vient de réveiller.

— Bon, c'est entendu, s'écria Piochard en chargeant l'autre tableau. Mais dépêchons-nous. Je préviens M. le

comte que le total des mises est plus fort que la somme
qu'il a devant lui.

— Je tiens le coup, dit froidement le comte de Charny.

— Mon cher, murmura Fertugue à l'oreille de Carnac,
je crois qu'il serait prudent de retirer au moins une
partie de notre enjeu.

Carnac comprit à peine, mais machinalement il
allongea le bras pour enlever une poignée de billets.

— C'est trop tard, monsieur, reprit Philippe de
Charny. Je viens de détacher du talon la première carte.

Carnac, ahuri, s'arrêta, pendant que Fertugue disait
entre ses dents :

— Allons! le sort en est jeté. Tout ou rien.

Ce fut : tout. La banque perdit des deux côtés et
sauta du coup.

Le comte, très-pâle, mais très-ferme, vida son portefeuille pour payer, et quand tous les enjeux furent cou-
verts, il se leva tranquillement et sortit du salon sans se
presser.

— On voit bien que l'argent ne lui coûte rien, dit
méchamment Vermandois.

Cette réflexion frappa Carnac, et il en aurait volontiers
demandé l'explication au racoleur, mais Fertugue ne lui
en laissa pas le temps.

— Empochez, mon cher, lui dit-il. Et apprenez ce que
vaut un paroli hardiment mené. Un louis capitalisé dix
fois produit mille vingt-quatre louis. Il nous revient à
chacun dix mille deux cent quarante francs.

— Dix mille francs, à moi! s'écria Carnac. C'est
impossible.

— Comptez. Vous voilà riche, mon cher, et vous
pouvez vous mettre en ménage, si le cœur vous en dit.

V

Le dimanche était arrivé, ce fameux dimanche sur lequel Jean Carnac fondait toutes ses espérances. Il rêvait depuis dix jours aux félicités que lui promettait la visite au musée du Louvre, en compagnie de mademoiselle Brunier ; mais il était survenu des événements qu'il n'avait pas prévus, et qui faisaient de lui le plus heureux des hommes.

Il ne s'agissait plus de se priver de tout pour retirer du Mont-de-Piété sa redingote de cérémonie. Il était riche maintenant, et il n'avait plus besoin de travailler pour les charcutiers. Il avait changé en beaux louis les billets de banque gagnés au baccarat, et quand il s'était trouvé en possession de ce fragment de la Californie, il avait cru, comme le savetier de la Fable, tenir tout l'or que, depuis plus de cent ans,

La terre avait produit pour l'usage des gens.

Il s'était beaucoup fait prier pour accepter sa part de bénéfice dans l'association que lui avait imposée son ami Fertugue ; mais ce peintre, aussi généreux que bien avisé, avait fini par lever ses scrupules, en lui représentant que ce butin était autant de pris sur l'ennemi.

Carnac, converti aux idées pratiques, ne se lassait pas

de contempler son trésor. Il l'étalait tous les matins et tous les soirs sur la couverture de son lit de sangle, et il s'enfermait dans sa chambre pour le contempler, pour plonger ses mains dans ce tas de métal, pour laisser couler les pièces en cascades rutilantes et pour écouter avec ravissement le joyeux tintement des louis tombant les uns sur les autres.

Malheureusement, la richesse ne vient pas sans amener les soucis. Carnac était embarrassé de sa nouvelle fortune, — toujours comme le savetier de la Fontaine. Il craignait qu'on ne la lui volât, et il ne savait où la mettre. Ses meubles ne fermaient pas à clef, et il n'avait dans son logement ni caisse, ni cassette, ni verrous.

Il avait bien songé à cacher la somme dans sa paillasse, mais ce moyen, à l'usage des vieilles filles économes et des mendiants thésauriseurs, lui paraissait vulgaire et indigne d'un artiste.

Il ne songea pas un instant à la transformer en obligations. C'est tout au plus s'il savait qu'il existe des papiers qui produisent un intérêt et que l'on peut, quand on veut, échanger contre du numéraire.

Encore moins pensa-t-il à la placer en compte courant dans une maison de banque. Les financiers les mieux posés ne lui inspiraient aucune confiance.

Après avoir bien cherché, il avait fini par se faire confectionner une ceinture de cuir. Il y avait logé son magot, et il le portait sur lui, sous sa chemise, ce qui le gênait beaucoup, car dix mille francs pèsent sept livres, et il était accoutumé à aller vêtu très-légèrement.

La séance nocturne qui l'avait enrichi avait eu, d'ailleurs, des suites plus fâcheuses que le supplice physique auquel il s'était condamné.

Dès le lendemain de son triomphe au Cercle de la Concorde, Carnac s'était empressé d'aborder avec Gerfaut la grande question ; mais aux premiers mots qu'il avait dits, son maître l'avait arrêté court, en lui déclarant qu'il n'admettait pas qu'on mit en doute l'honorabilité de M. de Charny.

L'élève de la nature avait eu beau affirmer que ce gentilhomme passait ses nuits au tripot, Gerfaut s'était refusé à entendre ce qu'il appelait des calomnies, et Carnac n'avait pas osé lui parler de la bague. Il lui eût fallu entrer dans une série d'explications que le sculpteur ne voulait pas écouter, et qui auraient d'ailleurs manqué de conclusion, puisque Carnac n'était pas en mesure de prouver que le comte entretenait avec madame de Caronge des rapports suspects.

Carnac osait encore moins avertir Camille.

Elle l'aurait certainement fort mal reçu, et d'ailleurs le comte était plus assidu que jamais auprès d'elle.

Il passait sa vie dans la maison du boulevard des Batignolles, il y était reçu à toute heure, et il y dînait souvent. Il lui arrivait même de descendre à l'atelier avec le père et la fille, et d'adresser la parole à Carnac, absolument comme si le secret de son existence en partie double n'eût pas été connu de l'apprenti sculpteur.

A voir la désinvolture dédaigneuse avec laquelle il le traitait, on eût-dit qu'il n'admettait pas que ce garçon pût se permettre de juger la conduite d'un noble seigneur, et qu'il ne tenait aucun compte du danger qu'il courait d'être dénoncé.

Il ne paraissait pas d'ailleurs que la perte d'une trentaine de mille francs l'eût affecté le moins du monde, ni contraint à changer ses allures d'homme élégant. Quand il venait chez sa fiancée, un phaéton tout neuf et un groom très-bien tenu l'attendaient à la porte. Gerfaut avait dit plusieurs fois devant Carnac que son notaire était d'accord avec le notaire de M. de Charny, et que les questions d'intérêt avaient été réglées à la satisfaction des deux parties.

On rédigeait le contrat, et dans quelques jours il ne resterait plus qu'à se transporter à la mairie pour conjoindre les jeunes époux.

Carnac avait fini par croire que Fertugue ne connaissait pas la véritable situation du comte ; car enfin on ne jette pas de la poudre aux yeux d'un notaire. Il faut lui montrer les valeurs mobilières ou les titres de propriété qui représentent l'apport du futur.

Somme toute, le pauvre Carnac n'était arrivé qu'à se rendre suspect à Gerfaut et à Camille. Gerfaut lui témoignait une certaine froideur, et Camille se défiait de lui, parce qu'elle avait deviné qu'il ne voyait pas son prochain mariage avec plaisir.

Il s'attendait presque à être congédié définitivement, la veille de ce départ pour Smyrne qui était maintenant tout à fait décidé.

Et pour se consoler de tant de déconvenues, il n'avait même pas le plaisir de voir Annette Brunier aussi souvent qu'avant la soirée commencée chez madame Stenay et achevée au baccarat des *truqueurs*.

Annette craignait par-dessus tout d'être importune, et espaçait de plus en plus ses visites à son amie. Carnac, relégué à l'atelier, la voyait rarement, et les occasions de l'entretenir en tête-à-tête lui faisaient défaut.

Il savait cependant que le projet de promenade au Louvre tenait toujours, et que Marcel Brunier, qui ne se montrait plus, était tout à fait remis de son indisposition.

Rebuté par l'insuccès de ses premières tentatives pour démasquer un intrigant et une intrigante, Carnac s'était replié sur lui-même et ne songeait plus qu'à son amour.

Que lui importait, après tout, que Gerfaut commit la sottise de se laisser tromper par un imposteur de qualité? Il avait la conscience d'avoir fait son devoir en lui signalant le danger, et il n'était pas en mesure de le sauver malgré lui.

Ce qui lui importait, c'était de plaire à mademoiselle Brunier, de se concilier les bonnes grâces de Marcel, et d'obtenir qu'ils le prissent assez au sérieux pour l'admettre comme candidat au mariage.

Il supposait que les dix mille francs gagnés au jeu l'y aideraient. Avec dix mille francs, on n'est pas riche, mais on cesse d'être pauvre. C'est de quoi monter un ménage et parer aux chômages imprévus. Bien des couples, qui vivent de leur travail, et qui vivent heureux, n'ont pas ce modeste capital.

Fertugue, qu'il avait revu, lui conseillait d'employer à visiter l'Italie et la Grèce le produit de ses parolis inconscients. Mais il n'entendait pas de cette oreille, et il aimait beaucoup mieux ne pas s'éloigner de la butte Montmartre.

Fertugue, du reste, n'était pas retourné au cercle, de peur d'y laisser son gain, et ignorait, par conséquent, si le comte de Charny avait eu l'audace d'y reparaître.

Carnac était aussi sans nouvelles de madame de Caronge et, à plus forte raison, de Margot la balafrée, car il n'avait remis les pieds ni au caboulot du père Barbizon, ni dans la boutique de madame Langoumois, et Graindorge ne lui donnait aucun signe de vie.

Carnac ne sortait plus que pour aller à l'atelier de Gerfaut et rentrait de bonne heure, après avoir soupé frugalement dans un petit restaurant de la rue Clignancourt. Il s'était juré de ne pas toucher à son trésor, et il évitait toute occasion de dépense. Il avait même eu le courage de parachever le cochon en saindoux, afin de ne pas perdre le louis qui lui était dû.

Mais l'heureux jour se leva enfin, et Carnac, éveillé dès l'aurore, rasé de frais et habillé à neuf, s'achemina, au dernier coup de midi, vers la rue Labat, où le frère et la sœur devaient l'attendre chez eux, à une heure.

De la rue Ordener où il perchait, sous les toits, à la maison qu'ils habitaient, il n'y avait pas dix minutes de marche ; mais la montre d'un amoureux avance toujours, et Carnac, qui ne possédait pas de montre, n'en était que plus pressé d'arriver.

Quoiqu'on fût à peine au mois de février, il faisait un temps clair et doux. Le soleil voilé de l'hiver dorait joyeusement les fenêtres des mansardes, et ses rayons égayaient les ouvrières procédant à leur toilette, avant d'aller rejoindre leur préféré au moulin de la Galette ou au parc des Buttes-Chaumont.

De frais visages se montraient aux lucarnes, des bras blancs s'allongeaient pour arroser des pots de fleurs ou se levaient pour garnir de verdure les cages où chantent les chardonnerets.

Des rires clairs éclataient comme des fusées sur la tête des passants ; des marchandes babillaient sur le pas des boutiques, et des enfants jouaient au milieu des rues.

Ces dimanches-là, c'est fête pour les pauvres gens qui travaillent toute la semaine, et qui, faute d'argent, n'ont d'autre plaisir que la promenade.

Les moineaux en pépiant sur les toits semblaient dire aux prisonniers de l'atelier ou du bureau : Voici le jour où vous allez vous envoler comme nous et courir les champs, loin de la ville enfumée.

Carnac, qui aurait pu, s'il l'eût voulu, flâner toute la semaine, jouissait aussi vivement qu'un petit employé du plaisir de respirer l'air de cette fraîche matinée, et marchait d'un pas allègre, échangeant parfois un sourire avec les passants qu'il croisait, car il était très-connu dans le quartier, et il n'y comptait guère que des amis.

Son cœur battit lorsqu'il entra dans la rue Labat, et battit encore plus fort quand il aperçut la maison où demeurait Annette.

Cette maison n'avait certainement pas été construite pour loger des millionnaires. C'était une étroite et haute bâtisse à cinq étages, encastrée entre deux maisons plus basses. Mais elle était neuve, et elle n'avait pas mauvaise apparence.

Carnac n'avait pas encore été reçu chez les Brunier, mais il savait que leur appartement était au quatrième étage, et il leva les yeux pour voir si, par hasard, il n'apercevrait pas la jeune fille à une fenêtre.

Elle n'y était pas, mais, à l'étage supérieur, la sinistre figure d'un homme qui fumait sa pipe accoudé sur l'appui d'une lucarne attira l'attention de l'élève de Gerfaut.

Carnac voyait cet homme de bas en haut, et pour l'examiner, il était obligé de lever la tête et de faire face au firmament, ni plus ni moins qu'un astronome qui observe les taches du soleil.

C'est une position incommode s'il en fut, lorsqu'on veut reconnaître quelqu'un. La figure qu'on regarde se présente en raccourci et sous un aspect bizarre.

14.

Du trottoir où il était resté, Carnac n'apercevait guère qu'une barbe noire et le fourneau d'une pipe en terre d'où sortaient des nuages de fumée, comme il en sort du cratère d'un volcan.

Et cependant il lui semblait que ce n'était pas la première fois qu'il remarquait cet effet de barbe et de fumée.

Depuis qu'il se livrait à la chasse aux coquins, Carnac avait pris l'habitude de faire attention aux détails les plus insignifiants, et il était devenu si habile à en tirer des indices, que rien ne lui échappait.

En fait de minuties descriptives, il en aurait remontré aux chefs de l'école naturaliste, et il en aurait remontré aussi aux policiers les plus experts, pour l'audace et l'ingéniosité des conclusions.

Cette pipe et cette barbe lui ouvraient des horizons.

Afin de mieux voir, il recula jusqu'au milieu de la rue, et de cette place, il put constater que son instinct ne l'avait pas trompé. L'homme accoudé à la mansarde du cinquième étage n'était autre que l'affreux Adrien, le mari de la malheureuse Jeanne et le stipendié de Margot la balafrée.

Il y avait longtemps que Carnac le cherchait, sans réussir à le rencontrer, et le hasard l'amenait tout à coup à la porte de la maison où ce chenapan avait élu domicile.

Car, évidemment, Adrien était là chez lui, ou tout au moins chez une personne de son intimité particulière. Il avait mis habit bas, et il se montrait à la fenêtre en manches de chemise, coiffé d'une calotte rouge dont le gland se balançait à deux pouces de son nez crochu : le négligé matinal des gens de son espèce.

Le drôle laissa tomber un regard distrait sur Jean Carnac planté, le nez en l'air, sur la chaussée, mais il ne reconnut pas dans la personne de ce flâneur, bayant aux corneilles, le grand drille qui exécutait si magistralement à l'Élysée-Montmartre le pas du *Hanneton qui rue*. S'il l'avait reconnu, il se serait empressé de disparaître, et il ne bougea point. Seulement, il tourna la tête vers le point où le boulevard Ornano coupe à angle droit la rue Labat, et Carnac, après l'avoir contemplé de face, put le contempler de profil.

— C'est bien lui, se disait l'élève de Gerfaut, et il a l'air d'attendre quelqu'un. S'il attendait Margot, j'aurais vraiment de la veine ; mais, quoi qu'il en soit, je le tiens. Marcel doit le connaître, puisqu'il habite juste au-dessous de lui. Il me renseignera sur les habitudes de son ignoble voisin et sur les gens qu'il fréquente. Au besoin même, j'entrerai chez ce gredin et je l'interrogerai moi-même... ce qui m'étonne, c'est qu'il soit venu se loger dans cette maison... Il est vrai qu'il ignore que les Brunier sont en relation avec l'homme que, la nuit du bal masqué de l'Élysée, il guettait pour l'assommer sur le boulevard, après avoir essayé de l'étouffer dans la salle de danse. Mais je l'ai assez examiné. Si je restais ici, il me remarquerait, et il se défierait de moi. Il y a temps pour tout. Je suis sûr de le retrouver quand je voudrai, et, ce matin, j'ai mieux à faire que de m'aboucher avec lui.

Carnac profita, pour entrer dans la maison, du moment où Adrien regardait d'un autre côté. Il regagna vivement le trottoir, et il franchit le seuil d'un corridor assez proprement tenu.

La loge du concierge se trouvait au fond, et Carnac n'osa pas monter sans demander M. Brunier.

— Il est sorti, mais sa sœur y est, répondit une portière qui était si occupée à écumer son pot-au-feu qu'elle ne se retourna même pas.

Carnac, un peu surpris que Marcel manquât au rendez-vous donné, pensa que l'absence du frère ne devait pas l'empêcher de se présenter, à l'heure dite, chez la sœur.

Il savait à quel étage se trouvait l'appartement, et il grimpa sans bruit les marches d'un escalier un peu roide.

Au quatrième palier, il arriva devant une porte dont le bouton de cuivre brillait comme s'il eût été nettoyé par la main soigneuse d'une servante hollandaise, et comme il n'y avait pas d'autre porte, il ne pouvait pas se tromper.

Il entendait d'ailleurs une voix fraîche et sonore qui chantait un air gai, et qui était celle de mademoiselle Brunier.

Il sonna, et Annette vint ouvrir elle-même.

— Quoi! c'est vous! dit-elle, en rougissant un peu. Vous n'avez donc pas reçu la lettre que mon frère vous a écrite?

— Je n'ai rien reçu du tout, balbutia Carnac.

— Marcel a été retenu au bureau pour terminer un travail pressé, et ne sachant pas à quelle heure il sera libre, il vous a prévenu par la poste que notre visite au musée était remise encore une fois.

— Ah! je n'ai vraiment pas de chance.

— Ni moi non plus. Et je commence à croire que je ne verrai jamais la Vénus de Milo. Je me faisais une fête de cette partie...

— Et moi donc! J'en rêve depuis dix jours... et je m'étais préparé...

— C'est vrai... Vous avez votre belle redingote, dit

en riant la jeune fille. Moi, je n'ai pas mis mes boucles
d'oreilles, parce que j'étais avertie que nous ne sortirions
pas, et vous me surprenez en toilette d'ouvrière. Mais je
ne veux pas que vous ayez fait pour rien la rude ascen-
sion de notre quatrième. Entrez, je vous prie; vous
vous reposerez un instant.

— Je ne demande pas mieux, mademoiselle... surtout si
vous m'assurez que votre frère ne le trouvera pas mauvais.

— Marcel, s'il rentre plus tôt que je ne l'espère, sera
très-content de vous voir. Ne savez-vous pas qu'il me
laisse entièrement libre, et que je suis accoutumée à me
garder moi-même.

Carnac n'avait hésité que pour la forme. Il était ravi de
profiter de l'occasion pour déclarer ses sentiments à
mademoiselle Brunier, et il entra sans se faire prier
davantage.

— Vous voyez que nous sommes bien logés, lui dit
Annette. C'est un peu cher. Nous avons cinq cents francs
de loyer. Mais ça les vaut. Songez donc!... une antichambre, une salle à manger, une cuisine, et trois autres
pièces... une pour Marcel, une pour moi, et une à nous
deux, celle où nous voici. Nous aurions dû en faire un
salon, mais il aurait fallu le meubler, et nous ne somme
pas riches. D'ailleurs, nous ne recevons jamais personne.
Nous avons préféré la transformer en atelier et en cabinet de travail. Vous voyez la table sur laquelle Marcel
écrit ses pièces, et là-bas, près de la fenêtre, la table qui
me sert à confectionner mes fleurs.

Maintenant, venez voir le tableau de Paris. Nous en
jouissons gratis, parce que les propriétaires n'ont pas
encore trouvé le moyen de faire payer l'air qu'on respire
et l'horizon qu'on embrasse.

La vue que la jeune fille signalait à Carnac était, en effet, des plus curieuses, et elle ne l'avait pas trop vantée.

La maison qui faisait vis-à-vis, de l'autre côté de la rue, étant beaucoup plus basse, on découvrait en plein les coteaux de Clamart et de Châtillon, où les Prussiens avaient établi leurs batteries, pendant le siége.

Au premier plan, les toits accidentés s'étendaient comme les vagues d'une mer houleuse, où les cheminées figuraient assez bien des récifs escarpés et dentelés.

Au delà, c'était Paris tout entier, Paris vu d'en haut, comme le voient les oiseaux qui volent dans le ciel.

— N'est-ce pas que c'est beau? dit Annette. Le soir, quand le soleil se couche, derrière le mont Valérien, les collines deviennent roses, et le dôme des Invalides brille comme un lingot d'or.

— Chez moi, je jouis d'un autre point de vue, répondit gaiement l'élève de la nature. Je demeure rue Ordener, sous les toits, et de mon sixième étage, je découvre la plaine de Saint-Denis, la plaine des Vertus et les bois de Montmorency.

— Ça prouve que nous étions faits pour nous entendre. Maintenant, venez que je vous montre mes fleurs... les fausses, celles qui me font vivre... j'en ai de vraies que vous m'aiderez tout à l'heure à arroser... mais je parie que vous ignorez comment on fabrique une rose artificielle.

— J'avoue que je ne m'en doute pas.

— Vous m'avez cependant vue travailler dans l'atelier de M. Gerfaut. Mais vous n'avez pas pris garde à ce que je faisais.

— Vos yeux me donnaient des distractions.

— Ici, vous ne les verrez pas, je ne les lève jamais quand je suis à l'ouvrage sérieusement, et j'y suis depuis l'aurore.

A dix heures, j'ai déjeuné d'un petit pain et d'une tasse de café au lait, et il ne me reste plus à créer qu'une seule rose pour terminer une guirlande que j'irai porter demain au fabricant qui me l'a commandée. J'ai gagné quinze francs... presque la moitié de ce que vous avez reçu pour exécuter une certaine statue en saindoux.

— Grâce!... je ne le ferai plus.

— A la bonne heure! Mais venez voir comment j'imite les fleurs que le soleil fait éclore.

Tout en parlant, Annette prenait sur la table un brin de fil de laiton et l'entourait de brins de soie écrue qu'elle égalisait en les coupant avec des ciseaux.

— Voici les étamines, dit-elle. Suivez bien mes mouvements. Je trempe mes brins dans de la colle à gants pour les rendre roïdes... puis je les sèche au feu de ce réchaud. Maintenant qu'ils sont secs, j'humecte la pointe avec cette pâte — c'est de la gomme arabique mêlée à de la farine de froment... puis je les plonge dans un vase rempli de semoule teinte en jaune... regardez... chaque fil a retenu un grain de semoule... le cœur de ma rose est fait.

— C'est merveilleux! s'écria Carnac, qui ne perdait pas de vue les doigts blancs et effilés de la jeune fille.

— A présent, il s'agit d'y mettre des pétales. J'en ai là de tous les modèles. Il sont en batiste très-fine. Je les prends un à un avec cette petite pince. Je les mouille, j'y passe un peu de carmin avec ce pinceau, en ayant soin de laisser les bords un peu plus pâles. Je les colle autour des étamines. Je les gaufre avec ce fer chaud... ma rose a déjà une tournure.

— C'est-à-dire qu'un papillon s'y poserait.

— Oh! non. Les papillons s'y connaissent. Voici les feuilles.. je les ai découpées dans un morceau de taffetas vert et passé à l'amidon. Je n'ai plus qu'à les appliquer.

— Ma parole d'honneur, je ne sais pas pourquoi l'on plante encore des rosiers dans les jardins.

— Je serais bien fâchée qu'on n'en plantât plus. Maintenant, je vais ajouter des feuilles. Si j'avais à les gaufrer, je n'en finirais pas... Il faut imiter les nervures, le brillant de l'endroit, le velouté de l'envers. Mais j'en ai de toutes préparées. Je les attache... j'enroule la tige dans du coton filé, et, par-dessus le coton, je l'enveloppe dans du papier teint en vert. C'est tout. Ma rose est finie. Vous avez le droit de l'admirer.

— Rien que de l'admirer? demanda timidement Carnac.

Annette hésita un instant, mais il avait l'air si ému qu'elle répondit :

— Et de l'emporter. C'est pour vous que je l'ai faite.

— Pour moi! s'écria Carnac. Vous me la donnez!

— Je vous la donne, dit gaiement Annette. Vous pouvez la mettre sous verre, si vous tenez à conserver un souvenir de moi. Et elle durera beaucoup plus longtemps que celles qu'on vend au marché aux fleurs.

— Ce n'est pas sous verre que je la mettrai.

— Où donc, alors?... ah! bon! je devine... sur votre cœur, n'est-ce pas?

— Oui, mademoiselle, et je vous jure que...

— Je vous jure, moi, que ce sera parfaitement ridicule. Qu'on y mette une fleur naturelle et qu'on l'y laisse se dessécher, passe encore! cette fleur a vécu, et quand elle est morte, on peut à la rigueur la porter sur sa poitrine comme une relique. Mais un assemblage

de coton, de colle, de papier vert et de semoule dont
je me suis servie pour imiter tant bien que mal une
rose...

— Il me suffit que ce soit vous qui l'ayez faite.

— Alors, si j'étais de mon état piqueuse de bottines,
vous vous pendriez au cou un soulier de satin que j'aurais
confectionné de mes mains, dit la jeune fille en éclatant
de rire.

— Excusez-moi. Je ne sais pas bien parler pour
exprimer ce que je pense, et vous allez me forcer à vous
dire tout bonnement que... je vous aime.

— Une déclaration!

— Mon Dieu, oui. Vous trouvez peut-être que je
manque à toutes les règles de la mise en scène amoureuse. J'aurais dû préparer le terrain en tournant de
belles phrases et finalement tomber à vos pieds...

— Ah! c'est pour le coup que je me serais moquée de
vous.

Je déteste le marivaudage et les postures théâtrales.
Mais je ne peux pas non plus vous répondre avec la sim-
plicité d'une bergère de Florian : « Vous m'aimez; ma
flamme correspond à la vôtre. Allons de ce pas chercher
le vénérable pasteur qui bénira notre union. »

Parlons sérieusement, voulez-vous?

— Je ne demande pas mieux.

— Très-bien. Je commence. Il n'y a pas encore un
mois que nous nous connaissons, puisque je vous ai vu
pour la première fois chez M. Gerfaut, peu de jours
après l'horrible événement qui l'a privé de ses yeux. Si
je disais que je ne vous ai pas remarqué et que vous ne
m'avez pas tout d'abord inspiré de la sympathie, je
mentirais.

— Moi, je n'ai eu qu'à vous regarder pour vous aimer. Ça a été un coup de foudre. Mais vous ne croyez pas aux coups de foudre.

— Pas beaucoup. Mon incrédulité vient sans doute de ce que je n'ai jamais été foudroyée. Du reste, je ne désire pas l'être. Je ne suis qu'une petite bourgeoise. J'ai un cœur, tout comme les héroïnes de roman, mais il ne bat pas pour le premier venu.

— Le premier venu? répéta tristement Carnac. Je ne suis donc pour vous que le premier venu!

— Voilà encore que vous exagérez. Si vous n'étiez pour moi que le premier venu, je ne vous recevrais pas ici en l'absence de mon frère, et si, par impossible, je vous y recevais, je vous aurais prié de sortir au premier mot d'amour que vous avez prononcé.

Mais je reviens au point de départ de notre connaissance. Je me suis immédiatement renseignée sur votre compte... ce qui prouve que vous ne m'étiez pas tout à fait indifférent.

— Vous avez parlé de moi à M. Gerfaut! s'écria Carnac, très-ému.

— Oui, et à sa fille aussi. Ai-je eu tort?

— Cela dépend de ce qu'ils vous ont dit.

— Beaucoup de bien de vous... avec quelques restrictions, cependant. M. Gerfaut se plaint de ce que vous avez plus de goût pour la vie de bohème que pour le travail. Mademoiselle Gerfaut vous reproche votre tenue un peu trop débraillée... il est vrai, ajouta malicieusement la jeune fille, qu'elle ne vous a peut-être jamais vu en redingote noire...

— Elle m'a vu en habit et en cravate blanche, mais elle n'a eu d'yeux que pour M. de Charny, et j'avoue que

je ne prétends pas rivaliser d'élégance avec ce gentleman.
Je serais même bien fâché de lui ressembler.

— Et vous avez raison. Où donc Camille vous a-t-elle
vu, dans ce costume de gala?

— Mercredi dernier, chez madame Stenay. Gerfaut
m'y a traîné... et j'ai eu le chagrin de ne pas vous y
rencontrer.

— Oh! moi, je n'ai pas de toilette de soirée. Mais si
nous nous écartons de notre sujet, nous n'arriverons pas
à conclure. Je vous disais donc que M. Gerfaut et sa fille
m'ont fait votre éloge. Ils reconnaissent que vous êtes
bon et intelligent — deux qualités sans lesquelles les
autres avantages ne sont rien à mes yeux. Ils assurent
qu'il ne tient qu'à vous de conquérir une belle place
dans le monde des arts et de gagner de l'argent. Camille
prétend même qu'il ne vous a manqué jusqu'à présent
que d'aimer sincèrement... et pour le bon motif, une
honnête fille, qui vous inspirerait des idées sages.

— Alors, maintenant, il ne me manque plus rien, dit
vivement Carnac.

— Nous y voilà. Ainsi, vous voulez m'épouser?... C'est
sérieux?

— En doutez-vous?

— Pas précisément. Mais, avant de vous répondre,
j'ai diverses questions à vous adresser... et quelques
objections à vous présenter.

D'abord, êtes-vous libre?

— Comme l'air. Je n'ai jamais pu supporter une
domination quelconque.

— Donc, vous n'êtes pas fait pour le mariage, car, à
mon avis, dans un ménage bien assorti, c'est la volonté
de la femme qui doit prévaloir.

— Je serai trop heureux de vous obéir.

— On dit toujours cela... avant. Mais j'admets que vous seriez le plus soumis des maris, et je vous prie de croire que je n'abuserais pas de votre soumission. Seulement, je ne m'accommoderais pas d'un partage. Aussi ai-je commencé par vous demander si vous n'étiez pas engagé.

— Moi! Mais, mademoiselle, je n'ai jamais eu de maîtresse, je vous le jure sur les cendres de Michel-Ange... C'est bon pour des gommeux comme M. de Charny d'avoir des maîtresses... Ceux-là ont du temps à perdre et de l'argent, tandis que moi...

— Vous êtes pauvre, et je le suis presque autant que vous. C'est là précisément ma première objection. Avez-vous réfléchi à ce qu'il faut pour vivre à deux... sans parler des enfants qui peuvent survenir... Mon frère gagne deux cent cinquante francs par mois, j'en gagne cent cinquante en travaillant beaucoup, et nous avons quelque peine à joindre les deux bouts, quoique notre existence soit très-modeste. Que serait-ce si je vous épousais? Nous ne voudrions, ni vous ni moi, être à la charge de mon frère. Il faudrait donc une nouvelle installation. Où prendrions-nous de quoi en faire les frais? Notre père ne nous a pas laissé le plus petit capital, et je n'ai pas encore d'économies. La gêne ne m'effraye pas. Je l'ai supportée sans me plaindre et je la supporterais encore ; mais je ne souffrirais pas que mon mari se repentit un jour de s'être mis dans la misère en associant sa vie à la mienne. Je suis trop fière pour me résigner à dépendre de lui, et je ne voudrais pas non plus qu'il dépendit de moi.

— Eh bien! ne serions-nous pas sur le pied d'une

égalité parfaite? J'ai cent francs par mois chez Gerfaut.
Il ne tient qu'à moi d'augmenter ce revenu en travaillant
au dehors...

— Pour les charcutiers? demanda Annette avec un
sourire.

— Vous êtes cruelle, dit joyeusement Carnac. Non,
mademoiselle. Je ne me salirai plus les mains en mode-
lant de vilains animaux en saindoux. Je resterai artiste,
mais je ferai du métier... des bustes, des figurines, des
statuettes qui se vendront très-bien, je vous en réponds.
Vous croyez peut-être que je n'ai pas de talent?

— Mais, si... mais, si... M. Gerfaut m'a dit au contraire que vous en aviez beaucoup... et j'en doute si peu
que mon ambition serait de faire de vous un homme
célèbre... si vous étiez mon mari. Je prétendrais vous
conduire à l'Institut et mettre un ruban rouge à la bou-
tonnière de la fameuse redingote.

— Je donnerais toutes les académies et toutes les
décorations de l'univers, pour être sûr que vous me
rendrez un peu de l'amour que j'ai pour vous. Consentez
à m'épouser, et je me moquerai d'être de l'Institut ou de
n'en pas être, comme je me moque de ne pas avoir eu
des aïeux en Palestine.

— Oh! dès à présent, vous valez mieux que M. de
Charny; mais pour un artiste, l'ambition est une qualité,
et vous auriez tort de ne pas viser très-haut. La gloire
vaut encore mieux que l'argent, dont on ne peut pas se
passer... malheureusement.

— Eh bien! la gloire viendra peut-être... je n'y son-
geais guère; mais pour vous plaire, je me sens capable
de me faire un nom... et, en attendant, je puis bien vous
avouer que j'ai de l'argent.

— Vraiment?... je ne m'en doutais pas... et M. Gerfaut ne s'en doute pas non plus. Comment vous y êtes-vous pris pour lui cacher que vous êtes riche?

— Oh! je ne le suis guère, et ma richesse ne date pas de loin. Je n'en ai parlé à personne... qu'à vous, mademoiselle, et vous comprenez pourquoi je vous en parle... c'est pour répondre à l'objection que vous m'avez faite et dont je reconnais la valeur. La somme que je possède n'est pas énorme, mais elle suffirait à ces premiers frais d'installation qui vous inquiètent... j'ai dix mille francs.

— Ah! mon Dieu! mais c'est une fortune. Et depuis quand les avez-vous?

— Depuis mercredi dernier.

— Vous avez donc fait un héritage?

— Non. Je ne me connais d'autre parent qu'une vieille cousine qui n'a pas un sou.

— Alors d'où vous vient ce trésor? J'espère que vous ne l'avez pas trouvé dans la rue.

— Comme la bague dans le corridor du Mont-de-Piété. Non, mademoiselle. J'ai gardé la bague pour des motifs que vous connaissez. Mais si je trouvais un million, je m'empresserais d'aller le déposer chez le commissaire de police... et je refuserais la récompense honnête, si l'on me l'offrait.

— Enfin, vous n'avez pas gagné ces dix mille francs.

— Pardonnez-moi. Je les ai gagnés.

— Par votre travail! C'est prodigieux. Tous les charcutiers de Paris se sont donc cotisés pour s'assurer votre collaboration?

— Moquez-vous de moi. Je le mérite un peu. J'ai gagné cette somme... au jeu.

— Au jeu! s'écria mademoiselle Brunier. Vous êtes joueur et vous espérez m'épouser!

— Je vous jure que je n'ai jamais touché une carte de ma vie.

— Avant mercredi dernier, dit ironiquement Annette. Mais il n'y a que le premier pas qui coûte, et vous recommencerez. Le jeu est un vice honteux, et je m'étonne que vous vous vantiez de posséder une somme mal acquise. Je m'étonne encore plus que vous osiez me proposer de la partager avec vous.

— Mademoiselle, je vous en supplie, ne me condamnez pas sans m'entendre. Si vous saviez comment c'est arrivé...

— Je ne veux pas le savoir.

— Un peintre de mes amis se trouvait à la soirée de madame Stenay. Il m'a emmené dans un cercle pour me montrer le comte de Charny se livrant avec frénésie à la passion du jeu, et cela en très-mauvaise compagnie... ce comte de Charny, que mademoiselle Gerfaut, votre amie...

Carnac s'arrêta au milieu de ses justifications. Mademoiselle Brunier lui avait fait signe de se taire et d'écouter.

— C'est mon frère qui rentre, dit-elle après avoir prêté l'oreille.

— Votre frère! s'écria Carnac. Que va-t-il dire en me trouvant ici?

— Il devinera tout de suite que vous n'avez pas reçu la lettre qu'il vous a écrite, et il sera très-content de vous voir, répondit tranquillement Annette.

La porte s'ouvrit, et Marcel Brunier entra.

Il avait le chapeau sur la tête, l'air soucieux, et contrairement aux prévisions de sa sœur, il parut médiocrement satisfait en apercevant la figure de Jean Carnac, qui ne savait trop quelle contenance tenir.

— Cher monsieur, dit Marcel, je regrette que vous vous soyez dérangé pour rien. Je vous avais prévenu que je serais retenu à mon bureau une grande partie de la journée. J'en sors plus tôt que je ne pensais, mais j'en rapporte une masse de comptes à vérifier... c'est un travail très-pressé, et il m'est impossible d'accompagner ma sœur au musée. Nous remettrons donc la partie, si vous le voulez bien.

— C'est déjà convenu entre M. Carnac et moi, dit Annette. Il est ici depuis vingt minutes, et nous avons eu le temps de causer d'une foule de choses. M. Carnac vient de me dire qu'il m'aime et de me demander ma main.

— Que signifie cette plaisanterie? interrogea Marcel en fronçant le sourcil.

— Rien n'est plus sérieux, monsieur, dit Carnac très-ému. C'est à vous que je me serais adressé si je vous avais rencontré... et j'ai eu le tort de ne pas attendre votre retour pour exprimer des sentiments qui sont dans mon cœur... et qui...

— Expliquez-vous, au lieu de vous excuser. D'où vous est venue l'étrange idée d'épouser ma sœur? vous la connaissez à peine.

— Je la connais depuis que vous connaissez mademoiselle Gerfaut, répondit avec assez d'à-propos l'élève de la nature, et dès le premier jour, elle a produit sur moi une impression profonde.

— M. Carnac appelle ça le coup de foudre, murmura en souriant la jeune fille.

— Fort bien, dit froidement Marcel. Puis-je savoir ce que tu as répondu à M. Carnac?

— Je lui ai fait des objections. Mais, d'abord, il faut que tu saches une histoire que je ne t'ai jamais racontée. Au mont-de-piété de la rue Fromentin, où je suis allée dégager mes boucles d'oreilles... pendant que tu m'attendais sur le boulevard Clichy... j'ai rencontré M. Carnac qui venait dégager sa redingote... celle qu'il porte en ce moment. Naturellement, nous avons causé, et nous ne sommes plus aussi étrangers que tu pourrais le croire.

— Bon! mais de cette rencontre à une demande en mariage...

— Il y a loin, je le sais, interrompit Carnac. Mais je vous supplie de m'entendre... et de ne pas vous fâcher de ce que je vais vous dire.

Je me suis aperçu que vous aimiez mademoiselle Camille, et j'ai été consterné d'apprendre qu'elle allait épouser le comte de Charny, qui me déplaît... autant qu'il vous déplaît. J'ai pris aussitôt votre parti, et je me suis juré de faire ce que je pourrais pour empêcher ce mariage. Le comte est un mauvais homme, j'en ai la preuve maintenant... et c'est en relevant contre lui un premier indice que j'ai eu le bonheur d'avoir avec mademoiselle votre sœur un entretien qui a décidé de ma vie. Je me suis dit que si je parvenais à vous débarrasser d'un rival indigne, vous me pardonneriez peut-être d'oser prétendre à devenir votre beau-frère.

— C'est un marché que vous me proposez, dit d'un ton sec Marcel.

— Non, mon ami, reprit Annette, car M. Carnac sait fort bien que ce marché ne peut pas se conclure sans mon assentiment, et il a commencé par me consulter. Je ne suis pas du tout disposée à dire oui; mais je suis très-disposée à entrer dans une ligue qui se composerait de nous trois, et qui aurait pour but de sauver ma chère Camille et de déjouer les plans de cet intrigant dont elle s'est follement éprise. M. de Charny, c'est l'ennemi commun. Unissons-nous contre lui.

— Tu as une façon d'arranger les choses...

— Ma façon est la bonne. Je suis franche, et j'aime les situations nettes. M. Carnac est venu me demander de l'épouser. Je ne lui en veux pas de sa hardiesse, mais je ne puis pas non plus lui donner une réponse catégorique. Seulement, nous serons ses alliés dans la campagne qu'il a entreprise. Après... quand le sort de ma pauvre amie sera décidé... eh bien, nous verrons.

— Une campagne pour empêcher le mariage de mademoiselle Gerfaut qui se fera cette semaine !... C'est insensé.

— Non. C'est difficile, mais ce n'est pas impossible. Il ne s'agit que de dessiller les yeux de Camille, de lui montrer cet homme tel qu'il est et de renseigner M. Gerfaut sur la conduite de son futur gendre. Or, M. Carnac affirme qu'il est en mesure de faire tout cela.

— Affirmer ne suffit pas, dit Marcel en regardant l'apprenti sculpteur.

— Je suis prêt à vous dire tout ce que je sais, répondit avec empressement Jean Carnac. Vous jugerez de ce qu'il convient de faire, quand vous m'aurez entendu.

— Parlez ! J'écoute, dit Marcel Brunier sans se départir encore de sa froideur, quoique les révélations que l'élève de Gerfaut lui promettait l'intéressassent fortement.

— Mes soupçons datent du jour où M. de Charny est venu à l'atelier, pendant que vous y étiez.

— J'ai des raisons pour me souvenir de ce jour-là, dit Marcel avec amertume. Mademoiselle Gerfaut m'a forcé d'entendre l'engagement qu'elle a contracté en présence de son père. Elle a pris à tâche de m'enlever tout espoir, et il m'a fallu assister à ses fiançailles, écouter l'exposé de ses projets de voyage...

— Oui ; le voyage en Orient. Gerfaut en parle souvent. Mais je ne crois pas à l'oncle de Smyrne, moi. Je crois que le comte a inventé cette touchante histoire d'un oncle à succession qui va mourir, et qu'il l'a inventée pour décider le patron à avancer l'époque du mariage. Il craint qu'on ne découvre le pot aux roses, ce brillant gentil-homme, et il ne veut pas que les choses traînent en lon-gueur.

— J'avoue que j'ai eu la même pensée que vous, mais...

— Mais vous n'avez pas pris garde que tout en faisant semblant de ne pas connaître la chanteuse amenée par madame Stenay, il la regardait d'un air d'intelligence.

— Non. Ma sœur a cru remarquer cela. Moi, je n'ai rien vu.

— Et je suis très-portée à croire maintenant que je ne me trompais pas, dit Annette.

— Ce ne serait encore rien, reprit Carnac. Le comte pouvait avoir des raisons pour s'abstenir de saluer fami-lièrement cette *prima donna*. Ça se fait quand on se trouve en présence d'une ancienne, chez une jeune fille qu'on veut épouser... et ce n'est pas un cas pendable... mais...

— Eh bien ! eh bien ! s'écria mademoiselle Brunier, vous avez de jolis principes, à ce qu'il me paraît. Alors, en pareil cas, vous en feriez autant devant moi !

— Mademoiselle, je vous ai fait ma profession de foi. Le cas ne peut pas se présenter, puisque je n'ai pas d'an-ciennes.

Mais je vous ai dit aussi que ce sergent de ville qui se

trouvait là avait été frappé d'une ressemblance extraordinaire entre madame de Caronge et une certaine coquine fort connue autrefois à la barrière...

— Vous m'avez dit le nom et le surnom de cette coquine... Margot la Balafrée, n'est-ce pas?

— Justement. Alors ça m'a semblé louche que le comte la connût... et quand, une heure après, nous avons vu madame de Caronge sortir du bureau de prêt, ça m'a semblé encore plus louche. Alors est arrivée l'affaire de la bague.

Marcel ne comprenait pas. Sa sœur, qui s'en aperçut, prit la parole.

— M. Carnac, dit-elle, a trouvé dans un corridor où madame de Caronge venait de passer une bague ornée d'une améthyste, où il y a des armoiries gravées.

— Avec une couronne de comte, ajouta Carnac, et une devise.

— Que vous n'avez pas pu lire. Alors, M. Carnac s'est imaginé que cette bague appartenait à M. de Charny.

— Je suis sûr maintenant qu'elle lui appartient. Au moyen d'une forte loupe, j'ai déchiffré la devise. C'est la sienne.

— Qu'en savez-vous?

— Quelqu'un le lui a dit devant moi, et il ne l'a pas nié. Mercredi dernier, en sortant de chez madame Stenay où madame de Caronge avait chanté un duo, et même plusieurs duos, avec M. de Charny, Fertugue, un peintre que je connais, m'a conduit dans une maison de jeu décorée du titre de cercle...

— Et vous y avez gagné dix mille francs.

— C'est vrai. Je rougis de l'avouer. Mais j'ai eu le plaisir de voir M. le comte en perdre trente ou quarante mille, et j'ai appris là que ce noble personnage est un joueur de profession qui a fait de vilains métiers et qui est devenu riche tout à coup, sans que personne connaisse l'origine de sa fortune...

— Mais alors, s'écria Marcel, il vous suffira, pour éclairer M. Gerfaut, de lui raconter ce que vous avez vu.

— Malheureusement, non. J'ai essayé. Il n'a pas voulu m'écouter. Et depuis cette tentative, je suis en froid avec lui. Il me prend pour un calomniateur. Il me faudrait quelque chose de plus pour le convaincre. Il faudrait que je puisse lui démontrer que le comte est l'ami intime de madame de Caronge qui se charge de retirer les bijoux qu'il met au *clou*... et que madame de Caronge est la même personne que Margot la Balafrée.

— C'est à quoi vous ne réussirez pas, dit Annette.

— Peut-être que si, mademoiselle. Depuis notre rencontre au mont-de-piété, j'ai bien employé mon temps. Je suis allé, le soir même, au bal de l'Élysée-Montmartre.

— Je croyais que vous viviez très-retiré, dit ironiquement la jeune fille.

— Qui veut la fin veut les moyens, mademoiselle. Je savais que Margot fréquentait autrefois cet établissement, et j'espérais l'y rencontrer. Je l'y ai rencontrée en effet...

— Alors vous devez être fixé. Est-ce madame de Caronge?

— J'en suis convaincu, mais je ne pourrais pas l'affirmer. Elle était masquée. J'ai poussé le zèle jusqu'à danser avec elle.

— Vous vous étiez donc déguisé?

— Oui, mademoiselle, en sauvage, et j'ose dire que j'étais méconnaissable.

— J'aurais bien voulu vous voir.

— J'en serais mort de honte. Mais le sacrifice que j'ai fait de ma dignité n'a pas été inutile. J'ai acquis la certitude que c'est la femme masquée du bal de l'Élysée qui a perdu, rue Fromentin, la bague du comte de Charny. Elle a vu cette bague à mon doigt, où je l'avais mise exprès, et, après m'avoir demandé de la lui donner, elle m'a offert de me l'acheter... Elle a fait mieux... elle a lancé sur moi des chenapans qui l'escortaient. Ils ont essayé de m'étouffer, et, comme je me suis tiré de leurs mains, ils sont allés m'attendre dehors, dans la louable intention de m'assommer. J'ai pu leur échapper, et je vais bien vous étonner en vous apprenant que le chef de ces bandits est votre voisin.

— Comment! notre voisin? demanda Marcel Brunier.

— Parfaitement. Il demeure au cinquième, juste au-dessus de vous.

— Qui vous a dit cela?

— Personne. Je viens de le voir fumant sa pipe à la fenêtre de sa mansarde. C'est un homme barbu, avec un nez en bec de vautour et une face patibulaire. Je le cherche depuis huit jours, et puisque je l'ai retrouvé, je vais l'interroger.

FIN DU TOME PREMIER.

PARIS. TYPOGRAPHIE DE E. PLON, NOURRIT ET Cᵢₑ, RUE GARANCIÈRE, 8.

www.ingramcontent.com/pod-product-compliance
Lightning Source LLC
Chambersburg PA
CBHW071821020726
47502CB00004B/1193